A LIBRARY OF
DOCTORAL
DISSERTATIONS
IN SOCIAL SCIENCES IN CHINA

中国
社会科学
博士论文
文库

宋代题山水画诗研究

钟巧灵　著

导师　李昌集

中国社会科学出版社

图书在版编目(CIP)数据

宋代题山水画诗研究／钟巧灵著.—北京：中国社会科学出版社，2008.5

(中国社会科学博士论文文库)

ISBN 978－7－5004－6957－5

Ⅰ.宋… Ⅱ.钟… Ⅲ.古典诗歌—文学研究—中国—宋代 Ⅳ.I207.22

中国版本图书馆 CIP 数据核字(2008)第 075602 号

责任编辑 罗 莉
责任校对 王兰馨
技术编辑 李 建

出版发行 中国社会科学出版社
社 址 北京鼓楼西大街甲 158 号 邮 编 100720
电 话 010—84029450(邮购)
网 址 http://www.csspw.cn
经 销 新华书店
印 刷 北京新魏印刷厂 装 订 丰华装订厂
版 次 2008 年 5 月第 1 版 印 次 2008 年 5 月第 1 次印刷
开 本 880×1230 1/32
印 张 10.75 插 页 2
字 数 265 千字
定 价 26.00 元

作者介绍

钟巧灵 女，1971 年生，湖南韶山人。1993 年 6 月毕业于湖南科技大学中文系，获文学学士学位，2002 年 9 月至 2003 年 6 月在复旦大学进修硕士课程，2006 年 6 月毕业于扬州大学文学院，获文学博士学位。现为湖南人文科技学院中文系副教授，湖南省普通高校青年骨干教师培养对象。主要从事中国古代文学教学与研究工作，曾主持完成湖南省社会科学基金项目一项，出版专著两部，在《湖南师范大学社会科学学报》、《学术论坛》等期刊上发表学术论文二十余篇。

内 容 提 要

本书采用数据统计、实证分析及比较研究等方法，以定量分析作为定性分析的辅佐，紧扣题山水画诗文本，并结合特定的社会环境考察有宋一代题山水画诗，从文化背景、创作机缘、题材类型、思想内涵、艺术表现、对前代题画诗的传承与新变等方面进行了较全面的探讨，大体展示出了宋代题山水画诗的历史存在状态。本书认为，宋代是题山水画诗发展成熟的关键时期，说其成熟，不仅在于其在题画诗和绘画史上实现了诗书画结合的艺术体式，还在于其以思想内蕴的丰富和艺术表现的高度成熟，为后代题画诗树立了艺术的典范。

湖南省教育厅 2007 年优秀青年项目

总　序

　　在胡绳同志倡导和主持下，中国社会科学院组成编委会，从全国每年毕业并通过答辩的社会科学博士论文中遴选优秀者纳入《中国社会科学博士论文文库》，由中国社会科学出版社正式出版，这项工作已持续了 12 年。这 12 年所出版的论文，代表了这一时期中国社会科学各学科博士学位论文水平，较好地实现了本文库编辑出版的初衷。

　　编辑出版博士文库，既是培养社会科学各学科学术带头人的有效举措，又是一种重要的文化积累，很有意义。在到中国社会科学院之前，我就曾饶有兴趣地看过文库中的部分论文，到社科院以后，也一直关注和支持文库的出版。新旧世纪之交，原编委会主任胡绳同志仙逝，社科院希望我主持文库编委会的工作，我同意了。社会科学博士都是青年社会科学研究人员，青年是国家的未来，青年社科学者是我们社会科学的未来，我们有责任支持他们更快地成长。

　　每一个时代总有属于它们自己的问题，"问题就是时代的声音"（马克思语）。坚持理论联系实际，注意研究带全局性的战略问题，是我们党的优良传统。我希望包括博士在内的青年社会科学工作者继承和发扬这一优良传统，密切关注、深入研究 21 世纪初中国面临的重大时代问题。离开了时代性，脱离了社会潮流，社会科学研究的价值就要受到影响。我是鼓励青年人成名成家的，这是党的需要，国家的需要，人民的需要。但问题在于，什么是名呢？名，就是他的价值得到了社会的承认。如果没有得到社会、人民的承认，他的价值又表现在哪里呢？所以说，价值就在于对社会重大问题的回答和解决。一旦回答了时代性的重大问题，就必然会对社会产生巨大而深刻的影响，你也因此而实现了你的价值。在这方面年轻的博士有很大的优势：精力旺盛，思想敏捷，勤于学习，勇于创新。但青年学者要多向老一辈学者学习，博士尤其要很好地向导师学习，在导师的指导下，发挥自己的优势，研究重大问题，就有可能出好的成果，实现自己的价值。过去 12 年入选文库的论文，也说明了这一点。

什么是当前时代的重大问题呢？纵观当今世界，无外乎两种社会制度，一种是资本主义制度，一种是社会主义制度。所有的世界观问题、政治问题、理论问题都离不开对这两大制度的基本看法。对于社会主义，马克思主义者和资本主义世界的学者都有很多的研究和论述；对于资本主义，马克思主义者和资本主义世界的学者也有过很多研究和论述。面对这些众说纷纭的思潮和学说，我们应该如何认识？从基本倾向看，资本主义国家的学者、政治家论证的是资本主义的合理性和长期存在的"必然性"；中国的马克思主义者，中国的社会科学工作者，当然要向世界、向社会讲清楚，中国坚持走自己的路一定能实现现代化，中华民族一定能通过社会主义来实现全面的振兴。中国的问题只能由中国人用自己的理论来解决，让外国人来解决中国的问题，是行不通的。也许有的同志会说，马克思主义也是外来的。但是，要知道，马克思主义只是在中国化了以后才解决中国的问题的。如果没有马克思主义的普遍原理与中国革命和建设的实际相结合而形成的毛泽东思想、邓小平理论，马克思主义同样不能解决中国的问题。教条主义是不行的，东教条不行，西教条也不行，什么教条都不行。把学问、理论当教条，本身就是反科学的。

在21世纪，人类所面对的最重大的问题仍然是两大制度问题：这两大制度的前途、命运如何？资本主义会如何变化？社会主义怎么发展？中国特色的社会主义怎么发展？中国学者无论是研究资本主义，还是研究社会主义，最终总是要落脚到解决中国的现实与未来问题。我看中国的未来就是如何保持长期的稳定和发展。只要能长期稳定，就能长期发展；只要能长期发展，中国的社会主义现代化就能实现。

什么是21世纪的重大理论问题？我看还是马克思主义的发展问题。我们的理论是为中国的发展服务的，决不是相反。解决中国问题的关键，取决于我们能否更好地坚持和发展马克思主义，特别是发展马克思主义。不能发展马克思主义也就不能坚持马克思主义。一切不发展的、僵化的东西都是坚持不住的，也不可能坚持住。坚持马克思主义，就是要随着实践，随着社会、经济各方面的发展，不断地发展马克思主义。马克思主义没有穷尽真理，也没有包揽一切答案。它所提供给我们的，更多的是认识世界、改造世界的世界观、方法论、价值观，是立场，是方法。我们必须学会运用科学的世界观来认识社会的发展，在实践中不断地丰富和发展马克思主义，只有发展马克思主义才能真正坚持马克思主义。我们年轻的社会科学博士们要以坚持和发展马克思主义为己任，在这方面多出精品力作。我们将优先出版这种成果。

李铁映

2001 年 8 月 8 日于北戴河

目　录

前　言

一　问题的提出

题画诗将诗意和画意有机结合，是我国艺术园地中的一朵奇葩。

题画诗，顾名思义，是一种以画为题而作的诗。一般说来，狭义的题画诗专指题写在画面上的诗歌。但从作品的实际情形来说，题画诗的体裁、内容、风格与其是否题在画上并无多大关联；其次，从保存和流播来看，画迹的保存远较文字为难，很多题咏画作的诗歌我们今天已无法确定当初是否题在画上。故当今学者在研究题画诗时，普遍采用其广义来界定自己的研究对象，即：凡以画为题的诗歌，或题写在画上，或题咏于画外；或称美画作，或寄托情怀，或阐明事理，或讽谕世情，都属于题画诗的研究范畴。

题画诗滥觞于六朝，形成于唐，而勃兴于宋，元明清三代更是大放异彩，可谓源远流长，作品繁富。然而由于传统的画学研究多集中于画家、画作、画法、风格传承等问题，文学研究则紧系于文学演进过程中出现的大家名作，于是对于既关乎绘画与文学两个领域但又非其主流样式的题画诗，长期以来学者较少关注。

自20世纪80年代以来，随着研究思路的拓展，学术研究视域的不断扩大，"跨学科"研究得到了普遍关注和较大发展，题画文学逐渐引起了研究者的重视，研究成果因而也日益丰富。就题画作品之体裁而言，研究成果多集中于诗歌一体上，先是众多题画诗选本的编著出版，继之学者在此基础上展开了较为广泛深入的研究，出现了一批探讨题画诗及诗画关系的专著与论文。

宋代是题画诗发展成熟的关键时期。首先，从数量来看，宋代题画诗的创作远远超过前朝。其次，题画诗是诗与画结合的艺术，如果说宋以前将诗题写于画外之举尚只是诗与画之间羞羞答答的牵手，那么，直到宋代，文人们开始将诗题写于画面之上，诗与画才真正联姻。这种富有创造性的艺术举措第一次将诗、书、画这三种不同门类的艺术和谐地融合在一起，构成完美的艺术整体，从而开一代风气，催化了诗、书、画三种艺术的进一步融通，有力地促进了我国题画诗的繁荣昌盛。再者，宋代题画诗在前代题画诗的基础上推陈出新，以其题材意蕴的丰富和艺术表现的成熟显示出特殊的艺术魅力，为后代题画诗的发展树立了艺术的典范。

目前，国内外对宋代题画诗的研究虽已取得了一定成果，但仍多有缺陷尚待弥补。有鉴于此，本书拟对宋代题山水画诗作一番全面考察，研究宋代题山水画诗的历史存在形态及其成因，并进而探讨宋代题山水画诗在唐代题画诗基础上的传承和新变等诸方面的问题，其间或有一定程度上的理论突破，或可填补以往研究中的不足和空白之处。

二　本课题研究的学术回顾

长期以来，题画诗较少受到研究者的重视。但研究者对于题画诗的关注，可以上溯到宋代，南宋孙绍远编《声画集》即是明证。《声画集》是我国最早的题画诗总集，共 8 卷，分为 26 门，编次虽较为琐屑参差，但以其筚路蓝缕之功而影响深远。到清代，陈邦彦奉康熙帝之命，编成《历代题画诗类》，全书分为 30 类，120 卷，上自唐宋，下迄明代，录诗 8962 首，是我国古代题画诗之集大成之作，成为后世学者研究古代题画诗的必备工具书。但此书在编排上以题材为序，并且同样分类琐细，因此同一时代同一作者的作品便散见于全书当中，使人难以从整体上把握题画诗的时代特色和作者的个人风格。20 世纪以前，除了这两部题画诗总集的编撰外，对于题画诗的研究便只是散见于各种笔记、诗话及画论中的评议题画诗作家作品的片言只语了，当然无所谓系统之探讨及理论之阐发。

自 20 世纪 80 年代以来，题画诗逐渐进入了学者的研究视野，一批较突出的研究成果相继出现。① 学者对于古代题画诗的研究，主要体现在两个方面：一是题画诗选注鉴赏本的编撰。从编排体例上看，有按朝代先后编排之选本，如洪丕谟《历代题画诗选》② 等；有按所题咏画作的画科分类编排之选本，如任世杰《题画诗类编》③ 等；有断代题画诗选集，如孔寿山《唐朝题画诗注》④ 等；有按题咏画作的画科编排的专类选集，如马成志《梅兰竹菊题画诗》⑤ 等。众多的题画诗选注鉴赏本，一方面是研究者在题画诗研究领域取得的丰硕成果，另一方面它又具有文献资料的意义，给后来研究者提供了借鉴参考之据。二是题画诗论著的出现。研究成果涉及题画诗的产生和发展、诗画之间的

① 此前，虽已出现了诸如陈友琴《漫谈杜甫的题画诗》（《光明日报》1961 年 7 月 2 日）、徐明寿《奇思百出，使笔如画——谈杜甫题山水画诗》（《成都晚报》1963 年 2 月 20 日）等零星的研究论文，但都是学者偶一为之。

② 上海书画出版社 1983 年 4 月版。

③ 安徽美术出版社 1989 年 4 月第 1 版，1996 年 5 月第 2 版。

④ 四川美术出版社 1988 年 8 月版。

⑤ 天津杨柳青画社 1999 年 6 月版。

关系以及大家名作探讨，既有宏观把握，也有个案研究。

宋代作为题画诗发展成熟的关键时期，受到学者的尤多关注，研究成果较为丰富。迄今为止，出现了宋代题画诗研究专著2部、专文82篇。以下笔者大致将其分为综合研究和诗人专题研究两类略作统计和说明。

表一　　　　　　1980—2007 年国内宋代题画诗研究论文

综合研究			诗人专题研究					合计
整体	画科	诗人群	苏轼	黄庭坚	苏　辙	王安石	其他诗人	
12	10	5	33	11	2	2	7	82

综合研究方面，有专著 1 部、专文 27 篇，涉及文化背景、内容、特色、分类、作家群等方面。关于宋代题画诗的兴盛原因，黄仁生《唐宋题画诗简论（一）》①、祝振玉《略论宋代题画诗兴盛的几个原因》②、衣若芬《也谈宋代题画诗兴盛的几个原因》③ 先后进行了探讨，学者普遍认为，绘画艺术的繁荣、文人画家的倡导、诗画同趣的美学思想、崇杜学杜的文化环境促成了宋代题画诗的兴盛。李更《宋代题画诗初探》④ 从宋代题画诗的演进与成熟，宋代画坛的变化，宋代题画诗的特点、文化价值和现实意义等方面进行了阐述，所论较为全面，但对题画诗本身的探究不够全面深入。李栖《两宋题画诗论》⑤ 是宋代题画诗研究领域的第一部专著，全书阐述了宋代题画诗的时代背景、内容

---

①　《常德师专学报》1982 年第 1 期。

②　《文学遗产》1988 年第 2 期。

③　张高评主编：《宋代文学研究丛刊》（第 2 期），台湾高雄丽文文化事业公司1996 年版。

④　《古典文学研究论丛》，北京大学出版社 1995 年版。

⑤　台北学生书局 1994 年 7 月版，在其博士论文《宋题画诗研究》基础上成书。

与特色及其中所显示的创作观、鉴赏观。作为画者，作者显然较多关注宋代题画诗中所显示的画论，尤其是对苏轼和黄庭坚题画诗中所表达的绘画理论的挖掘较为深入，而对于题画诗之内容与特色的研究则给人以浅尝辄止之感。在对宋代题画诗进行分类研究方面，数台湾的衣若芬用力最勤，成果最丰。其《北宋题仕女画诗析论》、《北宋题人像画诗析论》、《宋代题诗意图诗析论》①，对北宋的题人物画诗、题诗意图诗作了较全面的考察。其"宋代题潇湘山水画诗研究系列"论文，从潇湘的地理概念、潇湘八景的缘起，通过实地考察并结合《潇湘图》遗存画迹，对宋代题潇湘山水画诗进行了全面研究，所论深刻，颇有见地。在诗人群研究方面，学者的视野多集中于以苏门为主体的元祐文人集团，如郦波《从二苏题画诗看元祐文人心态》②、薛颖《元祐文人集团汴京题画诗唱和》③、杨志翠《宋代文人集团及其题画诗对山水画审美发展的影响》④ 等。

作家作品之专题研究是宋代题画诗研究成果的主流。从表一来看，有专文55篇，占成果总量的十分之七，论者多集中于苏轼，其次为黄庭坚、王安石、苏辙、梅尧臣、文同、宋徽宗赵佶、朱熹、刘克庄等也偶有论及。

近三十年来，宋代题画诗研究虽然取得了上述诸多成果，但相对于宋代在题画诗发展史上的关键地位以及宋代题画诗蔚为大邦的创作事实，仍存在一些明显的不足。这表现在：（1）从研究对象来看，多为作家作品之个体研究，综合研究之专文数量既少，研究也给人以浅尝辄止之感，因而亟待对宋代题画诗进行深入的整体观照。（2）近年来，有学者开始按所题咏画作之题材

① 收入衣若芬《观看　叙述　审美——唐宋题画文学论集》。
② 《苏州铁道师范学院学报》（社会科学版）2002 第 1 期。
③ 《阴山学刊》2003 年第 4 期。
④ 《乐山师范学院学报》2005 年第 8 期。

对宋代题画诗进行分类研究，并在题人物画诗研究方面取得了一定成果，但宋代最为发达的题山水花鸟画诗未见有专文涉及。
（3）即使是诗人个案研究，也因研究者的眼光过多集中于如苏、黄等个别大家，还存有较大的研究空间，诸如陆游、杨万里的题画诗创作还未见有研究专论。

三　本书的研究意图及研究方法

本书将充分利用传统的文献学、文学、画学的研究理论和方法，努力吸收现有题画诗的研究成果，将一般描述与深入的个案分析相结合，多角度地对宋代题山水画诗进行全面考察。

（1）数据统计法。以最佳文本为依据，采用电子计算机技术和数据统计方法，对宋代题山水画诗进行全面的搜集整理和数量统计，得出其在宋诗、宋题画诗中所占的比重，并具体统计重要作家题山水画诗之创作数量，以定量分析作为定性分析的辅佐。

（2）文献研究方法。翻检史书、笔记、诗话、诗人别集等文献，以历史事实说话，并进而进行理论上的深入探索，从历史文化学的角度论证宋代题山水画诗的兴盛原因及其独特风貌的成因。

（3）实证分析方法。着重利用现存宋人题款之山水画及大量诗歌实例，描述宋代题山水画诗的历史存在形态。以此来回答：宋代题山水画诗有哪些题材类型？诗人如何欣赏山水画，面对画图会生发出怎样的情感反应？如何在题画诗中来表现这种情感，在艺术表现上有哪些共通的精神？

（4）归纳法。在深入研读宋代题山水画诗作品的基础上，归纳宋代题山水画诗的题材类型、情感内涵、艺术表现方式，展现宋代题山水画诗的历史存在形态。

（5）比较研究法。适时比较不同的人观察同一幅画作的角度和兴发的感想有何异同，同时代人对同一艺术命题的理解及其在题画诗中的体现，并对题山水画诗作历时性的比较，探讨宋代题山水画诗在唐代题山水画诗基础上的传承与新变。

四 核心概念及研究视域界定

题画诗。如前所述，本书在界定题画诗时取其广义，即：凡以画为题的诗歌，或题写在画上，或题咏于画外；或称美画作，或寄托情怀，或阐明事理，或讽谕世情，都在本书的研究视域之内。

山水画。以山水风景为主的画。一般说来，以山水为背景者不属于山水画：如刘松年《罗汉图》、梁楷《八高僧图》等，画面中的山水只是作为人物故事的背景出现，且非画家主要功力所在，属人物画；而如黄居寀《山鹧棘雀图》、李公麟《临韦偃牧放图》、李迪《枫鹰雉鸡图》等，山水为花鸟的背景，则属花鸟画。情况特殊的是，有些画作从画题来看是以人物故事为主，也画出了人物故事，山水只是人物活动的背景，但实际画面却是以山水为主体，则应归属山水画之列，如李昭道《明皇幸蜀图》、马远《踏歌图》、夏圭《雪堂客话图》等。

题山水画诗。题咏山水画的诗歌。在界定本书所论述的对象范围——题山水画诗时，还有一点需要特别说明。因画迹的失传，实际上很多题画诗所题咏的原画我们今天已不可见，其所属画科我们只能主要通过题画诗本身或其相关背景来作判定。对于所题咏画作今已失传的题画诗，本书在判定其是否为题山水画诗时主要依据有三：一是诗题的明确标示，如刘敞《九疑山图》、司马光《依韵和仲庶省壁画山水》、刘克庄《郭熙山水障子》、陆游《题城侍者剡溪图》。二是诗歌内容，如王安石《学士院燕侍郎画图》："六幅生绡四五峰，暮云楼阁有无中。去年今日长干里，遥望钟山与此同"①；米芾《题董北苑画》："千峰突兀插空立，万木萧疏拥涧阴。日暮草堂犹未掩，从知尘土远山林。"②而有些题画诗题咏画作之画科，从诗题和诗歌内容都无法判定，这就得看与诗歌有关的背景知识了，这是依据之三。如宋绶《玉堂壁画》："忆昔唐家扃禁地，粉壁曲龙闻曩记。承明意象今顿还，永与銮坡为故事。"③ 玉堂指翰林院，此幅壁画之为山水画，仅从诗歌来看是无法得知的，但参阅《蔡宽夫诗话》，就一目了然了："玉堂两壁有巨然画山、董羽画水。宋宣献为学士时，燕穆之复写六幅山水屏寄之，遂置于中间。宣献诗所谓：忆昔……"④

　　本书考察有宋一代题山水画诗，对于五代入宋之诗人，取仕宋者如徐铉、伍乔之全部诗作，包括其实际作于五代之诗；而由宋入元之诗人，取宋亡后未仕元者如钱选、郑思肖之全部诗作，亦包括其实际作于元代之诗。

---

　　① 北京大学古文献研究所编：《全宋诗》卷五六七，第 10 册，北京大学出版社 1992 年版，第 6708 页。说明：《全宋诗》72 册，1992—1998 年版，本书下引《全宋诗》只注卷次、册次、页码；《全宋诗》是当今学者依据最佳版本编撰而成，用力甚勤，可以信赖，间有讹误，本书略作辨析；为统一体例，本书所引用之宋诗均录自《全宋诗》（个别《全宋诗》未收者例外），不用诗人别集。

　　② 《全宋诗》卷一〇七八，第 18 册，第 12281 页。

　　③ 《全宋诗》卷一七四，第 3 册，第 1971 页。

　　④ （宋）胡仔：《苕溪渔隐丛话》前集卷四十二，《丛书集成初编》本，第 284 页。

第　一　章

宋代题山水画诗概览

我国第一首题画诗到底出现于何时，学者意见不一。① 清代诗论家沈德潜《说诗晬语》："唐以前未见题画诗，开此体者老杜也。"② 学者对此已颇多异议。唐以前题画诗虽只是零星可见，但亦绝非仅有，如南朝谢朓有《和刘中书〈绘人琵琶峡望积布矶〉诗》，高爽有《咏画扇诗》，北周庾信有《咏画屏风》二十五首。到了唐初，上官仪有《咏画障》，宋之问有《寿阳花竹图》、《咏省壁画鹤》，陈子昂有《咏主人壁上画鹤寄乔主簿崔著作》等。但题画诗创作的成熟，实由杜甫完成。杜甫题画诗现存二十二首，无论从数量还是质量来说，终唐之世未有出其右者。③ 由此可见沈说是有其道理的。故清代方薰亦云："自来题画诗，亦惟此老（按：指老杜）使笔如画。"④ 因此，我们可把唐代视为题画诗的形成期，而杜甫则是其中执牛耳者。

---

① 有东晋说、初唐说等，甚至有学者追溯到《屈原》的《天问》。详参孔寿山《中国第一首题画诗》（《美育》1984 年第 4 期），殷杰《中国题画诗及其始创者》（《美育》1985 年第 4 期），温肇桐《浅谈题画诗》（《明清花鸟画题画诗选注·序》，四川美术出版社 1988 年版），高文、齐文榜《现存最早的一首题画诗》（《文学遗产》1992 年第 2 期）。

② （清）沈德潜：《说诗晬语》卷下，《清诗话》本，丁福保辑，上海古籍出版社 1999 年版，第 551 页。

③ 参见孔寿山《唐朝题画诗注》，四川美术出版社 1988 年版，第 105 页。

④ （清）方薰：《山静居画论》卷上，《丛书集成初编》本，第 2 页。

唐代题画诗总量不到三百首，不及唐诗总量的千分之六。而其后的宋代，据笔者初步统计，有题画诗近五千题，约占现存宋诗的千分之二十。①唐宋两代亨有国祚同为三百余年，但比较两朝题画诗的创作，不管是绝对数量，还是同朝诗歌创作的相对数量，宋代都遥遥领先。清乔亿说："题画诗三唐间见，入宋浸多"②，实为的论。此期题画诗的创作不仅数量众多，形式上各体皆备，其艺术表现也已高度成熟。尤其值得大书特书的是，宋代完成了诗与画的真正结合，直接将诗题写在画面上，诗书画相得益彰，在我国画史和诗史上具有里程碑的意义。所以，我们可以说，宋代是我国题画诗发展成熟的关键时期。

就题咏的画科而言，山水画题诗，唐宋以来一直是题画诗中的主流。陈子昂《山水粉图》当是唐代第一首反映山水画的题画诗。唐代题山水画诗共一百余题，约占题画诗总量的百分之四十，著名诗人李白、杜甫、白居易、韩愈等都有题山水画诗传世。宋代题山水画诗在唐代基础上又有很大继承和发展。山水画题诗盛行的原因，且先不说中唐以后山水画的日趋成熟与画坛主流地位以及特定的社会政治环境下诗人的山林隐逸精神，山水画本身的艺术特性即是一个要因，较之人物、花鸟等画科的坐实来说，山水画空灵、蕴藉，更具想象发挥的空间，更能激发观者的遐思冥想。关于宋代题山水画诗的文化背景，我们将在下一章详细阐述。本章先对宋代题山水画诗作一概览。

---

① 主要依据《全宋诗》统计，参见孙绍远编《声画集》、陈邦彦编《历代题画诗类》及诗人别集。

② （清）乔亿：《剑溪说诗》卷下，《清诗话续编》本，郭绍虞辑，上海古籍出版社1983年版，第1103页。

第一节　宋代题山水画诗的数量统计

一　创作数量统计

据统计，宋代有题山水画诗存世的诗人389人，共有题山水画诗1434题，约占宋代题画诗的三分之一。由于有些诗人题山水画诗存世很少或仅有1首，为节省篇幅，以下统计仅列出存诗10首以上者。

表二　　　　　　　　　　现存宋人题山水画诗

诗人	题	首	诗人	题	首
梅尧臣	12	13	刘敞	12	14
王安石	10	10	苏轼	36	54
苏辙	35	39	释道潜	7	10
李之仪	11	23	黄庭坚	23	28
晁补之	11	17	张耒	7	10
潘大临	5	13	晁说之	11	11
吴则礼	10	11	释德洪	17	19
谢邁	8	11	李彭	14	17
王安中	15	19	程俱	10	17
汪藻	12	12	陈克	9	10
孙觌	13	14	周紫芝	12	14
李纲	12	13	吕本中	12	13
陈与义	11	14	张嵲	4	12
曹勋	8	15	宋高宗	8	13
王灼	9	15	陆游	27	33
范成大	10	17	杨万里	26	31
喻良能	13	15	释宝昙	7	11
朱熹	21	33	陈造	11	14

诗人	题	首	诗人	题	首
许及之	12	24	章 甫	11	12
楼 钥	18	19	王 炎	7	11
曾 丰	7	12	赵 蕃	12	16
裘万顷	4	10	韩 淲	17	24
释居简	17	19	魏了翁	15	15
刘克庄	13	24	王 柏	7	35
舒岳祥	10	17	方 回	24	25
牟 巘	13	20	周 密	12	15
钱 选	12	18	郑思肖	10	10
戴表元	12	13	仇 远	16	17
陆文圭	15	21	陈 深	8	11

注：以诗人在《全宋诗》中出现先后为序。

从表二可见，宋代许多著名诗人都有题山水画诗传世，其中最突出者如苏轼 36 题 54 首，居诸家之冠。另外，如苏辙 35 题 39 首、黄庭坚 23 题 28 首、陆游 27 题 33 首、杨万里 26 题 31 首、刘克庄 13 题 24 首、范成大 10 题 17 首。宋代帝王亦有诗存世，如高宗 8 题 13 首，孝宗 4 题 4 首。

在对题山水画诗进行统计时，我们会发现一些引人注目的现象。如一向认为作文"害著学问"①，"作诗费工夫，要何用"②的理学家们，却写了不少题山水画诗，如朱熹 21 题 33 首，魏了翁 15 题 15 首，王柏 7 题 35 首，王庭珪 6 题 6 首，且这些诗作在内容与艺术表现上大多与他们那些推广圣人之意，宣扬理学的押韵之文大不相同。诗僧题山水画诗创作数量亦相当突出，如释道潜 7 题 10 首，释德洪 17 题 19 首，释宝昙 7 题 11 首，释居简

---

① （宋）朱熹：《朱子全书·朱子语类》卷一三九《论文上》，上海古籍出版社、安徽教育出版社 2002 年版，第 4314 页。

② （宋）朱熹：《朱子全书·朱子语类》卷一四〇《论文下》，第 4332 页。

17 题 19 首。另外，宋代正是文人画兴起之时，很多画家即兼擅诗歌创作，但画家不仅极少题咏自己的画作，题山水画诗的创作总量亦不多，写得较多的如米芾、米友仁父子，也分别仅见 5 题 5 首、7 题 9 首。这些现象都很值得探究。

二 被题咏的画家

虽然有很多题画诗所题咏的画作已不可考，画家姓什名谁更无从知晓，但根据题画诗及其他文献记载，所题咏的画作年代大体是可以推知的。若把五代入宋之画家如李成（919—967）、范宽（约 967 年之前—约 1027 年之后）、董源（唐末五代初—约 962 年）、巨然（五代末宋初）都算为宋代画家的话，则在 1434 题山水画题诗中，可确定为题宋以前画家画作的诗歌仅有不到五十题，而题宋代画家的有近八百题。

表三　　　　　现存宋人题古代山水画家画作之诗

画家	题
王　维	22
荆　浩	4
卢　鸿	3
刁光胤	3
展子虔	2

注：以上所列为被题咏 2 次以上者。

表四　　　　　现存宋人题宋代山水画家画作之诗

画家	题	画家	题	画家	题
李公麟	50	米友仁	30	王诜	26
郭　熙	19	赵令穰	15	燕　肃	12
许道宁	12	祝次仲	12	李　成	11
谢耕道	11	范　宽	8	米　芾	7

画家	题	画家	题	画家	题
仲 仁	7	赵士雷	6	赵伯驹	6
李世南	6	颜持约	6	钱少愚	5
巨 然	5	董 源	4	燕文贵	4
文 同	4	晁补之	4	赵明发	4
李 唐	4	马 远	4		

注：以上所列为被题咏 4 次以上者。

表三、表四比较，明显可见宋人所题咏的山水画作，绝大多数为宋代画家创作。这至少透露出两个信息：（1）宋代山水画创作十分活跃；（2）宋人热衷于题咏时人山水画。宋代山水画成为画坛主流，山水画成为众人的寄心赏玩之物，这从宋人对画作的疯狂购求即可见一斑。如李公麟"殁后画益难得，至有厚以金帛购之者，由是贪缘摹仿，伪以取利，不深于画者，率受其欺"①，为李画而不惜以金帛购求，甚至伪作横行以致"率受其欺"，可见时人对李画的追慕。类似的记载颇多，又如：许道宁卖药，常作寒林平远图相赠，以此生意兴隆而名动京师；燕京布衣常思言"善画山水林木，求之者甚众"②；江贯道死后，"一时好事者访求遗墨，几与隋珠赵璧争价"③。从以上孜孜于购画甚至不惜千金来看，宋人爱画似乎并非一般的附庸风雅之举，而是发自内心的一种热爱。得画欣赏之余，吟诗题咏也就是十分自然之事。从画作的流传来看，这也从一个方面说明当时古画传世者已经极少（以宋人对于山水画的热情，他们见到前代山水画少

---

① （宋）不著撰人：《宣和画谱》卷七，《画史丛书》本，于安澜编，上海人民美术出版社 1963 年版，第 76 页。

② （宋）郭若虚：《图画见闻志》卷六，《画史丛书》本，第 92 页。

③ （宋）张纲：《跋江贯道山水》，《华阳集》卷三十三，《四部丛刊三编》本。

有不赋诗题者）。北宋朝廷曾多次从民间收集古书名画，故民间流传者更为稀少。据《宣和画谱》记载，徽宗御府所藏宋以前山水画家的作品总数为 282 幅。这些古画深藏内府，极少示人，一般人更是难以见到也就更谈不上题咏了。

而在所题咏的宋代画家画作中，又以文人画家之画作最为突出，如题李公麟画诗 50 题，题米友仁画诗 30 题，题王诜画诗 26 题。北宋宫廷画家郭熙被题咏数达 19 题，算是个特例，再说他在神宗朝受到的特殊恩宠，其画作被大量用来装饰宫廷及赏赐群臣的事实来相比的话，这个数量也并不算多。南宋画院山水四大家如李唐、马远之画仅各有 4 题题咏；刘松年、夏圭之山水画题诗则更少，仅分别见高宗题画 1 题、理宗题画 1 题。因此，我们似乎可以得出这样的结论：宋代题山水画诗与文人画结缘最深。这当然还有待进一步讨论。

在宋诗所题咏的前代画家画作中，王维是一个特殊而值得探究的现象。从表三可见，宋代题咏王维山水画的诗歌达 22 题，数量遥居题古代画家画作榜首。而王维画的流传情况也与题诗之盛不相符合。晚唐张祜《题王右丞山水障二首》其二即说"右丞今已殁，遗画世间稀"；可见晚唐以后王维画就已十分少见。宋代《宣和画谱》亦说其画"兵火之余，数百年间，而流落无几，后来得其仿佛者，犹可以绝俗也"①，自相矛盾的是，《宣和画谱》又载御府所藏王维画达 126 幅，看来即使是御府所藏也真迹无几，大多是"后来得其仿佛者"之赝品。御府尚且如此，民间赝品之广为流传更是可以想见之事。米芾云："世俗以蜀中画骡纲图剑门关图为王维甚众，又多以江南人所画雪图命为王维，但见笔清秀者即命之"②，道出了王维画作赝品众多的现实。

---

① 《宣和画谱》卷十，第 102 页。
② （宋）米芾：《画史》，《丛书集成初编》本，第 8 页。

由此，我们可以推断，宋诗所题咏的王维画大多不是王维真迹。赝品之多以及宋人题咏之盛，足见王维诗画绝艺与人生之境在宋代受到的普遍推崇。同时，我们还注意到，宋代题王维画诗无一例外地集中于北宋，这是否说明由于时境画风的不同，王维绝世高蹈的人生之境已不容于南宋？对于此类问题，当另撰文究之。

三　被题咏的画作

山水画发展到宋代，已是各体皆具，式样纷呈。从载体来说，有纸画，有绢画，亦有壁画。从用途和形制来看，除了审美欣赏的立轴、横卷、扇面、册页以外，山水画亦常与实用工艺相联系，如屏风、团扇、抹胸、灯片、窗纱……上述诸种情形的山水画，都成为诗人们题咏的对象。因而通过题画诗中的记载，我们也可管窥当时山水画的发展概貌。

表五　　　　　　　　　现存宋代题山水画诗所题咏的画作形制

形制	轴画	壁画	屏画	扇画	册页
题画诗	184	60	59	54	12

（一）题山水画轴

虽然很多情况下我们无法根据诗题或诗歌内容判定题画诗所题咏画作的形制，但从表五所列可以确定的情况来看，宋代出现了较多题咏卷轴、立轴山水画作的诗歌。且其中无法确定画作形制的题画诗，大多可归入题咏轴画一类（一般来说，如果是其他形制的画作，诗人在题咏时都习惯点明），这样，题轴画诗的数量还会大大增加。

相对唐代多题山水壁画和障画而极少轴画的情形，这是一个较为突出的现象。题画诗的多少当与画作的多少密切相关。因而透过山水轴画诗大量出现的史实，我们可以想见宋代轴画的蓬勃发展。验之于画史，诚然。就卷轴画而言，宋代堪称我国画史上的第一个高峰。甚至有学者指出，中国古代绘画史就是一部以宋以后一千年为主的"卷轴画史"。轴画为绢本或纸本，可以卷成筒状，更便于收藏和传播。我国古代宋以前画作传世少，而自宋以后逐渐增多，这当与轴画之形制及其或纸或绢（尤其是绢本）之载体形式密切相关。从画家队伍来看，中国画家历代有两大主流，一是民间画工，二是职业画家及文人画家。民间画工主要从事建筑和工艺品上的装饰绘画。轴画则一般为职业画家或文人学士创作。宋代轴画的大量出现，我们显然可从宋代画院之兴盛及文人对绘事的积极参与中找到文化的归因，这一点我们在下一章将具体阐述。当然，轴画之兴盛与宋代造纸业和印刷业的发达亦不无联系。宋代大量的题轴画诗牵引我们诸多关于轴画的思考，并为轴画的研究提供了丰富的史料。从轴画题诗观照宋代轴画的创作情形，或许能给画史研究者以更多启发。

（二）题山水画壁

屋壁是最原始也是最方便的绘画载体，宋代依然不减。

宋代馆阁翰院多布置以画作，就以山水画壁为多。在宋代唱和诗风的影响下，士人们于公事之余，就眼前山水画进行题咏唱和之情形十分常见，如宋绶、王珪、司马光、王安石、刘敞、韩维、梅尧臣、吴中复等当时名流都有题馆阁山水壁画诗传世，且多为相互唱和之作。对此，本章第三节还将具体阐述，兹不赘言。

唐代以前，寺院壁画多道释人物，据张彦远《记两京外州寺观画壁》载，山水画大约仅占百之一二。① 宋以后，寺院壁画中山水成分增多，题画诗给我们提供了丰富的佐证。如高邮寺壁有曹仁熙画水，华镇《水壁》诗前小序曰："三壁为澄澜、轻

---

① （唐）张彦远：《历代名画记》卷三，《画史丛书》本，第38—53页。

波，二壁为惊骇之势"①，可见此处寺壁山水画规模较大。除华镇外，张表臣《观高邮寺壁曹仁熙画水》也是题咏此画。此外，如延庆院、白省寺、毗陵太平寺、海慧寺等处都有壁画山水，有诗为证：李复《和吕吏部观延庆院李唐画山水》、吕本中《游白省寺看画壁》、戴复古《毗陵太平寺画水呈王君保使君》、林景熙《毗陵太平院壁间画山水熟视之有飞动势殆仙笔也因题》、释德葵《题海慧寺画水壁》。

此外，于家居屋壁画以山水在宋代也不少见。如张扩《题龚士掾厅壁画远山》、吕本中《巫山图歌》、晁公遡《曾夔州座右山水图》、朱熹《观刘氏山馆壁间所画四时景物……作五言四咏》、张栻《和元晦咏画壁》、汪炎昶《余于汪推官别墅睹壁间蜀道山水欲赋未能……就枕上续之》等都是题咏家居壁画山水。《宣和画谱》载：宗室仲佖，雅好绘画，"每岁都城士大夫有园圃者，花开时必纵人游观，仲佖乃载酒行乐"，"遇兴来见高屏素壁，随意作画"，② 其画壁之雅兴则更是让人称叹。

（三）题山水画扇

扇上绘画，据姚最《续画品》记载，始于南朝，梁萧贲尝画山水于团扇。③ 到了宋代，扇画山水十分常见。见诸题画诗，如薛似宗《戏题团扇自写山水》、苏轼《书皇亲画扇》、释道潜《酬刘巨载舍人见赠所画山水扇》、张镃《潘茂洪出疆回以汴都画山水扇见遗报之五言》、黄庭坚《题惠崇画扇》、宋高宗《题刘松年画团扇二首》、方回《题王起宗画雪扇六言》等，或是画家画后意犹未尽题之以诗，或是诗人观赏画扇兴起题咏，或是画家以山水画扇赠人附诗，或是诗人则以题画诗答谢所赠画扇，处

---

① 《全宋诗》卷一〇八八，第18册，第12351页。
② 《宣和画谱》卷十六，第190—191页。
③ （南朝陈）姚最：《续画品》，《丛书集成初编》本，第8页。

处可见宋人对画扇这一颇具艺术品味的生活器物的赏爱。以下晁说之的三首诗则更可见诗人与画家之间关于山水画扇的交际之趣：

> 高人能画山中趣，凉吹晓从天际来。移画此情纨扇上，人间何处有尘埃。(《以扇求冯元礼觐画山水》)①
>
> 女鸾宝扇漫称工，谁识岚漪缥香踪。何事晚来慵落笔，为嗔不说妙高峰。(《代冯元礼次韵辞张次应画山水扇》)②
>
> 五日十日岂为工，万壑千岩自绝踪。在握已能霄汉上，更须群玉占前峰。(《代冯元礼次韵送画山水扇与张次应》)③

从三诗诗题即可见出，诗人既作诗求画家画扇，又代画家执笔赋诗，充分体现出以画扇交际往来中的文化气息。姜特立《西湖素公爱余泊舟小诗画为扇子》，题咏的是依据自己的诗意而创作的山水画扇。喻良能《向伯章通判请赋画扇》，则是诗人应人之请题扇。另外，宋人所谓"便面"（也叫屏面，本指用来遮挡面部的器具，式样类似于团扇）者，亦常指团扇。如韩淲《题扇》诗中有"晴风便面回轻暑，更觉青山似我闲"④，黄庭坚《题郭熙山水扇》中有"郭熙虽老眼犹明，便面江山取意成"⑤，诗题都明确标示其所题咏的是画扇。邓椿《画继》载徽宗次子郓王"时作小笔花鸟便面，克肖圣艺"⑥，所言"便面"也当指画扇。

---

① 《全宋诗》卷一二一〇，第 21 册，第 13758 页。
② 同上书，第 13759 页。
③ 同上。
④ 《全宋诗》卷二七六九，第 52 册，第 32745 页。
⑤ 《全宋诗》卷九八五，第 17 册，第 11366 页。
⑥ （宋）邓椿：《画继》卷二，《画史丛书》本，第 5 页。

（四）题山水画屏

屏风是居室内用以挡风或遮蔽的器具。在屏风上图之以山水等风景，一来可以起到美化家居之用，二来可以满足主人赏画娱情之心。在形制上，一般说来，以在居室摆放的立式屏风画幅较大（更高大者或称屏障、列障），其他如枕屏、卧屏、砚屏（石刻）山水等都是小景。关于画屏的题咏在南北朝时即已出现，如庾信《咏画屏风》二十五首。初唐袁恕己《咏屏风》则是现存最早的关于山水画屏的题画诗。从题画诗来看，唐代画山水屏以画幅较大的画障为多。这与《戚氏长物志》所载是一致的：唐代画屏通常高五至六尺，四片、六片、八片不等。① 这些画屏一般可在室内随意搬动，折叠时不规大小。

宋代的山水屏风画发展尤快，题诗众多。不只是室内摆放的立式屏风，家庭器物的屏风上亦常图以山水，充分显示出宋人生活艺术化的倾向。如刘敞《画屏二首》：

> 滔滔江湖万千顷，何为飞来入轩屏。大涝不增旱不减，
> 静听无声视无影。
>
> 六月炎蒸百虑烦，举目一见心暂闲。市人悠悠那得识，
> 此意高山流水间。②

题咏的是居室轩窗之屏，前一首描写画屏之生动逼真之景，后一首则说看画屏使人百虑全消、浑然忘世。床屏画山水的现象在宋代尤为多见。正如韩淲《陈绍之作山水于卧屏》所云："一夜云山落枕边，布衾清暖得安眠。五更门外闻朝马，始觉清风远涧

---

① 参见王伯敏《唐画诗中看》，东大图书公司1993年版，第11页。
② 《全宋诗》卷四八八，第9册，第5911页。

泉。"① 试想，在一天紧张劳累的生活之余，静静地躺在床上，看眼前屏画云山暧靆，流水清潺，怎不让人顿觉倦意全消而轻快自如呢?! 宋人题画诗中，枕屏②和卧屏山水随处可见，如梅尧臣《答陈五进士遗山水枕屏》、《王平甫惠画水卧屏》，黄庶《山水卧屏》，苏轼《吴子野将出家赠以扇山枕屏》，苏辙《画枕屏》，陆游《题严州王秀才山水枕屏》，朱熹《祝孝友作枕屏小景以霜余茂树名之因题此诗》，韩淲《陈绍之作山水于卧屏》。可见，这种在唐代还极为少见的在床屏上图画山水之事，③ 到宋代已颇为流行。杨万里《戏题郡斋水墨坐屏二面二首》题咏的则是山水坐屏。此外，在宋人题画诗中，题咏山水砚屏的也不少，如文同《早秋山水砚屏》、梅尧臣《咏欧阳永叔文石砚屏二首》、苏轼《雪林砚屏率鲁直同赋》、谢薖《蔡师直画山水研屏二首》、喻良能《叠嶂寒溪砚屏》等，这些砚屏或是刻画于石，或是天然成画，都成为诗人们关注题咏的对象。

宋诗题材广泛琐细的特点，于此亦可见一斑。张戒赞誉杜甫之诗"遇巧则巧，遇拙则拙，遇奇则奇，遇俗则俗，或放或收，或新或旧，一切物，一切事，一切意，无非诗者"④，这实际上也是宋人诗歌创作情形的总结。宋人连饮食、沐浴、聚蚊、虱蚤之类都可在诗中津津乐道，何况是日常所见的形形色色的画图！题画诗也因之为我们保存了丰富的画学史料。

从以上数据统计来看，宋代题山水画诗在题画诗所占比重之大，被题咏的当下画家之多，被题咏的画作形制之完备，尤其是

---

① 《全宋诗》卷二七六九，第 52 册，第 32744 页。

② 也称枕障，是置于枕席前用以遮挡的屏风，属卧屏，因其特殊性而单独列出。

③ 从题画诗看来，仅见于李白《巫山枕障》。

④ （宋）张戒：《岁寒堂诗话》卷上，《历代诗话续编》本，丁福保辑，中华书局 1983 年版，第 464 页。

纯粹审美意味的轴画题诗的大量出现，在在说明山水画在宋人艺术生活和精神安顿中的重要性，以及山水画及其题诗在画坛和题画诗中的主流地位。

第二节　宋代题山水画诗的题材类型

根据画家创作题材的来源，我们可以将宋代山水画大体分为自然类山水画、故实类山水画、诗意图类山水画三种。所谓自然类山水画，指描绘山脉、江河湖海等真实存在的风光之画图；故实类山水画，指依历史故事而创作的风光图；诗意图类山水画，则是指依诗意而创作的风光图。根据这三类不同的题咏对象，本书将题山水画诗分成三种类型，并尽量以题咏同一画作或同一题材画作的题画组诗为例，来讨论宋代诗人对不同类型之山水画的观照解读。

一　题自然类山水画诗

自然类山水画，又可分为有名山水画与无名山水画两类。此处，有名山水画指那些描写特定地理之山水风光的画图，如长江图、西湖图、巫山图、潇湘图等。而无名山水画指那些不以特定的地理位置为描写对象的作品。

（一）题有名山水画诗

一般来说，有名山水因其特定的文化属性而具有一种符号意义，受相同文化环境的影响和这种符号意义的启发，诗人们在观赏这类山水画图时所生发的情感往往带有普遍的、客观的性质，突出地表现为同题有名山水画之诗情感取向的相似。以下具体考察两组题有名山水画诗。

1. 题巫山图诗

巫山，位于重庆市东大门，为渝、鄂界山，长江自西向东横切巫山山脉，形成著名的长江巫峡。雄奇峻美的自然风光，再加上美丽动人的神话传说，使之成为一处极具人文色彩的揽秀胜地。古往今来，无数文人墨客留下了很多吟咏巫山的篇章。这其中虽然也有纯从巫山高峻的自然风光着眼之作，但文人笔下的"巫山"，更多的已超出了其本身的物质概念，被赋予了浓郁的人文气息，成为一个意涵深邃、情韵悠长的意象。[①]

由文学作品而及其他艺术门类，较为引人注目的是《巫山图》逐渐见诸画家笔下。这一现象大抵始于唐代。翻检画学史书，虽然唐代及此前都未见有《巫山图》著录，但在唐代诗歌中，已出现了不少"巫山图"。题画诗在这方面为我们留存了丰富的佐证材料，如李白有《观元丹丘坐巫山屏风》、《巫山枕障》诗；宋代贺铸《题巫山图》题咏的也是唐画巫山图[②]。此外，杜甫《夔州歌十绝句》其八："忆昔咸阳都市合，山水之图张卖时。巫峡曾经宝屏见，楚宫犹对碧峰疑"[③]，也提到咸阳张卖过画有巫峡风光的"宝屏"。

到宋代，《巫山图》的创作与题诗更多。宫廷宣诏厅壁即有胡生所画的《巫山图》。此外，还有王宾王、杨孟均、王十朋等也曾画过巫山图。据统计，现存宋人题咏《巫山图》诗共10题12首。从内容来看，这些题画诗中单纯从巫山自然景致着眼的作品并不多，仅见王十朋《寄巫山图与林致一喻叔奇》和喻良能《次韵夔府王待制寄示巫山图》两题。王诗作于孝宗乾道元

---

① 这一现象的由来，是宋玉的《高唐赋》与《神女赋》。两赋皆以楚王与巫山神女的性爱故事为题材，是内容上相互衔接的姊妹篇，《高唐赋》侧重写巫山一带山水风物，《神女赋》则着力塑造巫山神女的美丽形象。因而后代文学作品的巫山意象，除指巫山惊险峻美的自然风光之外，常指楚王艳遇神女之事，这是两赋直接作用的结果。正是这浪漫的神话故事给美丽的巫山披上了一层神秘的面纱。

② 诗前序曰："滏阳张氏出此图，盖唐人画。"《全宋诗》卷一一〇三，第19册，第12512页。

③ 杜甫：《杜诗详注》卷十五，仇兆鳌注，中华书局1979年版，第1306页。

15

年（1165），时诗人知夔州，作巫山图并题诗寄友人，以表达浓烈的思乡之情。诗人家浙江，故诗中有"我对此山无梦寐，梦魂只在雁山傍"①之语。喻诗是在收到王十朋画并诗之后的和诗，带有明显的"戏咏"的语气："碧嶂嶙峋夔子国，白云缥缈昭君乡。平生不识巫山面，今日巫山到眼傍"②，对于画图中巫山风光的赏爱溢于言表。

宋人好以人文意象入诗，③更何况像巫山这种本身极具人文色彩的意象！因而在宋人的题巫山图诗中，巫山更多的是一个富于文化含义的存在，而不仅仅是一处自然风光。具体说来，诗人们在观赏巫山图时，其情感更多地超于巫山自然风光之外而指向神女故事。如贺铸《题巫山图》："巫山彼美神，秀色发朝云。绚丽不可挹，飘飘去无痕。楚梦一夕后，苍山秋复春。目断肠亦断，往来今古人"④，发挥宋玉《神女赋》的故事，把神女径直奉为"美神"。吕本中《巫山图歌》，先是描写画景："上有巉然十二峰，乃似突兀当空起。幽花妩媚闭泥土，乱石峥嵘入荆杞。巫山县下水到天，神女庙前江接连。溪流去与飞瀑乱，屋角却对寒崖悬"，然后感慨"楚王不作宋玉死，莫雨朝云千万年"，对比短暂无常的人生，自然界千万年亘古不变的事实怎不让诗人"每见此画心茫然"⑤？可见，眼前的巫山画图引发了诗人关于人生哲理的思考。韩元吉《题陈季陵家巫山图一首》也是将巫山人格化了："暮去朝来雨复云，却将幽恨感行人"⑥，写她朝云暮雨，以其凄怨幽恨感动着过往行人。

---

① 《全宋诗》卷二〇三七，第 36 册，第 22861 页。
② 《全宋诗》卷二三五六，第 43 册，第 27051 页。
③ 参见胡晓明《尚意的诗学与宋代人文精神》，《文学遗产》1991 年第 2 期。
④ 《全宋诗》卷一一〇三，第 19 册，第 12512 页。
⑤ 《全宋诗》卷一六二六，第 28 册，第 18245 页。
⑥ 《全宋诗》卷二〇九四，第 38 册，第 23623 页。

最为突出的是范成大。其《韩无咎检详出示所赋陈季陵户部巫山图诗……次韵和呈以资抚掌》几乎通篇都是从神女故事用笔：

> 瑶姬家山高插天，碧丛奇秀古未传。向来题目经楚客，名字径度岷峨前。是邪非邪莽谁识，乔林古庙常秋色。暮去行雨朝行云，翠帷瑶席知何人。峡船一息且千里，五两竿头见艣尾。仰窥仙馆至今疑，行人问讯居人指。千年遗恨何当申，阳台愁绝如荒村。高唐赋里人如画，玉色颊颜元不嫁。后来饥客眼长寒，浪传乐府吹复弹。此事牵连到温洛，更怜尘袜有无间。君不见天孙住在银涛许，尘间犹作儿女语。公家春风锦瑟傍，莫为此图虚断肠。①

诗人认为，巫山古未有名，因宋玉赋而名列岷山峨眉之前，而高唐神女之事全是宋玉毫无依据的"漫称"之事，纯是子虚乌有，空惹人肠断，后世弗察，受之影响颇为深远，大有把历代以来之传说翻案之势。而在诗人眼里，巫山是怎样的呢？且看他的《巫峡》：

> 巫峡山最嘉处，不问阴晴，常多云气，映带飘拂，不可绘画，余两过其下，所见皆然。岂余经过时偶如此？抑其地固然？"行云"之语，亦有所据依耶？世传巫山图，皆非是。虽夔府官廨中所画亦不类。余令画史以小舫泛中流摹写，始得形似。今好事者所藏，举不若余图之真也。②

---

① 《全宋诗》卷二二五〇，第41册，第25826页。
② （宋）范成大：《吴船录》卷下，《丛书集成初编》本，第22页。

诗人通过两次实地考察，发现不论阴晴，巫山深处，总是布满烟岚，而且云气缭绕，作带状飘逸。因而得出世传所谓巫山图皆失巫山之真的结论。甚至连夔府官廨的巫峡云雨图都不能准确地仿真。此处所谓世传巫山图，是指那些依据宋玉《高唐赋序》"朝为行云，暮为行雨"，大而化之地、想当然地把云、雨分开画的作品，由此可以看出巫山神话传说历代以来产生的深刻影响。范成大为了更真实地表现出巫山云雨，叫画师泛舟中流亲自摹写，以纠正世传绘画失真之误。这样的求实认真精神是十分可贵的。但艺术的真实并不等同于生活的真实，千年前的诗人不知，我们也不可能依此去苛求于他。

2. 题《辋川图》诗

辋川，位于陕西蓝田终南山中，是王维隐居之地。王维晚年在此吟诗作画，参禅念佛，"以水木琴书自娱"①，过着亦官亦隐的宁静生活，成为宋代文人士大夫的精神楷模。其《辋川图》及《辋川》组诗，互相阐发，以具象和抽象相结合的形式共同展示着王维当年的生活幽境，更是留给后人一个可以无限怀想、体味的精神世界。

> 天上归来辋川住，世间那有此风流。（周紫芝《题向司户芳林图》其二）
>
> 谁把吴园较辋川，画图犹复想当年。（蔡戡《次张伯信韵题吴园画轴》）
>
> 右军兰亭未足夸，摩诘辋川焉可拟。（方回《题郎川纪胜图》）
>
> 何处佳山水，依稀类辋川。（陈某《王生小景》）

---

① （唐）张彦远：《历代名画记》卷十，《画史丛书》本，第117页。

可见，在宋人眼里，王维所住的辋川已近于符号化，成为山水佳境的代名词。秦观《书辋川图后》还有观《辋川图》而疾愈的记载。①

关于王维作《辋川图》一事，多见于画学史料中。如唐张彦远《历代名画记》载王维"清源寺壁上画辋川，笔力雄壮"②。唐朱景玄《唐朝名画录》云："复画辋川图，山谷郁郁盘盘；云水飞动，意出尘外，怪生笔端。"③《宣和画谱》说："至其卜筑辋川，亦在图画中。"④宋人诗文和笔记中亦有不少记载。如黄庭坚《题〈辋川图〉》谓："王摩诘自作《辋川图》，笔墨可谓造微入妙。然世有两本，一本用矮纸，二本用高纸，意皆出摩诘不疑。"⑤洪迈云："《辋川图》一轴，李赵公题其末云：'……其图实右丞之亲笔。余阅玩珍重，永为家藏。'……其后卫公又跋云：'乘闲阅箧书中，得先公相国所收王右丞画《辋川图》，实家世之宝也。'"⑥可见在宋代有传为王维所作的不同版本的《辋川图》。今藏于日本圣福寺的《辋川图》（图一）⑦，是画家晚年隐居辋川时所作。画面中心是辋川别墅，亭台楼榭，林木掩映，古朴端庄。别墅外，群山环抱，云水飞动，偶有舟楫往来，一派悠然淡泊、超尘绝俗之象。

前面已经说过，现存宋人题王维画诗达22题之多，而其中题《辋川图》诗即有6题7首。宋人观《辋川图》后会产生怎

① 参见胡仔：《苕溪渔隐丛话》后集卷九，第474页。

② 《历代名画记》卷十，第117页。

③ 《唐朝名画录·妙品上》王维条，《画品丛书》本，于安澜编，上海人民美术出版社1982年版，第80页。

④ 《宣和画谱》卷十，第102页。

⑤ （宋）黄庭坚：《豫章黄先生文集》卷二七，《四部丛刊初编》本。

⑥ （宋）洪迈：《容斋三笔》卷六，《容斋随笔》，孔凡礼点校，中华书局2005年版，第497页。

⑦ 此图为唐人摹本，参见 www.wuys.com/chxs/ch1.asp。

图一 （唐）王维《辋川图》（局部，摹本）

样的情绪反应？先看文彦博《题辋川图后》：

> 吾家伊上坞，亦自有椒园。漠漠清香远，离离丹实繁。
> 盈襜常要采，折柳不须藩。每看辋川画，起予商可言。①

由眼前的"辋川图"，诗人想起了也有这样清绝之景的家园，现在"吾家伊上坞"该是"漠漠清香远，离离丹实繁"了吧？不禁产生"启予者商也，始可与言《诗》"② 的感叹。韩琦在看到

---

　　①《全宋诗》卷二七六，第 6 册，第 3518 页。
　　②《论语·八佾第三》，《十三经注疏》本，江苏古籍出版社 1997 年版，第 2466 页。

文彦博题诗后，作《次韵和文潞公题王右丞维辋川图》：

> 辋川诚自好，人各爱吾园。欲纵家山乐，终縻吏事繁。
> 鸿飞思避弋，羝触困羸藩。几日归陶径，方知践此言。[①]

诗人承文彦博诗思生发感慨："辋川诚自好，人各爱吾园"，明确表示希望回归自己的家园。但"羝羊触藩，不能退，不能遂"[②]，身陷吏事而欲罢不能、进退两难，何日才能得以脱身而实现自己纵情家山的夙愿呢？唏嘘惆怅之情溢于言表。可见，即使是身居朝廷要职、官位显赫的文彦博和韩琦，看了王维的《辋川图》也不免归意盎然。再如王安中《次韵题李公休辋川图》诗，诗人以较多笔墨描绘画面内容，称许王维的高尚人格，憧憬着辋川美景，同时又满是以王维后代自居的自豪感："妙哉吾家右丞相"、"千载吾祖安敢褒"。最后诗人以"家鸡诗画愧弗学，但思卜筑诛蓬蒿"[③]归结，惭愧自己没能继承王维的诗画绝艺，只是希望自己能像王维一样卜居在这样一个幽然绝俗之处。释慧空《题圆融庵藏书坞辋川图》云："芒鞋竹杖如堪画，乞与寒岩作主翁"，诗人明确表示希望自己能成为画图中的主人公，穿着芒鞋，拽着竹杖，在老松横涧、石壁插空的绝境中逍遥自在地生活。何梦桂《辋川图》："休官归去问田园，华子冈前竹里村。麦饭葵羹春酿熟，辛夷亭下弄儿孙"[④]，展现的也是一幅休官归田后麦饭葵羹、儿孙绕膝的怡人场景。

可见，经由画面的悠然绝俗之象和王维隐居雅事的点发，诗人们在欣赏辋川图时，都不约而同地生发欲入画图、归隐林泉

---

① 《全宋诗》卷三三七，第 6 册，第 4112 页。
② 《周易·大壮》，《十三经注疏》本，第 49 页。
③ 《全宋诗》卷一三九二，第 24 册，第 15998 页。
④ 《全宋诗》卷三五二八，第 67 册，第 42203 页。

之思。

（二）题无名山水图诗

由上所述，有名山水画特定的文化属性使诗人在题咏时情感指向趋于一致，与之不同的是，无名山水画因其主题的不确定性，给人更多自由想象发挥的空间，因而不同的人面对同一幅画作，感触往往不尽相同，甚至迥然相异。如同观吴熙老家屈鼎所作的《风云图》，张耒由雨脚横空、烈风狂扫、草披木拔、大江翻澜之象，深切同情画图中那位鞭驴挽车在风雨中艰难行进的车夫，由人及己，感慨"我生飘蓬惯羁旅，顾尔艰难逢亦屡"，表示自己要"衲被蒙头不下堂，且与身谋安稳处"①，宦途畏缩心理昭然；潘大临则由画图回想起昔日游览时的一次亲身经历，称美画作的逼真之感，表示"读诗观画兴未穷，北窗风凉退自公"②，显得兴致盎然，可见二人观画所得全然不同。以下再以两组题画诗为例作具体考察。

1. 题王维《江干初雪图》

王维《江干初雪图》今不传。现藏于台北故宫博物院的五代赵干《江行初雪图》（图二），有学者指出其"全学王维"③，因而我们或可从中找到王画之遗绪，并可由此推想以下诸公题画当日所见之画图的大致情形。

据叶梦得《石林诗话》卷上记载：

> 《江干初雪图》真迹，藏李邦直家，唐蜡本。世传为摩诘所作，末有元丰间王禹玉蔡持正韩玉汝章子厚王和甫张邃明安厚卿七人题诗。建中靖国元年，韩师朴相，邦直厚卿同

---

① 《题吴熙老风云图》，《全宋诗》卷一一六三，第20册，第13123页。
② 《吴熙老所藏风雨图》，《全宋诗》卷一一八九，第20册，第13433页。
③ 徐建融：《董源传世画作的真伪问题》，http：//www.shw.cn/Article。

图二 （五代）赵干《江行初雪图》（局部）

在二府，时前七人者所存惟厚卿而已，持正贬死岭外，禹玉追贬，子厚方贬，玉汝和甫邃明则死久矣。故师朴继题其后曰："诸公当日聚岩廊，半谪南荒半已亡。惟有紫枢黄阁老，再开图画看潇湘。"①

可见，关于同一幅《江干初雪图》，在元丰年间和建中靖国元年共有两次题咏。

元丰年间王珪、蔡确、韩缜、章惇、王安礼、张璪、安焘七人的题诗，《石林诗话》仅录王珪"何日扁舟载风雪，却将蓑笠伴渔人"和韩缜"君恩未报身何有，且寄扁舟梦想中"各两句。② 我们现今可以看到的完整之诗有王珪、章惇、蔡确所作的三首：

> 微生江海一闲身，偶上青云四十春。何日扁舟载风雪，却将蓑笠伴渔人。（王珪《题李右丞王维画雪景绝句》）③

---

① （宋）叶梦得：《石林诗话》卷上，《历代诗话》本，何文焕辑，中华书局1981年版，第411—412页。

② 《石林诗话》卷上，第413页。

③ 《全宋诗》卷四九六，第9册，第5991页。

江头微雪北风急，忆泊武昌舟尾时。潮来浪打船欲破，拥被醉眠人不知。（章惇《题李邦直蒙江初雪图》）①

吴儿龟手网寒川，急雪鸣蓑浪拍船。青弋渡头曾卧看，令人却忆十年前。（蔡确《题王维江行初雪画》）②

面对画图，王珪顿生退隐之思，感慨自己羁于官场不得自由，何日才能像画图中的渔人一样，乘一叶扁舟往来江上做个闲人呢？章惇则由画图江干初雪之景回忆起当年泊舟武昌时的情景：任由雪风凛冽潮来浪打船身欲破，自己都全然不觉，安然地拥被醉眠，这种经历回想起来亦不失为一种美妙的体验。蔡确亦由画中渔人撒网寒川之景想起自己十年前在青弋渡头船上卧看的经历。

二十余年之后，当年同咏此画的七人已是死的死，贬的贬，只有安焘一人尚安于朝。当安焘与韩忠彦、李邦直再观此图，看到卷末当年七人的题诗，又会作何感想？三人各有题诗，且三诗通过《石林诗话》得以全存：

诸公当日聚岩廊，半谪南荒半已亡。唯有紫枢黄阁老，再开图画看潇湘。（韩忠彦《题江干初雪图》）

此身何补一毫芒，三辱清时政事堂。病骨未为山下土，尚寻遗墨话存亡。（李邦直《题江干初雪图》）

曾游沧海困惊澜，晚涉风波路更难。从此江湖无限兴，不如只向画图看。（安焘《重题江干初雪图》）③

韩忠彦有见于当年题画之人而今零落殆尽的事实，在诗中叙写了

---

① 《全宋诗》卷七八〇，第13册，第9028页。
② 《全宋诗》卷七八三，第13册，第9076页。
③ 《石林诗话》卷上，第412页。

这种人事的变故，但较多地表现出一种局外人的眼光。当时李邦直在门下，安焘在西府，故诗中有"紫枢黄阁"之称。李邦直则借题画以写志，"病骨未为山下土，尚寻遗墨话存亡"，感伤至极。心情最为沉重的当是安焘，二十余年后重温旧画，其间的风风雨雨想必齐上心头，昔日同赏画作的友人要么阴阳两隔，要么遭贬在外，难怪他字里行间满是世事沧桑、无可奈何之感。故而叶梦得在自家摹本上"录诸公诗续之"后，亦有"每出慨然"① 之叹！

元丰年间，新党执政，从题画诗来看，作为新党文人的七位诗人虽然也有身不自安之感，但其心境显然还比较平和。时到建中靖国元年，旧党得势，身处逆境的诗人难免会产生更多忧生之嗟和生命浮沉的疲惫之叹。故而总体来说，相较元丰年间的赏画题诗，建中靖国元年题诗时诗人们的心情要沉重得多。

由上可见，一方面，对于同一画作的题咏，因为不同时期诗人们的具体处境不同，题画诗中所表现出来的诗人情思迥然有别；另一方面，即使是同一时期同一处境，不同诗人面对同一画作所生发的情感也不尽相同。这一点我们还可从以下不见于《石林诗话》记载的题《江干初雪图》诗中得到印证：

> 渔翁披得一渔蓑，物色虽幽奈冷何。长怪高宗问霖雨，
> 元来黔首要中和。
> 须知元化仗丹青，移得沧江在画屏。看取乾坤一般色，
> 可怜长短谩相形。（陆佃《题李门下江行初雪图二首》）②
> 断树寒云古岸隈，渔翁初拨小船开。看渠风雪忙如许，

① 《石林诗话》卷上，第412页。
② 《全宋诗》卷九〇八，第16册，第10681页。

还有鱼儿上钩来。（戴表元《题江干初雪图》）①

陆佃是原是新党的重要人物，王安石的学生，其题诗是在新旧党争之后作出的反思，指出"元来黔首要中和"、"看取乾坤一般色"、"可怜长短谩相形"，对势不两立的新旧党争给予了全面否定，寓哲理于题画之中，冷静而客观。而戴诗不同于上述任一诗作，完全是另外一种情调，表现了画图上渔翁在风雪中悠然渔钓的情景，诗人的心情显得十分轻松愉悦。

2. 题谢耕道《一犁春雨图》

谢耕道，名耘，南宋画家，自号"谢一犁"。时诗人都喜欢到其家拜访坐谈，以积诗盈案为乐。南宋张端义《贵耳集》云："三十年间，天下诗人，未有不至其室，诗轴不知几牛腰。巾高二尺余，方口大面，行于市，孰不曰'谢一犁'，因是名满京洛。壁间写诗，中有一联云：'路深容马窄，楼小插花多。'"②

关于诸家题《一犁春雨图》的具体情形，南宋俞文豹《吹剑录》记载如下：

> 天台有谢耘者，号犁春，绘一犁春雨图，求诗于诸公。一时名达，如楼公钥、李公壁、陈公宗召、易公彦章、程公怀古诸贤，长章大篇，累百十首。③

虽然当初题咏之诗"长章大篇，累百十首"，但今日我们可以看到的不过十之一二。且《一犁春雨图》今不存，历代画学史书中也不见有关于此画的记载，因此我们只能根据画题及现存题画

---

① 《全宋诗》卷三六四四，第69册，第43714页。
② （宋）张端义：《贵耳集》卷上，《丛书集成初编》本，第19页。
③ （宋）俞文豹：《吹剑录》，《丛书集成初编》本，第33页。

诗的描写来揣摩想象画图中春雨如油农牛耕作的田园风景。

看到这样的画图，诗人们会作何反应？从题画诗来看，其思想感情的倾向性大致可分为三类。①

第一类，较为贴近现实，笔调也较为沉重，以穷困潦倒、流离江湖的刘过《题一犁春雨图后》为代表，赵师秀、赵汝谈、葛天民诗亦属此类。刘诗如下：

> 阿耘无田食破砚，奉亲日籴供朝饭。有田正恐拙把犁，何得更为图画看。汝父名汝汝当知，有田无田未可期。有田不耕汝懒病，无田画田真画饼。画田之外乃画牛，捕捉风影何时休。头上安头入诗轴，全家不应犹食粥。②

诗人先写谢耕道困苦拮据的生活，然后借画中的田和牛来反讽现实生活中谢耕道无田可种无牛可耕的事实，揭示主旨：只是画画、作诗而想摆脱贫困之境，实为画饼充饥、捕风捉影。末句"不应"正语反说，意为"只应"、"只合"。表面上，诗人是在调侃画家谢耘"食破砚"（以笔耕维持生计）的窘境，其实这也正是诗人自己耕吃破砚的写照。此诗真实而深刻地反映了当时农村的现实困境，深得谢画之旨，宜为俞文豹感慨："惟刘改之一首，道出其骨髓。"③ 赵师秀《谢耕道犁春图》如下："春雨年年有，良田岁岁无。何因将此事，须要画为图。野水寒初退，平林绿半敷。长谣谢沮溺，未必子知吾"④，也是着眼于画家谢耕

---

① 参见赵晓涛《游于艺途——宋代诗与画之相关性研究》（复旦大学 2003 年博士论文，导师：王水照）中相关部分之意见。

② 《全宋诗》卷二七〇〇，第 51 册，第 31816 页。

③ 《吹剑录》，第 33 页。

④ 《全宋诗》卷二八四一，第 54 册，第 33848 页。《永嘉四灵诗集》之《清苑斋诗集》分作二首各四句（第 247 页）。

道的穷苦生活。同样是感慨生活的困顿与艰难，赵汝谈、葛天民则明确地把诗笔由画家转向诗人自身：

> 久客长安思野人，今年籴贵更愁新。江芜漠漠春多少，展卷聊寻梦里身。(赵汝谈《题谢一犁春雨图》)[①]
>
> 耿耿思田舍，攸攸倚钓竿。一犁歌短阕，十口饭长安。老觉驱驰倦，生知稼穑难。画图诗卷在，留与后人看。(葛天民《题谢耕道一犁春雨图》)[②]

赵氏由观画而感叹长安米贵，生活难以为继。葛诗叙说自己一家作客长安，虽知稼穑艰难但仍思念着田园，表现出对官场"驱驰"生活的疲惫与厌倦。

第二类，在画面的解读中或多或少地加入了自己心目中的理想成分，笔调较为轻松，陆游、何异、释居简、魏了翁诗属于此类。如陆游《谢君寄一犁春雨图求诗为作绝句二首》：

> 说著功名我自羞，喜君解剑换吴牛。莫将江上一犁雨，轻博人间万户侯。
>
> 老农虽瘠喜牛肥，回首红尘万事非。耕罢春芜天欲暮，小舟冲雨载犁归。[③]

此诗作于开禧二年（1206），时诗人闲居山阴。诗中虽然也有对自己一生功名蹭蹬的感慨和反思，但更多的是对画家退田归耕行为的肯定和对农家耕犁生活的歆羡（"喜"字两度出现），在一

---

① 《全宋诗》卷二七二三，第51册，第32023页。
② 同上书，第32066页。
③ 《全宋诗》卷二二一八，第40册，第25431页。

定程度上将农村生活理想化了。何异则更是借着画图实现自己"软红尘里家山梦"，神归家园："负郭先畴二顷余，饱看雨后着耕夫。软红尘里家山梦，却就君家阅画图。"① 再看魏了翁《题谢耕道（耘）一犁春雨图》：

> 床头夜雨滴到明，村南村北春水生。老妇携儿出门去，老翁赤脚呵牛耕。一双不借挂木杪，半破夫须冲晓行。耕罢洗泥枕犊鼻，卧看人间蛮触争。②

诗人眼中之景完全是一幅安宁恬静的田园生活图景，这是对画图的理想化解读，与画家初衷或许相去甚远，因为就谢耕道当时困顿的生活窘境来说，他是不大会把其笔下的农耕生活想象得如此安逸的。这一方面可以看出魏氏对当时农家的现实生活缺乏体察，另一方面也说明图像艺术表达所造成的主题的不确定性也可能导致与画家初衷截然相反的解读结果。释居简《一犁春雨图》诗则更是把画家笔下的农耕生活比附成圣贤乐道，显然也过于主观化和理想化。

第三类，折中前两类思想倾向，既有对现实的指陈，也有对理想的憧憬，韩淲、苏洞诗属于此类。韩淲曾先后两次题咏谢画，其诗如下：

> 莫问今人与古人，汉家红腐本陈陈。年来饥馑因师旅，何计归田了此身。
> 村春茅屋动炊烟，负郭收他二顷田。便做丹青也堪赋，

① 《一犁春雨图》，《全宋诗》卷二一二七，第38册，第24048页。
② 《全宋诗》卷二九二四，第56册，第34870页。

谁云不必万人传。(《一犁春雨图次赵正字韵题之》)①

霜晴稻熟上场时，鸡黍人间任所之。谁念尘埃自缠缚，耳昏眼悖复奚宜。

除了催租吏打门，洗锄犁后便醺醺。常年春雨多春事，待把心情付与君。(《霜天思田间获稻之乐书赠犁春图卷》)②

诗中既揭示了兵戎未息、官吏打门催租的严酷现实环境下农民忍饥挨饿的事实，又讴歌了农家秋收时之理想化的丰足生活图景，而对自己由于"尘埃自缚"以致"耳昏眼悖"之年仍不得归田充满遗憾，显然诗人观画时的情感较为矛盾复杂。苏泂《谢耕道一犁春雨图》诗如下：

好事图形复赋诗，岂知真个把锄犁。野人开卷微微笑，最忆轻蓑带湿归。③

诗人认为，作画赋诗都是好事者所为，其中又有谁真正懂得农家耕犁之味？其间既有对农民生活之苦的深切体察之意，也有身为"真知"者的自负感。诗人以"野人"自居，认为只有自己才深得个中三昧，农人忙完一天的农活，披蓑归来，那才最是轻松愉快的时候。

可见，即使画家在创作时的情感主旨非常鲜明，诗人们对于同一画图的解读也会因人而异，甚至呈现出多样化的趋势，以上诸人题·《一犁春雨图》诗即是明证。

二 题故实类山水画诗

《声画集》、《历代题画诗类》都将故实类题画诗单独列为一类

---

① 《全宋诗》卷二七六九，第52册，第32743页。
② 同上书，第32744页。
③ 《全宋诗》卷二八四九，第54册，第33963页。

（《声画集》名之为"故事"类）。这是从画家创作的题材着眼的。而就画科而言，以表现人物为主的故实类画作属人物画，如表现伯夷、叔齐守节首阳山的《采薇图》；而主要功力在山水的故实类画作则属山水画，如画王子猷雪夜访戴故事的《访戴图》，画严子陵隐居的《钓台图》，画唐玄宗避难幸蜀的《明皇幸蜀图》等。题故实类山水画诗，顾名思义，即为题咏故实类山水画的诗歌。

表六　　　　　　　　　现存宋人题故实类山水画诗

题画诗		故实类山水画		故实
题	首	画题	画家	
19	24	《访戴图》	王诜、崔白、赵大年、赵明发、徐明叔、廉宣仲、路居士、王秀才	王子猷雪夜访戴
4	6	《钓台图》	李公麟、莹上人	严子陵隐桐庐事
5	5	《卧雪图》、《高士图》	赵伯驹、赵鸥波	袁安卧雪
3	4	《明皇幸蜀图》	李昭道、李公麟	唐明皇幸蜀避乱
2	2	《高轩过图》	赵明发	韩愈、皇甫湜访李贺事

　　注：以上材料据现存宋代题故实类山水画诗（2题以上者）统计所得；故实类山水画一栏，只说明此画家作过此图，并有题此图诗传世，但并非现存所有的此类题画诗都是题咏此图。

　　以下笔者援引两组题故实类山水画诗，以窥历史故事在宋代的图像表现，以及诗人观画时的思想情感并进而在题画诗中的艺术表达。

（一）题《访戴图》诗

王子猷"雪夜访戴"是一个为人们所熟知的故事。这种雅事发生在素有"魏晋风流"之称的魏晋名士身上不足为怪。可也许他不会想到，千百年来，他的故事一直在流传，他的这种任情自适的名士风采也已成为后代文人士大夫们羡慕的典范。慕其人，传其事，颂其风：画家们泼洒水墨丹青，画出诸如《子猷访戴图》、《雪夜访戴图》等传世佳作；诗人们形诸歌咏，写了许多吟诵名篇。作为艺术创作的素材，"子猷访戴"可谓经久不衰。

访戴题材在诗画中的出现，大约始于唐代。唐诗中多见子猷访戴的典故，如"此行殊访戴，自可缓归桡"（李白《陪从祖济南太守泛鹊山湖三首》）、"闲垂太公钓，兴发子猷船"（孟浩然《冬至后过吴张二子檀溪别业》）、"荷锄元亮息，回棹子猷归"（元稹《月三十韵》）、"自然须访戴，不必待延枚"（白居易《雪中酒熟，欲携访吴监，先寄此诗》）、"家贫惟好月，空愧子猷过"（刘长卿《月下呈章秀才》）、"预约延枚酒，虚乘访戴船"（李商隐《四年冬以退居蒲之永乐……寄情于游旧·忆雪》），等等。但查检画史画录诸书，在唐代未见有访戴题材的画作。

到了宋代，"子猷访戴"可谓热门题材。为此作画的人颇多，今见于诸史料著录的就有十余人，仅徽宗朝御府所藏访戴图即有五幅。至于在诗歌中的运用，则更是数以百计了：泛舟溪上，他们兴味盎然，"扁舟清晓寻溪转，仿佛王猷访戴归"（赵时远《四景诗和孙金判颖叔韵·仙矶晴雪》）、"寒雨飘零不成雪，剡溪闲访戴逵来"（郑獬《蓝桥送客回谒张郎中》）、"江清沙白湘阴路，却似当年访戴回"（张栻《舟行湘阴道中雪作》），仿佛子猷再世；漫天飞雪之中，他们会想望如子猷般风情高雅的友人翩然而至，"后夜溪山雪，临门望子猷"（贺铸《怀寄寇元弼王文举十首·招文举》），"高人想见诗肩耸，乘兴还能访戴无"（陈文蔚《雪中约

32

嘉言叔》）；送别友人，他们还不忘叮嘱"若逢访戴人乘兴，莫惜相随泛剡溪"（吴芾《送江朝宗之官》），"会待子猷清兴发，还须夜雪去寻君"（苏轼《送戴蒙赴成都玉局观将老焉》）……由此看来，"子猷访戴"在宋代可谓深入人心。

从画科上来说，访戴图虽表现的是人物故事，但根据故事内容，应大体属于山水画一类。关于宋代访戴图的作者，见于《图画见闻志》、《画继》、《宣和画谱》等画学史料中著录的就有崔白、范正夫、郭熙、王诜、赵令穰、李唐、赵伯驹、朱锐等。另依据宋代诗歌的记载，宋人赵明发、徐明叔、廉宣仲、路居士、王秀才等亦曾作访戴图。访戴题材在宋代画家们的笔下是如何具体表现的，因画作的失传，我们今天已不得而知。画学史料中偶见简约评述，如崔白《子猷访戴图》"非其好古博雅，而得古人之所以思致于笔端，未必有也"①，范正夫《访戴图》"寄兴清远，真士人笔也"②，朱锐《访戴图》"雪后江山，村庄萧瑟，一客篷窗引望，若指挥长年发棹"、"笔法高简"③。除此以外，题画诗中对于画景的描绘是我们今日可以凭想画面情形的主要依托。另外，宋代以后的同一题材画作，尚有元代张渥《雪夜访戴图》、黄公望《剡溪访戴图》和明代夏葵《雪夜访戴图》（图三，美国芝加哥美术学院藏）等存世。经由以上史料评述、题诗描摹、传世同题画作三端，我们不难揣想宋代访戴图的大致情形：雪山皑皑，四野清寂，一叶扁舟飘荡水面，船中人正陶醉于这雪溪清景之中……

据统计，宋代传世的题咏"访戴图"诗歌共 19 题 24 首。面对画图，诗人会生发怎样的思想和情感反应，在题画诗中又是

---

① 《宣和画谱》卷十八，第 226 页。
② 《画继》卷三，第 18 页。
③ （清）厉鹗：《南宋院画录》卷二，《画史丛书》本，第 35 页。

图三 （明）夏葵
《雪夜访戴图》

如何表现的呢？先看以下二首：

千岩万壑，合为一溪。中夜大雪，玉华渺渺。欲访若人，扬舲水西。飘然兴尽，吾将归兮。（沈辽《王子猷访戴图赞》）①

唤我来看访戴图，溪山惨淡雪模糊。扁舟也待江湖去，更有王维妙手无。（许景衡《行之见招观画》）②

沈诗全篇描绘画中情景，诗人恍若置身画境，而画中的主人公仿佛也已不是子猷，而是诗人自己。许诗则明确表示受眼前溪山清景的感召而直欲"扁舟也待江湖去"。又如张元干《跋赵唐卿所藏访戴图》其一：

万壑千岩一剡溪，漫天云冻雪风飞。人踪鸟迹俱沉绝，独有扁舟兴尽归。③

---

① （宋）沈辽：《沈氏三先生文集·云巢集》卷七，《四部丛刊三编》本。
② 《全宋诗》卷一三六〇，第23册，第15581页。
③ 《全宋诗》卷一七八七，第31册，第19929页。

诗人着力渲染画中雪夜清寂之景，烘托出人物高雅绝俗的风致。脱离俗世的牢笼，归返自然，任情自适，这是多么惬意！向往之情溢于字里行间。

"扁舟雪夜兴，千载风流存"（晁说之《题明发所画访戴图渠自有诗》），面对画图，诗人自然联想起子猷的任情之举来，并进而表达内心的称赏与景仰之情，这在宋人题访戴图诗中较为多见。如王铚《剡溪王秀才画子猷访戴图》，诗人以禅思解读子猷兴尽之语，指出这实在是醉心于荒林雪月而物我两忘的真妙境界。方岳《合纸屏为小阁画卧袁访戴其上名之曰听雪各与长句》其二则于"访戴"之外，更点出子猷爱竹的故事，认为王戴之交是高雅脱俗的"神交"，如若见面，反倒会是"逸韵高情一如扫"。又如：

> 雪夜怀人泛剡溪，造门而返是还非。不曾相见犹相见，满载清风独自归。（郑思肖《王子猷访戴图》）①
> 山骨冻棱棱，溪色清练练。溪山中雪月，如对故人面。门扃隐庐深，舟捩征柂转。勿云兴已尽，不见方真见。（姚勉《雪景四画·剡溪乘兴》）②

在诗人看来，雪夜怀人，乘兴而往，虽不及登门而"满载清风独自归"，只要是兴之所致，见与不见倒不紧要。至于谢幼谦的《子猷访戴图》："溪山雪夜本清奇，底事扁舟只凭归。谁识去来皆兴耳，归时更好似来时"③，则更于画外揣想"归时更好似来时"。是啊，谁能说归途不更是兴趣盎然？

---

① 《全宋诗》卷三六二四，第69册，第43393页。
② 《全宋诗》卷三四○三，第64册，第40483页。
③ 《全宋诗》卷三七四九，第72册，第45216页。

在众多倾慕声中，也有人对"兴尽而返"发出了疑问：

> 闲庭秋草积，满砌苍苔深。忽向冰纨上，聊窥访戴心。雪月俱皎皎，风林互森森。纵观停舻处，犹闻击汰音。终身剡溪曲，何尝返山阴。徒言兴已尽，真妄谁能寻。浮生同尽尔，慷慨为长吟。（李彭《观访戴图》）①

秋草萋萋，苍苔满阶，在如此清寂的庭院赏读访戴画作，似乎更能让人忘却世事洗尽凡尘而全心于画作。画图上明月皎皎，雪山皑皑，风中林木仿佛在沙沙作响，而画中舟子以桨击水的声音也依约在耳，此情此景也似乎随着画面的定格而成为永恒。"徒言兴已尽，真妄谁能寻"，谁能说清是否真已"兴尽"呢？苏轼《又书王晋卿画四首·雪溪乘兴》："溪山雪月两佳哉，宾主谈锋夜转雷。犹言不见戴安道，为问适从何处来"②，则已然带有一种调侃的味道了。

王子猷作为东晋名门之后，一无赫赫政绩可以称颂，二无不朽文字使之扬名，仅凭访戴、种竹之类的风流雅事而名传千载，也不能不使后代的诗人感慨系之。如：

> 小艇相从本不期，剡中雪月并明时。不因兴尽回船去，那得山阴一段奇。（曾几《书徐明叔访戴图》）③
> 四山摇玉夜光浮，一舸玻璃凝不流。若使过门相见了，千年风致一时休。（来梓《子猷访戴》）④

---

① 《全宋诗》卷一三八三，第24册，第15873页。
② 《全宋诗》卷八一六，第14册，第9444页。
③ 《全宋诗》卷一六五九，第29册，第18592页。
④ 《全宋诗》卷二三三四，第43册，第26833页。

如果当初不是兴尽回船，而是过门相见了，又哪来这种高情雅致的故事流传？诗人面对画图，着意的是对画中故事的一种冷静思考，体现出宋诗追求理趣的风尚。元代马臻的《题山阴回棹图》："夜雪萧骚入剡溪，高怀忽起故人思。当时兴尽不回棹，千载谁传一段奇"，则显然是这一思想的延续。

有感于画中主人公王徽之独特的个性魅力，诗人们又往往由题画而生发开去，借题发挥，感慨世事人生。如葛胜仲《跋子猷访戴图》：

> 玉屑金波各眼尘，如何牵役不知勤。往来扰扰天机乱，那似端居对此君。①

与其扰扰于名利之途，不如洗尽凡尘，端居对画，如同画中的子猷，一任自己的本性之真自然地流露。《西清诗话》云："画工意初未必然，而诗人广大之。乃知作诗者徒言其景不若尽其情，此题品之津梁也"②。此诗颇得其中之妙。

综观宋代题访戴图诗，诗人们大多围绕故实本身抒写感慨，或由故实生发议论，极大地延展了画作的意蕴，同时也丰富了子猷访戴故事的内涵。

（二）题《明皇幸蜀图》诗

明皇幸蜀，指的是天宝十五载（756）唐玄宗李隆基潼关失守后幸蜀以避乱的故事。传世画作即有唐画《明皇幸蜀图》（图四），今藏台北故宫博物院。关于此画，学界公认是唐人手笔，传为李昭道画。宋叶梦得《避暑录话》有李思训画《明皇幸蜀

---

① 《全宋诗》卷一三六八，第24册，第15702页。

② （宋）蔡絛：《西清诗话》卷上，《稀见本宋人诗话四种》，张伯伟编校，江苏古籍出版社2002年版，第190页。

图》之说：

> 明皇幸蜀图，李思训画，藏宗室汝南郡王仲忽家。……宣和间，内府求画甚急，以其名不佳，独不敢进。明皇作骑马像，前后宦官宫女导从略备。道旁瓜圃，宫女有即圃采瓜者，或讳之为摘瓜图。[1]

叶氏此说明显有误，因李思训在公元721年以前已卒，而明皇幸蜀是在756年。但据此材料我们可得到另一则消息：《明皇幸蜀图》曾"以其名不佳"而讳称《摘瓜图》（后世还曾讳名为《关山行旅图》）。邵博就曾收藏《山行摘瓜图》，并说其上"注云：小李将军"[2]；《宣和画谱》著录有李昭道《摘瓜图》一[3]；宋代宣和御府藏画中有李伯时《摹唐李昭道摘瓜图》；宋蔡絛《铁围山丛谈》有徽宗"赐阁下以小李将军《唐明皇幸蜀图》一横轴。吾立侍在班底睹之"[4] 的记载。从以上诸多材料来看，李昭道曾作《明皇幸蜀图》应是可以确定之事。

《明皇幸蜀图》描绘了唐明皇及其随从人马行进于蜀中崇山峻岭的情形，画面上山岭险峻，石径盘曲，栈道高危，白云盘绕。作者匠心独运，把一群负带行李十分劳累的侍从和马匹置于画面的中心，而将唐玄宗"骑三骏照夜白马，出栈道飞仙岭下，乍见小桥，马惊不进"[5] 的情景以及妃嫔、侍臣等贵人压缩于画

---

① （宋）叶梦得：《避暑录话》卷下，《丛书集成初编》本，第74页。

② （宋）邵博：《邵氏闻见后录》卷二七，刘德权、李剑雄点校，中华书局1983年版，第215页。

③ 《宣和画谱》卷十，第101页。

④ （宋）蔡絛：《铁围山丛谈》卷一，冯惠民、沈锡麟点校，中华书局1983年版，第16页。

⑤ （元）汤垕：《画鉴·宋画》，沈子丞编，《历代论画名著汇编》，文物出版社1982年版，第193页。

图四 （唐）李昭道《明皇幸蜀图》

面的右下角，人物描绘栩栩如生。整个画幅设色浓丽，场景宏大。

到了宋代，《明皇幸蜀图》有多种藏本和摹本。据《画鉴》记载，徽宗赵佶亦曾"临李昭道摘瓜图，旧在张受益家，今闻在京师某人处"[①]；米芾《画史》说："古人图画，无非劝戒，今人撰《明皇幸蜀图》，无非奢丽"，"苏澥浩然处见寿州人摹《明皇幸蜀道图》，人物甚小，云是李思训本，与宗室仲忽本不同"[②]，虽然米氏对时人所作之《明皇幸蜀图》语含讥贬，但从其叙述可知明皇幸蜀题材在宋人画作中已不少见。

虽然《明皇幸蜀图》"山川云物、车辇人畜、草木禽鸟无一

---

① （元）汤垕：《画鉴·宋画》，沈子丞编，《历代论画名著汇编》，文物出版社 1982 年版，第 193 页。

② 《画史》，第 38、52 页。

不具。峰岭重复，径路隐显，渺然有数百里之势"①，但由于其所表现的特殊的故事背景，诗人们在欣赏题咏之时，其关注重心全然不在画面景物。如李纲《题伯时明皇蜀道图》：

> 君不见开元天宝同一主，治乱相翻如手举。揽盈欲恶虽一人，变易安危原近辅。姚宋已死九龄黜，谁使杨钊继林甫。宫中太真专宠私，塞外番酋成跋扈。祸胎养就不自知，漫向华清遗匕筋。渔阳突骑破潼关，百二山河震金鼓。翠华杳杳幸西南，赤县纷纷集夷虏。伤心坡下失红颜，堕泪铃中闻夜雨。山青江碧蜀道难，栈阁连空傥相挂。旌旗惨淡云物愁，林木阴森猿鸟侣。戎装宫女亦善骑，皓齿明眸犹笑语。老臀奚官驱蹇驴，负橐赍粮岂供御。九重微卫复谁勤，万里艰危真自取。至尊狼狈尚如此，叹息苍生困豺虎。千秋万岁不胜悲，玉辇金舆尽黄土。空令画手思入神，一写丹青戒今古。②

此诗题咏的是李公麟画作。此画曾为宣和御府所藏，名为《摹唐李昭道摘瓜图》③，既是摹仿李昭道画，则其画面内容当如图四所示。李纲题诗开篇即用较大篇幅评述了唐明皇杨贵妃荒淫误国的史事，指出潼关失守、马嵬事变以致"万里艰危"实在是唐明皇咎由自取，感慨"至尊狼狈尚如此，叹息苍生困豺虎"，对于战乱中的百姓深表同情。最后诗人跳出画图，发表感慨："千秋万岁不胜悲，玉辇金舆尽黄土。空令画手思入神，一写丹青戒今古"，历史已经过去，前车之覆，后车之鉴，画家的良苦

---

① 《避暑录话》卷下，第74页。
② 《全宋诗》卷一五五四，第27册，第17646页。
③ 《宣和画谱》卷七，第78页。

用心就在于此啊！我们再看陆游《题明皇幸蜀图》：

> 天宝政事何披猖，使典相国胡奴王。弄权杨李不足怪，阿瞒手自裂纪纲。八姨富贵尚有理，何至诏书褒五郎。卢龙贼骑已汹汹，丹凤神语犹琅琅。人知大势危累卵，天稔奇祸如崩墙。台省诸公独耐事，歌咏功德卑虞唐。一朝杀气横天末，疋马西奔几不脱。向来谄子知几人，贼前称臣草间活。剑南万里望秦天，行殿春寒闻杜鹃。老臣九龄不可作，鱼蠹蛛丝金鉴篇。[①]

刘克庄《明皇幸蜀图》：

> 狼烟起幽蓟，鸟道幸岷峨。穆满尚八骏，隆基惟一骡。
> 失守文皇业，来听望帝声。向令曲江在，吾岂有兹行。[②]

陆诗借古讽今，以讥讽的语调，通过唐明皇自败朝纲以致祸起萧墙，几乎不得脱身的史实，感慨自己空有满腔报国之情却不得重用。刘诗则模仿唐明皇的口吻，先是自述自己的可怜处境，后从反面立论："向令曲江在，吾岂有兹行"，早知如此，何必当初啊！表面上是唐明皇在言说，实际上是诗人借历史人物抒写自己的感慨。综观以上三首题画诗，诗人在题咏时关注的不是画面景物，而是从画图所表现的故事生发，咏叹历史事实，发表意见感慨，如果不看诗题，则与咏史诗无异。

通过以上宋人题《访戴图》诗和题《明皇幸蜀图》诗的列举，我们大体可以得出如下结论：面对故实类山水画作，诗人们

---

① 《全宋诗》卷二一六〇，第 39 册，第 24391 页。
② 《全宋诗》卷三〇五一，第 58 册，第 36396 页。

41

较少从审美的角度赏玩画趣，更多的是对画中人物行为或历史事件进行省思，进而表达对画作中人物典范的敬慕或历史故事的感慨。

三　题诗意图类山水画诗

在中国文艺园地里，诗歌与绘画是一对孪生的姐妹花。她们互相滋长，彼此融合，其具体的表现形式，从诗歌来看，是题画诗；就绘画而言，是诗意图。而最为典型的诗画交融形式，则是题诗意图诗。

诗意图，是以诗歌为创作题材，以表达诗歌内涵与意趣为旨归的画图。诗意图是在已经完成的诗歌基础上创作的画图，是艺术的二度创作。这一过程的性质既要求作为画作题材的诗歌有画意（诗中有画），也必然使依据诗歌而完成的画图有诗情（画中有诗）。诗意图中的物象与诗文情境交融，因而较之单纯的画图，诗意图更容易引发观者的诗情，而导引出题画诗的创作。可见，题诗意图诗的创作实经历了如下一个过程：

诗歌──→诗意图──→题诗意图

这样，由诗到画，再回到诗，完成了诗画艺术创作活动的两度循环。但这种循环显然不是回复到最初的诗歌原点，因为题诗意图诗是诗人"回溯画家所依据的'文学文本'与画家所创造的'图象文本'，经过双生体认，进行的文化反刍和再诠释"①，因而具有更大的包蕴性，也更耐人寻味。

宋代画坛诗意图创作十分流行。现今见于记载的宋代诗意

---

①　衣若芬：《观看　叙述　审美──唐宋题画文学论集》，台湾中央研究院中国文哲研究所 2004 年版，第 19 页。

图，赵晓涛钩稽如下："杜措的《秋日并州路诗意图》、黄筌的《山居诗意图》及《秋山诗意图》、张先的《十咏图》、刘永的《山居诗意图》、许道宁的《早行诗意图》、何霸的《潇湘逢故人图》、郭熙的《诗意山水图》二、孙可元的《陶潜归去来图》、赵令穰画的王维诗意图、李公麟的《饮中八仙歌图》、赵伯驹的《饮中八仙图》、《画归去来辞》和《盘谷图手卷》、赵伯骕的《唐人诗意图》、赵祖文（名弁）的《盘谷图》、陈居中的《落日照大旗图》、马远的《谢宣城澄江高望图》、《"月明千里故人来"句图》和《仙坛秋月图》、马麟的《暗香疏影图》和《皇都春色图》、钱光甫的《桃花流水鳜鱼图》、范正夫的《雪景诗意图》、佚名的《江上青峰图》、《落霞孤鹜图》等。此外文臣李时敏、画院画家刘松年亦画过《诗意图》。"[1] 此外，还有黄筌的诗意山水图五[2]，李公麟《阳关图》、《归去来兮图》、《九歌图》[3]、李公麟与苏轼合作《憩寂图》[4]，司马槐与米友仁合作山水画《诗意图》[5]，赵葵《杜甫诗意图》[6]。《宣和画谱》说王毂"多取今昔人诗词中意趣，写而为图绘"[7]；史载高宗曾在一匹绢上书写《胡笳十八拍》的诗句，由李唐来根据诗意作画[8]；马和之"作山水人物多根据古诗词文赋之意而写"[9]，曾作《毛诗三百篇图》，可见他们所作的诗意图更是不少。更为突出的是北宋

---

　① 赵晓涛：《游于艺途——宋代诗与画之相关性研究》。

　② 《宣和画谱》卷十六，第180页。

　③ 《宣和画谱》卷七，第77、78页。

　④ 事见苏轼《题憩寂图诗》，《苏轼文集》卷六八，孔凡礼点校，中华书局1986年版，第2138页。

　⑤ 参见陈传席：《中国山水画史》，天津人民美术出版社2001年版，第156页。

　⑥ 同上书，第230页。

　⑦ 《宣和画谱》卷十二，第130页。

　⑧ 参见陈传席《中国山水画史》，第191页。

　⑨ 同上书，第211页。

著名山水画家郭熙,《林泉高致》记其创作诗意图的情形:

> 更如前人言,"诗是无形画,画是有形诗。"哲人多谈此言,吾人所师。余因暇日,阅晋唐古今诗什,其中佳句有道尽人腹中之事,有装出目前之景,然不因静居燕坐,明窗净几,一炷炉香,万虑消沉,则佳句好意亦看不出,幽情美趣亦想不成,即画之主意亦岂易有及乎?境界已熟,心手已应,方始纵横中度,左右逢源。①

《林泉高致》录其所诵"发于佳思而可画"之"清篇秀句"有七绝四首,截句十联。另外,北宋后期朝廷还曾多次以诗句考试画工,如"野水无人渡,孤舟尽日横"、"蝴蝶梦中家万里"、"嫩绿枝头一点红,动人春色不须多"、"竹锁桥边卖酒家"等都曾是画学考题。

结合画题及现存画作,我们不难发现,从画科而言,以上诗意图中山水画居多。这也是宋代山水画文人化、诗化的一个具体表现。这种诗化的画图更容易引起人们的诗意联想,因而宋代的题诗意图类山水画诗在题山水画诗中也极为引人注目。

表七　　　　　　　　　　现存宋代题诗意图类山水画诗

题画诗		诗意图		原诗	
题数	首数	画题	画家	诗题	诗人
14	20	《阳关图》	李公麟	《送元二使安西》	王维
16	18	《桃源图》	吴生	《桃花源诗并记》	陶渊明

① (宋)郭熙:《林泉高致·画意》,《历代论画名著汇编》本,第72页。

题画诗		诗意图		原诗	
题数	首数	画题	画家	诗题	诗人
15	16	《归去来图》	李公麟	《归去来兮辞》	陶渊明
8	11	《寒江独钓》、《钓雪图》	赵大年、钱少愚、谯干、丁掾	《江雪》	柳宗元
3	3	《西塞风雨》	王诜	《渔歌子》	张志和
2	2	《流水绕孤村》	赵大年	《满庭芳》（山抹微云）	秦观

注：以上材料据现存宋代题诗意图类山水画诗（2题以上者）统计所得；诗意图一栏，只说明此画家作过此诗意图，并有题此诗意图诗传世，但并非现存所有的此类题画诗都是题咏此图。

由表七可见，题诗意图类山水画诗之同题共作的现象在宋代十分多见。下面我们具体考察两组题诗意图诗。①

（一）题《阳关图》诗

《阳关图》画王维《送元二使安西》诗意。《送元二使安西》中唐以后即被披之管弦，名为《渭城曲》，作为离别筵席上的送别之歌被反复吟唱，又称《阳关三叠》。在宋代被编入乐府。

北宋画家李公麟将王诗画而为图，时称《阳关图》，并作有《小诗并画卷奉送汾叟同年机宜奉议赴熙河幕府》诗一首，诗曰：

———————————

① 以下题画诗的解读曾参考过衣若芬《宋代题诗意图诗析论》，台湾《中国文哲研究集刊》第 16 期。

　　　　画出离筵已怆神，那堪真别渭城春。渭城柳色休相恼，
西出阳关有故人。①

可知李公麟所作《阳关图》亦为送别之作。与王维"劝君更尽
一杯酒，西出阳关无故人"的伤慨不同，李公麟反用王诗诗意：
"渭城柳色休相恼，西出阳关有故人"，以此劝慰友人离别是暂
时的，不用哀愁。此画被宋人反复题咏，如苏颂、苏轼、张舜
民、苏辙、黄庭坚、谢邁、楼钥等都有题此画诗传世。李图今不
传，以下两则材料可资我们设想此图的画面情形：

　　　　古人送行赠以言，李君送人兼以画。自写阳关万里情，奉
送安西从辟者。澄心古纸白如银，笔墨轻清意萧洒。短亭离筵
列歌舞，亭亭喧喧簇车马。溪边一叟静垂纶，桥畔俄逢两负薪。
掣臂苍鹰随猎犬，耸耳驴驼扶只轮。长安陌上多豪侠，正值春
风二三月。分明朝雨浥轻尘，客舍青青柳色新。主人举杯苦劝
客，道是西征无故人。殷勤一曲歌者阕，歌者背泪沾罗巾。酒
阑童仆各辞亲，结束韬縢意气振。稚子牵衣老人哭，道上行客
皆酸辛。惟有溪边钓鱼叟，寂寞投竿如不闻。……②
　　　　公麟作《阳关图》，以离别惨恨为人之常情，而设钓者
于水滨，忘形块坐，哀乐不关其意。③

可见，相较于王维原诗场景，李画已多出许多点景人物，如溪边
垂纶的钓叟、桥畔负薪的樵夫、举鹰带犬的猎人、赶驴前行的车
夫，无疑这些人物的出现使原本凄凉的送别场面热闹了许多。尤

　　①　《全宋诗》卷一〇六九，第18册，第12162页。
　　②　张舜民：《京兆安汾叟赴辟……浮休居士为继其后》，《全宋诗》卷八三三，第14
册，第9670页。
　　③　《宣和画谱》卷七，第75页。

其是临流垂钓的渔翁最是神来之笔，他"寂寞投竿如不闻"、"忘形块坐，哀乐不关其意"，正与上述李公麟诗中对于离别的淡然相吻合。诚如谢邁赞咏："摩诘句中有眼，龙眠笔下通神。佳篇与画张本，短纸为诗写真。……"①

至于宋人关于《阳关图》的题咏，一是随着画图而再次体验人世常情，为离别一掬热泪，沉入"西出阳关无故人"的哀伤：

　　坐对丹青伤别离，泪和朝雨想频挥。道边垂柳年年在，看尽行人长不归。

　　春草春波伤底事，青青柳色最消魂。龙眠自有离家恨，貌得阳关烟雨昏。（谢邁《观李伯时阳关图二首》）②

　　离觞别泪为君倾，行李匆匆欲问程。不用阳关寻旧曲，图中端有断肠声。

　　画出阳关古别离，萧疏柳质不胜悲。行人顾叹离人泣，柳下渔翁总不知。（楼钥《题汪季路太傅所藏龙眠阳关图》）③

二是跳出画图，从图像的阅读中产生出智性的思辨和体悟。或解释画图中钓者"哀乐不关其意"的原因：

　　人人肠断渭城歌，谁独持竿面碧波。可是无情如木石，只应此地别离多。（严粲《阳关图》）④

　　① 《集庵摩勒园观李伯时画阳关图……赋六言》，《全宋诗》卷一三七六，第24册，第15789页。
　　② 同上书，第15807页。
　　③ 《全宋诗》卷二五四二，第47册，第29434页。
　　④ 《全宋诗》卷三一二九，第59册，第37391页。

或思索领悟离别的因果，喟然欲返田园：

> ……李君此画何容易，画出渔樵有深意。为道世间离别人，若个不因名与利。……歌舞教成头已白，功名未立老相催。西山东国不我与，造父王良安在哉。已卜买田箕岭下，更看筑室颍河隈。凭君传语王摩诘，画个陶潜归去来。（张舜民《京兆安汾叟赴辟……浮休居士为继其后》)①

> 不见何戡唱渭城，旧人空数米嘉荣。龙眠独识殷勤处，画出阳关意外声。
> 两本新图宝墨香，樽前独唱小秦王。为君翻作归来引，不学阳关空断肠。（苏轼《书林次中所得李伯时归去来阳关二图后》)②

或遥想阳关的地理环境，感慨边关不宁、故土失离：

> 渭城凄咽不堪听，曾送征人万里行。今日玉关长不闭，谁将旧曲变新声。
> 三尺冰纨一绝诗，翩翩车马送行时。尊前怀古闲开卷，见尽关山远别离。（苏颂《和题李公麟阳关图二首》)③

> 百年摩诘阳关语，三叠嘉荣意外声。谁遣伯时开缣素，萧条边思坐中生。
> 西出阳关万里行，弯弓走马自忘生。不堪未别一杯酒，

① 《全宋诗》卷八三三，第 14 册，第 9670 页。
② 同上书，第 9409 页。
③ 《全宋诗》卷五二九，第 10 册，第 6401 页。

长听佳人泣渭城。(苏辙《李公麟阳关图二绝》)①

谁画阳关赠别诗,断肠如在渭桥时。荒城孤驿梦千里,远水斜阳天四垂。青史功名常蹭蹬,白头襟抱足乖离。山河未复胡尘暗,一寸孤愁只自知。(陆游《题阳关图》)②

或由绘画对于人生遭遇的虚拟展现而作冷眼旁观之想,检视人生离别的情绪反应:

风烟错漠路崎岖,倦客羁臣泪满襟。何事道人常把玩,只应无复去来心。(韩驹《题修师阳关图》)③

可见,尽管《阳关图》以送别为基调,但通过图像所表达的视觉经验毕竟与实际的人生体验不同,因此诗人们在题咏时,大多客观地将自己置身于离别情事之外,冷静地思索"伤别"的前因后果及更深层的人生情境,使得题画诗与送别题材的文学作品不同,体现出其独特的文类性质。

(二) 题《归去来图》诗

《归去来图》依陶渊明《归去来兮辞》描绘。宋代吏隐之风盛行,④ 陶渊明笔下的"归去来"和"桃源"成为宋代士人难以企及的人生理想,他们只能更多地在精神上做着回归田园的美梦。以《归去来兮辞》在宋代之受推崇即可见一斑。欧阳修"晋无文章,惟陶渊明《归去来》一篇而已"⑤ 之语,犹如一声

---

① 《全宋诗》卷八六四,第 15 册,第 10053 页。
② 《全宋诗》卷二一八三,第 40 册,第 24865 页。
③ 《全宋诗》卷一四四一,第 25 册,第 16611 页。
④ 详见本书第二章第二节阐述。
⑤ 苏轼:《跋退之送李愿序》引,《苏轼文集》卷六六,第 2057 页。

震响，在宋人中回应重重。如宋祁说"莒公言欧阳永叔推重《归去来》，以为江左高文，丞相以为知言"①；彭□亦云："六一居士谓陶渊明《归去来》为江左之高文，当世莫及。涪翁云：颜、谢之诗，可谓不遗炉锤之功矣。然渊明之墙，数仞而不能窥也。"② 李格非"陶渊明《归去来兮辞》，沸然如肺腑中流出，殊不知有斧凿痕"③ 之语，则更是与陶渊明的异代共鸣。洪迈《和归去来》说：

> 今人好和《归去来词》，予最敬晁以道所言。其《答李持国书》云："足下爱渊明所赋《归去来辞》，遂同东坡先生和之，仆所未喻也。建中靖国间，东坡《和归去来》初至京师，其门下宾客从而和者数人，皆自谓得意也，陶渊明纷然一日满人目前矣。参寥忽以所和篇示予，率同赋，予谢之曰：'童子无居位，先生无并行，与吾师共推东坡一人于渊明间可也。'参寥即索其文袖之，出吴音，曰：'罪过公，悔不先与公话。'今辄以厚于参寥者为子言。"昔大宋相公谓陶公《归去来》是南北文章之绝唱，《五经》之鼓吹，近时绘画《归去来》者，皆作大圣变，和其辞者，如即事遣兴小诗，皆不得正中者也。④

则道出了时人好和陶渊明《归去来兮辞》及好以之入画的情形。见于画学史书著录的宋画，如《宣和画谱》录李公麟《归去来图》、孙可元《陶潜归去来图》，《南宋院画录》说贾师古

---

① （宋）宋祁：《宋景文公笔记》卷中，《丛书集成初编》本，第 13 页。

② （宋）彭□：《续墨客挥犀》卷二，《侯鲭录墨客挥犀续默客挥犀》本，孔凡礼点校，中华书局 2002 年版，第 434 页。

③ （晋）陶潜：《陶渊明集校笺》卷五《集评》引，龚斌校笺，上海古籍出版社 1996 年版，第 400 页。

④ 《容斋随笔》卷三，第 32 页。

画有《归去来图》，《御定佩文斋书画谱》录赵伯驹画《归去来辞》，《石渠宝笈》载南宋僧梵隆画有《归去来图》。此外，吴芾有《客有善画者取予所和归去来辞图之成轴仍为老者写照于其间感而有作》诗，从诗题来看，先是吴芾有和陶归去来诗，然后"客"依和诗作画，吴芾再题客画，完成了诗与画之间的三度循环；汪藻《题周彦约壶斋》云周氏居室"满壁但挂归来图"。凡此种种，足以说明陶渊明《归去来兮辞》在宋代之深入人心。

现存宋人题归去来图诗共有 15 题 16 首，大都题咏的是李公麟所画《归去来图》。李画今不存，从后人摹本来看，李公麟所画是一较长的手卷，画家采取叙事画的构图方式，从右至左顺着陶渊明《归去来兮辞》文意描绘陶渊明回归田园的历程，主角人物依照诗文所叙述的情节重复出现。① 《宣和画谱》云：李公麟"画《归去来兮图》，不在于田园松菊，乃在于临清流处"。② 宋刘才邵《跋李龙眠〈渊明归去来图〉》也说："渊明萧然自寄于埃壒之外，初无忤物之累，故其辞平淡，有太古之遗音。而龙眠翁能于笔端写出情状，使人观之，想见傲逸之姿，与林泉栖遁之趣，历历在眼中，岂与踞骸问客、白眼视人校远近耶？"③ 可见，画家作图虽依据诗文情节但并不拘泥于诗文，其意旨主要在于通过画图表现陶渊明超尘傲俗之举。李公麟《归去来图》后经高宗御题，又有"薛绍彭逐段书调词又跋其后"④，苏轼、黄庭坚、陈师锡、释祖可、夏倪、周紫

---

① 参见衣若芬《观看 叙述 审美——唐宋题画文学论集》，第 275—282 页图示。

② 《宣和画谱》卷七，第 74—75 页。

③ （宋）刘才邵：《杉溪居士集》卷十，影印文渊阁《四库全书》本，第 552 页。

④ （清）孙岳颁等：《御定佩文斋书画谱》卷九十七《历代鉴藏七》，影印文渊阁《四库全书》本，第 342 页。

芝、赵蕃等都有题咏此画之诗作传世，可见其影响之大。考察宋人关于《归去来图》的欣赏题咏，我们可以将其情感趋向分为三个层次。

首先，随着画卷的舒卷开合，画中流动的时空展现，诗人经历了一次美妙的精神回归：

> 日日言归真得归，迎门儿女笑牵衣。宅边犹有旧时柳，漫向世人言昨非。（黄庭坚《题归去来图二首》其一）①
>
> 坐上柴桑墟落烟，眼中百里旧山川。候门稚子似无恙，三径巾车人绝怜。……（释祖可《李伯时作渊明归去来图王性之刻于琢玉坊病僧祖可见而赋诗)》②
>
> ……我顷诵诗不知处，今乃按图俱得之。当时想见归意好，扁舟扬水风吹衣。壶觞未饮入室酒，玉色先见迎门儿。岂无故老说情话，尚有残菊依东篱。云归鸟倦自有意，欲辩已忘谁复知。……（周紫芝《题李伯时画归去来图》)③

迎门儿女、宅边柳树、墟落炊烟、东篱残菊……——映入诗人的眼帘，仿佛归隐田园的不是早已作古的陶公，而是诗人自己了。

其次，省思陶渊明归田之举，推崇其不肯屈身仕晋的高洁情操和不愿受世俗规范制约的人生境界：

> 人间处处犹崔子，岂忍更令三径荒。谁与老翁同避世，桃花源里捕鱼郎。（黄庭坚《题归去来图二首》其二）④
>
> 小邑弦歌始数旬，迷涂才觉便归身。欲从典午完高节，

---

① 《全宋诗》卷一〇一三，第17册，第11571页。
② 《全宋诗》卷一二八八，第22册，第14610页。
③ 《全宋诗》卷一五三一，第26册，第17390页。
④ 《全宋诗》卷一〇一三，第17册，第11571页。

52

聊与无怀作外臣。(葛胜仲《跋陶渊明归去来图》)①

钱选自画《归去来图》(图五,美国大都会艺术博物馆藏)② 并题诗卷后,曰:"衡门植五柳,东篱采丛菊。长啸有余清,无奈酒不足。当世宜沈酣,作色召侮辱。乘兴赋归欤,千载一辞独"③,则是引陶渊明以自况,表达自己不与世俗同流合污之心。

图五 (元)钱选《归去来辞图》

第三,由陶渊明反观自身,感慨陶渊明高山仰止般的行为高度不可企及:

> 流传匪独遗怡玩,端使懦夫怀凛然。(释祖可《李伯时作渊明归去来图王性之刻于琢玉坊病僧祖可见而赋诗》)
> 韵绝难追神易倦,使我空然汗颜面。(夏倪《次韵题归去来图》)
> 我今此意不自事,老去见画空惭非。(周紫芝《题李伯时画归去来图》)
> 开图我亦有遗恨,不得执屦从其后。(赵蕃《题归去来图》)

① 《全宋诗》卷一三六八,第24册,第15702页。
② 说明:因钱选未曾仕元,我们将其诗作纳入宋诗研究范畴;而对于其画,则尊重画史习惯,将其纳入元画之列。
③ 《题归去来图》,《全宋诗》卷三五八二,第68册,第42805页。

懦立薄夫敦，仰止迈终古。(方回《题渊明归来图》)

从宋人对《归去来图》的题咏，我们可以看出，作为追求身心自由的典范人物，陶渊明在宋人心目中已被偶像化，诗人将画中渊明作为自身之寄托或投射，一方面随着渊明的归隐而做着"归去来"的美梦，释放自己内心"心为形役"之苦，另一方面对照自身的现实处境，感慨陶公任情之举实在是自己无法实现的白日梦。

通过以上两组题诗意图的分析，我们可以找到宋人题诗意图的理路：诗人首先从画面图像体会其中的形式表现和情感表达，进而从诗意图里回溯诗歌原型，体悟与原诗相应的情和事，与自己的主体心灵相印证，使原诗主题得到开拓和升华。虽然题诗意图诗题咏的是画，但其精神源头和书写重心显然不在于画，而是诗意图所表现的诗歌原型。

第三节　宋代题山水画诗的创作机缘

吴企明先生将宋代题画诗人分为两类：一类是不会绘画的诗人，但他们与画家颇多交往，熟悉画艺，精于鉴赏，写了不少题画诗，像黄庭坚、王安石、陈师道、陆游、陈与义、范成大等人；另一类是兼擅书画的诗人，他们精谙画艺，写作题画诗更是得心应手，像苏轼、米芾、蔡肇、赵佶、赵孟坚等人。[①] 如此众多的题画诗人留下了如此众多的题画诗作，这在诗歌史上是空前的。因而探究其创作的具体情形与现象的成因显得必要而有意义。那么宋人是在一些什么情况下赏画题咏的呢？据笔者考察，

---

① 吴企明：《历代名画诗画对读集》之《山水卷》，苏州大学出版社 2005 年版，第 25 页。

这其中可能的情形很多：譬如画家自身的画后吟咏，譬如工作之余的娱情遣兴，譬如文人雅士的高会雅集，譬如诗人画家的诗画往来……不一而足。其中尤以画家自题与题画诗唱和最为突出。以下试以这两方面为例讨论宋代题山水画诗的书写情形。

一　画家自题山水画诗

宋代以前，还极少画家创作题画诗的情形。除刘商（中唐画家，工画树石）有六首题画诗传世外，其他竟无值得一提者，即使是兼工诗画的王维，也仅留下了一首《崔兴宗写真咏》。到宋代，情况有了较大改变，不仅画家创作题画诗，还出现了题诗于画面空白之处的现象。虽然，宋代画家自题山水画诗的现象也还不多（约 40 题），如著名画家李成、范宽、郭熙、马远、夏圭等人，都未见有题画诗传世，李唐也仅见一首《七绝》，但宋代画家自题山水画诗既为首创之举，仍有一些突出现象值得我们注意。宋代有题画诗传世的山水画家有米元晖、晁补之、王当、胡铨等。

画家自题山水画，根据其题咏目的及功用的不同，大体可分为题诗补画、题诗寄意、题诗送画、题诗唱和四种情形。

（一）题诗补画

宋吴龙翰说："画难画之景，以诗凑成；吟难吟之诗，以画补足"①，道出了诗画的互补性。清方薰也说："高情逸思，画之不足，题以发之。"② 画家在完成创作后，往往会觉得意犹未尽或者非语言文字不足以发明自己作画之要义，于是以诗作来申发补充画意。如胡铨《题小桃源图》：

①　《野趣有声画·原序》，影印文渊阁《四库全书》本，第 730 页。
②　（清）方薰：《山静居画论》卷下，第 26 页。

闲爱鹤立木，静嫌僧叩门。是非花莫笑，白黑手能言。心远阔尘境，路幽迷水村。逢人不须说，自唤小桃源。①

宋陈郁《藏一话腴》云：“澹庵胡先生谪新州，筑室城南，名小桃源，而图之且题诗其上。”② 可见，诗人以题诗的方式补充说明了画中所绘之景正是自己的幽居之所，“逢人不须说，自唤小桃源”，更是道出自己身处其中的自在自得之心，而这些都是画面所不能表达的。米友仁《自题山水》：“霄壤千千万万山，东南胜地熟跻攀。古人作语咏不得，我寓无声缣楮间。”③ 这里，诗人补充说明了自己作画的缘由：眼前的山水胜境是无法用语言吟咏得尽的，我只好用画来表现，这正是“歌咏之不足，以画补之”，更充分地表现出诗人内心对山水自然的礼赞。又如南宋画僧玉涧（即玉涧若芬）的《题山市晴峦图》（见附录一之图二）：

雨拖云脚敛长沙，隐隐残虹带晚霞。最好市桥官柳外，酒旗摇曳客思家。

玉涧曾画《潇湘八景图》，《山市晴峦》为其一，此图现藏日本东京出光美术馆。整幅画纯用水墨绘成，笔法粗简恣率，朦胧隐约，物象在迷雾中含而不露。诗人发挥题画诗中申补画意的艺术功能，通过想象，由画幅中朦胧的景象推想出雨、云、彩虹、晚霞、柳树、酒家等具体意象，这样，画图与诗意互相映发，能充分调动读者的想象力，深入欣赏作品的朦胧美和含蓄美。

---

① 《全宋诗》卷一九三四，第34册，第21588页。
② （宋）陈郁：《藏一话腴》卷上，影印文渊阁《四库全书》本，第540—541页。
③ 《全宋诗》卷一三一七，第22册，第14958页。

（二）题诗寄意

指诗人在画作完成后，由此及彼，通过联想、想象将诗意由画面而拓开到另一新的情境。在这种情况下，题画诗虽然是因画而作，但与画意联系不紧密，甚至毫不相关。如晁补之《自画山水留春堂大屏题其上》：

> 胸中正可吞云梦，盏里何妨对圣贤。有意清秋入衡霍，为君无尽写江天。①

此诗作于大观四年（1110）中秋。时诗人出元祐党籍后复知泗州（今安徽盱眙县）。诗歌指出，画山水大屏，其胸中自有云山万里；饮酒纵情，正是与圣贤对话，表达了诗人潇洒、旷达的情怀。宦海浮沉，身不由己，诗人以题画诗的形式表明自己的人生态度仍是乐观、积极的。又如胡铨《题自画潇湘夜雨图》："一片潇湘落笔端，骚人千古带愁看。不堪秋着枫林港，雨阔烟深夜钓寒。"② 时诗人"在谪所，因读《离骚》，浩然有江湖之思，作《潇湘夜雨图》以寄兴，自题一绝"③，以寄托自己吊古伤今的情怀。以上二诗，诗人由画图而引申开来，寄托情志，诗意与画作本身联系不紧。而有些题画诗，则已完全脱离画意而另有所寄，诗意与画作本身几乎毫不相关。试看李唐《诗一首》：

> 云里烟村雨里滩，看之容易作之难。早知不入时人眼，多买胭脂画牡丹。④

---

① 《全宋诗》卷一一四〇，第19册，第12883页。
② 《全宋诗》卷一九三二，第34册，第21575页。
③ （元）韦居安：《梅磵诗话》卷上，《历代诗话续编》本，第543页。
④ 《全宋诗》卷一〇五二，第18册，第12062页。

57

诗人由自己所作的水墨山水画生发感慨，当时人们崇尚的是艳丽的花鸟画风，其水墨山水不为时人所重视，知音很少。故诗人借题发挥，抒发愤慨不平之情。再如薛似宗《戏题团扇自写山水》："拂将团扇点江春，难与班姬咏并珍。非为墨池云雾好，自来不以笔干人"①，借题画的方式表达自己游戏翰墨以寄心、"自来不以笔干人"的处世原则。

（三）题诗送画

唐代画家创作题画诗的情形很少，画家作画配诗以送人的现象则更为罕见，今仅从刘商《山翁持酒相访以画松酬之》诗可见一例。宋代这种现象渐次增多。上文所述李公麟画《阳关图》并题诗《小诗并画卷奉送汾叟同年机宜奉议赴熙河幕府》即是一例。又如米友仁《题云山图》（见附录一之图一）：

> 好山无数接天涯，烟霭阴晴日夕佳。要识先生曾到此，故留戏笔在君家。

《云山图》为诗人建炎四年（1130）游新昌（今属浙江）时作。首二句，画家结合画面描绘新昌地方的美妙景色：好山无数远接天涯，烟霭朦胧，山峦时隐时现。末二句写出作画动机：日后要知道我曾来此游玩过，所在你家中留下墨迹。不只其画为"戏笔"，其诗亦有些许游戏的况味。其《自画横批与翟伯寿》：

> 山中宰相有仙骨，独爱岭头生白云。壁张此画定惊倒，先请唤人扶着君。②

---

① 《全宋诗》卷八四〇，第 14 册，第 9735 页。
② 《全宋诗》卷一三一七，第 22 册，第 14958 页。

不说自己的画作如何美，只说把此画挂于壁间，定会惊倒赏画之人，又用"先请唤人扶着君"的细节描写，通过画作产生的惊倒人的强烈的艺术效果，显示出画作之美及其惊人的艺术魅力，送画之时还不忘题诗自我吹捧一番。此外，晁补之曾"自画山水寄无斁题其上"①，以"何物酬斯赠，清诗要一囊"向对方索题；又"自画山水寄正受题其上"②，说"自嫌麦陇无佳思"，于是"戏作南斋百里山"。王当《江侯邀予作山水书以赠之》则是在应对方之请后作山水画并题诗送人的。

（四）题诗唱和

画家在完成画作之后本无题咏，只是在诗人题画之后不禁拈起诗笔。元祐三年（1088）王诜与苏轼之间关于《烟江叠嶂图》的题诗唱和堪称典型。王诜绘《烟江叠嶂图》，苏轼先是作《书王定国所藏烟江叠嶂图》诗，王诜继和《奉和子瞻内翰见赠长韵》，苏轼再作《王晋卿作烟江叠嶂图……朋友忠爱之义也》，王诜再和《子瞻再和前篇……复用韵答谢之》。四诗用韵相同，且从诗题亦可见出诗歌往来时的因循相依，堪称画家和诗人诗歌往来唱和的典范。又如画家胡铨与诗人张庆符之间的题画诗唱和，胡铨有《和张庆符题余作清江引图》、《予戏作水墨四纸张庆符有诗因用其韵》诗传世，虽张诗今已不存，但从胡铨诗题即可知道这两首诗都是继和张庆符题画诗之作。

二　文人唱和中的题山水画诗

诗歌唱和之风自宋初以来就十分盛行。这似乎是以朝廷诗歌唱和为旗帜的。一方面，唱和诗作为君臣之间相娱的工具而御制臣和，另一方面，臣僚之间也经常相互酬赠奉和。李昉《二李

①　诗见《全宋诗》卷一一三三，第19册，第12843页。
②　诗见《全宋诗》卷一一四〇，第19册，第12883页。

唱和集序》叙述他与李至诗歌唱和的情形时说:"朝谒之暇,颇得自适,而篇章和答,仅无虚日,缘情遣兴,何乐如之"①,道出了士大夫文人以诗歌唱和消遣自娱而怡然自得的心态。以杨亿、刘筠、钱惟演为骨干的西昆派,就专以诗歌酬唱为务;梅尧臣与欧阳修、苏舜卿唱和,《宛陵集》中酬唱诗几占大半;名臣诗人如富弼、文彦博、韩维、司马光等也创作了大量的酬赠唱和诗。

"朝廷所尚,士大夫因之,士大夫所尚,风俗因之"②,陈公辅此语虽不是就文风而言,但帝王及其臣僚的爱好和提倡,往往对某种文学风气的形成有直接的推动作用,宋代的唱和诗风即是如此。几乎可以说,唱和诗风盛行于整个宋代诗坛,无论宫廷、官场,还是民间,无论是高踞要津的达官贵族,还是遁迹山林的僧侣处士,赠答酬和都是其诗歌创作的一个突出特征。作为宋诗最高成就代表的苏轼,其集中"次韵者几三之一"、"穷极技巧,倾动一时"③,其与友人"数往见之,往必作诗,诗必以前韵"④即是明证。

唱和诗风之盛行,一方面,当是宋代崇文的社会风尚所致。诗歌唱和作为娱乐遣兴或往来交流的工具,本是文人展示其翰墨文才的风雅之举。另一方面,也与宋代诗人群体的发展密切相关。"宋代知识分子比之中国历史上历朝的知识分子的集群活动都要活跃生动得多,士人以政治立场或学术观点或生活情趣,彼此投合,他们醉心于论难辩驳、学问交流、诗词唱和,或聚会讨

---

① 《全宋文》第2册,四川大学古籍研究所编,巴蜀书社1988年版,第18页。

② (宋)李心传:《建炎以来系年要录》卷一百七,中华书局1988年版,第1747页。

③ (金)王若虚:《滹南集》卷三九,《丛书集成初编》本,第249页。

④ 苏轼:《歧亭五首·序》,《全宋诗》卷八○六,第14册,第9336页。

论、或信札往来、或再三次韵和韵"①，诗歌唱和成为宋代文人群体活动的主要内容。

而在诗歌唱和活动中，以绘画作品为题材的题画诗唱和，更是文之又文之举，因而更得文人士大夫们的青睐。相对于独自品画题画来说，宋人似乎更热衷于友朋相聚，一道题画唱和，既能彼此交流赏画的心得体会，增进友谊，又可在艺术天地中怡情悦性、释放劳累，其往还唱和之频繁热闹，真是不可胜说。以下考察几组较为典型的题山水画诗唱和现象。

（一）宋初题馆阁翰院山水画诗唱和

宋代馆阁翰院多布置有画作，其中以山水画居多。这在宋人诗歌和笔记中多有记载。如太宗就曾令时为图画院艺学的董羽于端拱楼下画水四壁，"极其精思"，并令其画翰林学士院屋壁②。关于学士院董羽画水的具体情形，史载如下：

> 玉堂北壁有毗陵董羽画水，波涛若动，见者骇目。岁久，其下稍坏。学士苏易简受命知举，将入南宫，语学士韩丕择名笔完补之。丕呼圬者墁其下，以朱栏护之。苏出院，以是怅惜不已。③

> 玉堂东西壁，延袤数丈，画水以布之，风涛浩渺，盖拟瀛洲之象也。（待诏董羽之笔。）修篁皓鹤，悉图廊庑，奇花异木，罗植轩砌。每外喧已寂，风传禁漏，月争满庭，真人世之仙境也。④

---

① 汪俊：《两宋之交诗歌研究》，旅游教育出版社 2001 年版，第 63 页。
② 《图画见闻志》卷四，第 63 页。
③ （宋）王辟之：《渑水燕谈录》卷七，吕友仁点校，中华书局 1981 年版，第91—92 页。
④ （宋）江少虞：《宋朝事实类苑》卷三十，上海古籍出版社 1981 年版，第382 页。

61

可见，学士院（玉堂）东、西、北三壁均有董羽画水，这些壁画与奇花异木一道构筑起学士院高雅清幽之"人世仙境"。此外，《图画见闻志》说僧巨然在"学士院有画壁"[①]；冯山《求刘忱明复龙图为画山水》诗提及"穆之洒落亦其亚，玉堂屏上潇湘图"[②]，宋敏求《春明退朝录》云："景祐初，燕侍郎肃判寺，厅事画寒林屏风，时称绝笔"[③]，当是指燕肃学士院画山水屏。《蔡宽夫诗话》对学士院所布置的这些画作记载则更为周全：

> 玉堂两壁，有巨然画山、董羽画水。宋宣献公为学士时，燕穆之复为六幅山水屏寄之，遂置于中间。宣献诗所谓"忆昔唐家扃禁地，粉壁曲龙闻囊记。承明意象今顿还，永与銮坡为故事"是也。唐翰林壁画海曲龙山，故诗引用之。元丰末，既修两后省，遂移院于今枢密院之后，两壁既毁，屏亦莫知所在。今玉堂中屏，乃待诏郭熙所作《春江晓景》。禁中官局多熙笔迹，而此屏独深妙，意若欲追配前人者。苏儋州尝赋诗云："玉堂昼掩春日闲，中有郭熙画春山。"今遂为玉堂一佳物也。[④]

可见，先后有巨然、董羽、燕肃、郭熙等山水大家在翰林学士院留下画迹。除学士院以外，又如刑部厅有燕肃的山水壁画，度支厅有许道宁松石和山水壁画，秘书省有齐山画图，凡此种种，足见山水画在宋代馆阁中颇为时兴。

将山水画作布置在办公场所之举，本身即说明王公士大夫们

① 《图画见闻志》卷四，第55页。
② 《全宋诗》卷七四〇，第13册，第8641页。
③ （宋）宋敏求：《春明退朝录》卷上，《丛书集成初编》本，第10页。
④ 《苕溪渔隐丛话》前集卷四十二，第284页。

对于山水画的喜爱。因而在公事之余或群僚聚集之时，欣赏题咏山水画的现象就时有发生。在唱和之风的盛行之中，这些山水绘画又为群体诗歌唱和提供了许多极为便利的可资借咏的素材，因而出现了众多的题山水画诗唱和之作。以下列举宋代题馆阁山水画诗中的几组唱和现象。

1. 刘敞（字原甫）《题度支厅事许道宁画松石呈彦猷邻几直孺》、韩维《奉同原甫度支厅壁许道宁画松（依韵）》、梅尧臣《依韵和原甫省中松石画壁》，题咏的是许道宁省中画松石壁，刘敞首作，韩维、梅尧臣和。

2. 刘敞曾作诗题咏许道宁画省壁山水。梅尧臣有和诗《依韵和原甫厅壁许道宁山水云是富彦国作判官时画》。韩维《省壁画山水》用韵与梅诗同，则显然也是和刘敞题诗。

3. 吴中复（字仲庶）曾作诗题咏秘书省中画壁山水，原诗不存，而和诗多有传世。如王珪有《留题吴仲庶省副北轩画壁兼呈杨乐道谏院龙图三首》，司马光有《依韵和仲庶省壁画山水》，王安石有《次韵吴仲庶省中画壁》。

4. 吴中复题咏秘书省齐山画图，王安石亦有《次韵和吴仲庶池州齐山画图》诗和之。吴原诗不存，但吴有另一首《齐山图》诗传世，诗中有"梦到亦须尘虑息，那堪图画入神京"之语，可见题咏的也该是同一幅画图。

5. 王安石曾作《学士院燕侍郎画图》诗，题咏学士院燕肃所作的山水画屏。蔡确《观燕公山水画后有王荆公题诗》即依王诗诗韵而作。

6. 王景彝作诗题咏刑部厅燕肃山水壁画，王珪有《依韵和景彝观刑部厅燕侍郎画山水二首》和之。

不难发现，以上诗人都曾位居朝廷要职，他们之间的题画唱和充分显示了宋代士大夫们对文人风雅气息的崇奉和浓厚兴趣。在公事之余借着赏画题咏，诗歌唱和，获得一种超于现实政治之外的闲适之乐，使自己那颗重负着社会责任感的心灵得以减压和放松，这也是宋代士大夫"文人身份"的一种具体表现。但这些诗歌大多为他们的一时遣兴之作，艺术成就均不甚高。

（二）元祐苏门汴京题山水画诗唱和

元祐，是北宋哲宗即位后的年号。哲宗即位后，高太后临朝听政，全面废除新法，恢复旧制，任用旧党。作为旧党重要人物的苏轼兄弟相继被召还京。虽然再次入京为官获得了重新干政的机会，但对于苏轼来说，其政治抱负依然不能实现，政治环境依然险恶。起初他因与司马光政见不合产生论争，司马光死后，又得罪程颐、朱光庭等人，朋党之祸日兴。因而苏轼不安于朝，元祐初苏轼曾几次请求外任，但均未允。时黄庭坚、秦观、晁补之、张耒、李廌、陈师道等群集京师，聚于苏轼门下，时称"苏门四学士"、"苏门六君子"，"形成了西昆诗人以来的又一个彬彬之盛的局面"①。他们时常聚集在一起棋弈书画，诗酒唱酬；又与画家李公麟、王诜交好，诗画往来，留下了许多诗歌唱和之作。这些诗歌大都题材狭窄，以应酬为主，未能触及社会生活的重要领域，因而"名篇佳作寥寥无几"，总体成就不高，但题画诗是个例外，这些题画诗"苍苍莽莽，一气旋转，令人想见其濡墨挥毫时酣畅淋漓、左右逢源的快感。"② 可以说，此期苏诗的主要成就在于题画诗。元祐间苏轼共作题画诗 35 题 48 首，黄庭坚 35 题 54 首，苏辙 13 题 28 首，以二苏为宗主的元祐诗人群其他成员亦或多或少作有题画诗③。

综观以苏轼为代表的元祐苏门汴京题画诗唱和，最为引人注目的是关于山水画的题咏。其中，又以郭熙和王诜两位山水画家

---

① 汪俊：《两宋之交诗歌研究》，第 79 页。
② 王水照：《苏轼选集·前言》，上海古籍出版社 1984 年版，第 4 页。
③ 参见郦波《从二苏题画诗看元祐文人心态》，《苏州铁道师范学院学报》（社会科学版）2002 年第 1 期。

最受推崇。故以下我们选取元祐苏门关于这两位画家之山水画的题诗唱和进行考察。①

1. 题郭熙秋山平远诗唱和

郭熙，河阳温县人，大约活跃于宋天禧至元祐（1020—1090）之间。神宗酷嗜其所画山水，曾为御画院艺学，"善山水寒林，得名于时"②，郭若虚甚至称美其山水画"今之世为独绝矣"③，有山水画论《林泉高致》传世。徽宗宣和内府藏其画达30幅之多。

大抵郭熙"长松巨木，回溪断崖，岩岫巉绝，峰峦秀起，云烟变灭"④之山水寒林构图契合着元祐文人追求远祸与精神自由的心态，因而深得元祐文人的赏爱而题咏甚众。如黄庭坚《跋郭熙画山水》就曾记载他邀请二苏兄弟观赏郭熙山水画之事：

> 郭熙元丰末为显圣寺悟道者作十二幅大屏，高二丈余，山重水复，不以云物映带，笔意不乏。余尝招子瞻兄弟共观之，子由叹息终日，以为郭熙因为苏才翁家摹六幅李成骤雨，从此笔墨大进。观此图，乃是老年所作，可贵也。⑤

时苏辙赋《书郭熙横卷》诗，洋洋十二韵，对郭熙画推崇备至。

元祐二年（1087），时为翰林学士兼侍读的苏轼观赏郭熙的短幅山水画《秋山平远》，曾两度作诗题咏。二诗均多和作。我

---

① 本节"苏门"概念较为宽泛，如王诜，虽与苏轼交好，但严格说来不能将之归入苏门，而本节亦将其诗作纳入考察范围。

② 《宣和画谱》卷十一，第122页。

③ 《图画见闻志》卷四，第54页。

④ 《宣和画谱》卷十一，第122页。

⑤ （宋）黄庭坚：《山谷题跋》卷八，屠友祥校注，上海远东出版社1999年版，第236页。

们先看苏轼《郭熙画秋山平远》诗：

> 玉堂昼掩春日闲，中有郭熙画春山。鸣鸠乳燕初睡起，白波青嶂非人间。离离短幅开平远，漠漠疏林寄秋晚。恰似江南送客时，中流回头望云巘。伊川佚老鬓如霜，卧看秋山思洛阳。为君纸尾作行草，炯如嵩洛浮秋光。我从公游如一日，不觉青山映黄发。为画龙门八节滩，待向伊川买泉石。①

诗中有伊川佚老（指文彦博，他在熙宁、元丰年间曾长期闲居洛阳）"为君纸尾作行草"之语，当是郭熙持文彦博之跋求题。该诗开篇由翰林学士院郭熙所作《春江晓景》画屏，说到眼前的《秋山平远》图，突出表现画家笔下淡水疏林的怡人风光，诗人不禁回想起江南送客时回望云巘的情景。然后由画作说到为画作作跋的文彦博，表示自己意欲退居伊川而从公游。时任著作郎兼集贤院校理的黄庭坚见到苏轼此诗后，作《次韵子瞻题郭熙画秋山》和之，诗如下：

> 黄州逐客未赐环，江南江北饱看山。玉堂卧对郭熙画，发兴已在青林间。郭熙官画但荒远，短纸曲折开秋晚。江村烟外雨脚明，归雁行边余叠巘。坐思黄柑洞庭霜，恨身不如雁随阳。熙今头白有眼力，尚能弄笔映窗光。画取江南好风日，慰此将老镜中发。但熙肯画宽作程，十日五日一水石。②

① 《全宋诗》卷八一一，第 14 册，第 9393 页。
② 《全宋诗》卷九八五，第 17 册，第 11366 页。

诗人由苏轼的题诗而谈到自己的观画感受，眼前的秋山平远之境同样激发出诗人内心无限的归隐之思，让诗人产生"坐思黄柑洞庭霜，恨身不如雁随阳"之恨。最后，诗人敦请郭熙画江南山，以宽慰自己迟暮之愁。元祐苏黄题诗之后，宋代还有多首追和之作，可见苏黄题诗之余响。①

除以上七古之外，苏轼还作有两首七绝《郭熙秋山平远二首》。苏轼不仅为诗画兼通的大家，是诗画鉴赏的行家，更为重要的是，无论是在理论上还是在创作实践中，他都擅于将诗画两门艺术打通，其评王维诗画"味摩诘之诗，诗中有画。观摩诘之画，画中有诗"②之语早已为人耳熟能详。其《郭熙秋山平远二首》亦是如此：

> 目尽孤鸿落照边，遥知风雨不同川。此间有句无人识，送与襄阳孟浩然。
>
> 木落骚人已怨秋，不堪平远发诗愁。要看万壑争流处，他日终须顾虎头。③

诗人在观赏画图时，诗画相连，强烈地体味到了画中蕴含的诗意，认为：只有终身不仕、白首林泉的孟浩然才能识别出郭熙画中的诗"句"来；那些骚人羁客面对如此"木落"、"平远"之景定会引发出无限诗愁。正因为诗人能准确把握孟浩然的审美情趣、诗歌风格和郭熙画的诗情画意，所以才能写出如此传神的融通诗画艺术的妙句来。同时我们也发现，诗人表面上是说"孟

---

① 如王之道《追和东坡郭熙秋山示王觉民》、楼钥《郭熙秋山平远用东坡韵》、陈文蔚《诸君用东坡玉堂观郭熙画诗韵题江山王君平远楼黄子京携至求同作》，皆用苏诗原韵。

② 《书摩诘蓝田烟雨图》，《苏轼文集》卷七十，第 2209 页。

③ 《全宋诗》卷八一二，第 14 册，第 9398 页。

浩然"与"骚人",而识其"句"、"发诗愁"者,又何尝不是苏轼的夫子自道?诸人和诗如下:

> 乱山无尽水无边,田舍渔家共一川。行遍江南识天巧,临窗开卷两茫然。
>
> 断云斜日不胜秋,付与骚人满目愁。父老如今亦才思,一蓑风雨钓槎头。(苏辙《次韵子瞻题郭熙平远二绝》)①
>
> 窗间咫尺似天边,不识应言小辋川。闻说平居心目倦,暂开黄卷即醒然。
>
> 木落山空九月秋,画时应欲遣人愁。因思梦泽经由处,二十年间若转头。(毕仲游《和子瞻题文周翰郭熙平远图二首》)②

> 鱼村橘市楚江边,人外秋原雨外川。遣骑竹边邀短艇,天涯暮色已苍然。
>
> 洞庭叶落万波秋,说与南人亦自愁。指点吴江何处是,一行鸿雁海山头。(张耒《题周文翰郭熙山水二首》)③

在情感指向上,三诗都同归于一个"愁"字:苏辙回想起自己当年"行遍江南"的经历,眼前断云斜日之景让诗人不禁满目是愁;毕仲游亦由画而思往昔梦泽经由之处,感慨人生虚幻无常;张耒则面对暮色苍然之景,顿生他乡异客之悲和南人思乡之愁。

---

① 《全宋诗》卷八六三,第 15 册,第 10032 页。
② 《全宋诗》卷一〇四二,第 18 册,第 11937 页。
③ 《全宋诗》卷一一七五,第 20 册,第 13265 页。晁补之《鸡肋集》卷二十亦载此诗,题为《题工部文侍郎周翰郭熙平远二首》,与张耒诗唯个别字词不同。就诗中所抒写的对"吴"地的乡思之情及以"南人"自指来看,此诗当为张耒所作,张耒祖籍亳州谯县,生长于楚州淮阴。而晁补之为济州巨野人,因而不大可能写此诗。

2. 题王诜山水画诗唱和

王诜，字晋卿，尚英宗女蜀国公主，为驸马都尉。他"虽在戚里，而其被服礼义，学问诗书，常与寒士角。平居攘去膏粱，屏远声色，而从事于书画"[①]。王诜财力丰厚，家有园林之胜，又喜爱收藏法书名画，曾在其私第之东筑宝绘堂以蓄其所有，苏辙《王诜都尉宝绘堂词》有云："锦囊犀轴堆象床，竿叉连幅翻云光。手披横素风飞扬，长林巨石插雕梁。清江白浪吹粉墙，异花没骨朝露香。"[②] 可见其宝绘堂之富丽，典藏之丰富。《宣和画谱》称其"博雅该洽，以至弈棋图画，无不造妙。写烟江远壑、柳溪渔浦、晴岚绝涧、寒林幽谷、桃溪苇村，皆词人墨卿难状之景，而诜落笔思致，遂将到古人超轶处。又精于书，真行草隶，得钟鼎篆籀用笔意"、"常以古人所画山水置于几案屋壁间，以为胜玩，曰：'要如宗炳澄怀卧游耳'"、"喜作诗，尝以诗进呈，神考一见而为之称赏"[③]。约从熙宁二年（1069）起，王诜与苏轼即有诗赋往还。王诜常请苏轼为其画作题跋，与其他苏门文人关系亦十分密切。元祐期间，苏轼等常聚集在王诜府邸，或挥毫泼墨，或品诗论画，或弈棋弹琴，或讨论佛理，蔚为文坛盛事，著名的西园雅集图即是对这种盛会的艺术再现。

从现存题画诗来看，元祐文人关于王诜山水画作的题咏唱和主要有以下两次。

一是元祐三年（1088），苏轼与王诜题《烟江叠嶂图》诗唱和。时苏轼与还朝的王诜、王巩相聚，王诜画《烟江叠嶂图》，为王巩所藏，苏轼题《书王定国所藏烟江叠嶂图》诗一首于卷末，诗曰：

---

① 苏轼：《宝绘堂记》，《苏轼文集》卷一一，第 357 页。
② 《全宋诗》卷八五五，第 15 册，第 9908 页。
③ 《宣和画谱》卷十二，第 133、134 页。

江上愁心千叠山，浮空积翠如云烟。山耶云耶远莫知，烟空云散山依然。但见两崖苍苍暗绝谷，中有百道飞来泉。萦林络石隐复见，下赴谷口为奔川。川平山开林麓断，小桥野店依山前。行人稍度乔木外，渔舟一叶江吞天。使君何从得此本，点缀毫末分清妍。不知人间何处有此境，径欲往买二顷田。君不见武昌樊口幽绝处，东坡先生留五年。春风摇江天漠漠，暮云卷雨山娟娟。丹枫翻鸦伴水宿，长松落雪惊昼眠。桃花流水在人世，武陵岂必皆神仙。江山清空我尘土，虽有去路寻无缘。还君此画三叹息，山中故人应有招我归来篇。[①]

诗人用大量笔墨将画面烟江叠嶂之景描绘得如世外桃源一般，感慨"不知人间何处有此境，径欲往买二顷田"，艳羡之情溢于言表，同时也将厌恶尘世之感表露无遗，感情色彩十分鲜明。此诗虽为题画，但诗人深厚感情的融入，使读者宛入真境。王诜见苏轼题诗后依韵和诗，作《奉和子瞻内翰见赠长韵》：

帝子相从玉斗边，洞箫忽断散非烟。平生未省山水窟，一朝身到心茫然。长安日远那复见，掘地宁知能及泉。几年漂泊汉江上，东流不舍悲长川。山重水远景无尽，翠幕金屏开目前。晴云幂幂晓笼岫，碧嶂溶溶春接天。四时为我供画本，巧自增损媸与妍。心匠构尽远江意，笔锋耕遍西山田。苍颜华发何所遣，聊将戏墨忘余年。将军色山自金碧，萧郎翠竹夸婵娟。风流千载无虎头，于今妙绝推龙眠。岂图俗笔挂高咏，从此得名因谪仙。爱诗好画本天性，辋口先生疑宿

---

① 《全宋诗》卷八一三，第14册，第9411页。

缘。会当别写一匹烟霞境，更应消得玉堂醉笔挥长篇。①

诗人感叹自己以前生长在京师，从未见过真正的自然山水，而一遭被贬，置身大自然中，才真正感受到山重水远、碧嶂溶溶之美，并得到了取之不尽的画材。"苍颜华发何所遣，聊将戏墨忘余年"，自己现在已回到京城，就聊以墨戏来打发以后的岁月吧，情绪上显得比苏轼原诗更为消极。时苏轼再作《王晋卿作烟江叠嶂图仆赋诗十四韵晋卿和之……亦朋友忠爱之义也》，称赞王诜"风流文采磨不尽，水墨自与诗争妍"，劝勉王诜"山中幽绝不可久，要作平地家居仙"、"愿君终不忘在莒，乐时更赋囚山篇"。② 如何化解现实政治环境中的不快与压力？在出世与入世之间，苏轼找出了一条切实可行的中间道路："平地家居仙"。王诜深为感动，遂再作《子瞻再和前篇非惟格韵高绝而语意郑重相与甚厚因复用韵答谢之》诗答谢，回忆自己贬谪期间"杖藜芒屦"的生活，感叹"造物潜移真幻影"③，表示自己不愿再为生活中的种种得失而耗费心力，会依从苏轼选择一种"平地家居仙"式的生活。诗人与画家这两度诗歌唱和，与其说是题画，不如说是身处逆境的两位好友之间的相互倾诉和劝勉，是一次完美的心灵对话。

除王诜外，元祐中曾为太学正的蔡肇亦曾次东坡诗韵作《烟江叠嶂图》；后又有张九成作《读东坡叠嶂图有感因次其韵》；袁燮《谢毗陵使君惠画》诗中称美王画苏诗"此诗千载传不朽，此画如今宁复有。我来薄宦大江滨，无价之珍俄入手"④；方回《题王春阳效王晋卿山水图》诗云："烟江叠嶂子能学，都

① 《全宋诗》卷八七四，第15册，第10169页。
② 《全宋诗》卷八一三，第14册，第9411页。
③ 《全宋诗》卷八七四，第15册，第10170页。
④ 《全宋诗》卷二六四六，第50册，第31002页。

尉后身王姓同。诗画惊逢两奇丽，赏音吾愧玉堂翁"①，处处可见苏轼这首题画诗的深远影响。许顗《彦周诗话》云："画山水诗，少陵数首后，无人可继者。惟荆公《观燕公山水诗》前六句差近之，东坡《烟江叠嶂图》一诗，亦差近之。"②说此诗堪与其最推崇的杜甫题山水画诗媲美，评价甚高。

二是元祐六年（1091），苏轼、苏辙与王诜之间的唱和。这年五月，苏轼结束不到两年的杭州知州任回到京师，朝中局势极为恶劣，党争加剧，苏轼处境艰危。故他这次在京只停留了三个月，便以知颍州再次外任。此次在京期间，苏轼共作题王诜画诗九首，其中八首是与苏辙、王诜的往来唱和之作。苏辙此次题诗现存五首。王诜诗不存。

先看苏辙题诗，苏轼和作。苏辙《题王诜都尉设色山卷后》：

> 还君横卷空长叹，问我何年便退休。欲借岩阿著茅屋，还当溪口泊渔舟。经心蜀道云生足，上马胡天雪满裘。万里还朝径归去，江湖浩荡一轻鸥。③

苏轼《次韵子由书王晋卿画山水一首而晋卿和二首》：

> 误点故教同子敬，杂篇真欲拟汤休。陇云寄我山中信，雪月迢君溪上舟。会看飞仙虎头箧，却来颠倒拾遗裘。王孙办作玄真子，细雨斜风不湿鸥。
>
> 此境眼前聊妄想，几人林下是真休。我今心似一潭月，

---

① 《全宋诗》卷三五〇四，第 66 册，第 41807 页。
② 《历代诗话》本，第 387 页。
③ 《全宋诗》卷八六四，第 15 册，第 10047 页。

君已身如万斛舟。看画题诗双鹤鬓，归田送老一羊裘。明年兼与士龙去，万顷苍波没两鸥。①

身陷激烈的政党斗争中，苏辙向往自由自在的隐逸生活，希望自己能"万里还朝径归去"，化为浩渺江湖上一只自由翻飞的轻鸥。而苏轼在和诗中也明确表示"明年兼与士龙去，万顷苍波没两鸥"，要与子由一同归隐。此外，此次在京期间，苏轼还曾和子由诗作《次韵子由书王晋卿画山水二首》，子由原诗不存，东坡诗如下："老去君空见画，梦中我亦曾游。桃花纵落谁见，水到人间伏流。""山人昔与云俱出，俗驾今随水不回。赖我胸中有佳处，一樽时对画图开。"② 通过此诗，我们似乎见到了时时萦绕在诗人心头的桃花源。

下面我们再看苏轼题诗，苏辙和作。苏轼作《又书王晋卿画四首》，分别题咏王诜所绘的《山阴陈迹》、《雪溪乘兴》、《四明狂客》、《西塞风雨》四图，诗如下："当年不识此清真，强把先生拟季伦。等是人间一陈迹，聚蚊金谷本何人。"（《山阴陈迹》）"溪山雪月两佳哉，宾主谈锋夜转雷。犹言不见戴安道，为问适从何处来。"（《雪溪乘兴》）"毫端偶集一微尘，何处溪山非此身。狂客思归便归去，更求敕赐枉天真。"（《四明狂客》）"斜风细雨到来时，我本无家何处归。仰看云天真箬笠，旋收江海入蓑衣。"（《西塞风雨》）③ 苏辙作《次韵题画卷四首》："卧对郗人气已真，晚依丘壑更无伦。不须复预清言侣，自是江东第一人。"（《山阴陈迹》）"亟往遄归真旷哉，聋人不信有惊雷。虽云不必见安道，已误扁舟犯雪来。"（《雪溪乘兴》）"失脚来

---

① 《全宋诗》卷八一六，第14册，第9443页。
② 同上。
③ 同上。

游九陌尘，故溪何日定抽身。便同贺老扁舟去，已笑西山郑子真。"（《四明狂客》）"雨细风斜欲暝时，凌波一叶去安归。遥知夜宿蛟人室，浪卷波分不着衣。"（《西塞风雨》）[1] 王羲之、王子猷、贺知章、张志和均是前代著名的超尘绝俗之士，王诜以之入画，其意图十分明显，而诗人们在读画时也再次感受濡染高隐之士们的任情适意之举，于是东坡羡慕"狂客思归便归去"，子由感慨"失脚来游九陌尘，故溪何日定抽身"。

从上述元祐苏门汴京题山水画诗唱和，我们可以发现诗人们在诗歌唱和中反复高歌的是"归去"，可见当时党争环境下苏门文人所承受的巨大精神压力。但即使如此，他们中不会也没有人真正走向归隐之路。从这个意义上说，犹如一种精神的解压剂，赏画题诗给他们带来的是苦闷时的泄导和排遣，使他们暂时放弃沉重的现实关怀而沉入青山绿水的怀想，虽不能治本，但毕竟有效。

---

[1] 《全宋诗》卷八六五，第 15 册，第 10059 页。

第 二 章

宋代题山水画诗创作的社会环境

题画诗何以在宋代发展兴盛，蔚为大邦？本章先从整体上审视宋代题画诗书写的社会氛围，然后试从题画诗之一类——题山水画诗之角度来考察其繁荣的文化环境。①

第一节　宋代题画诗创作的社会氛围

宋代统治者自开国之初，即深刻反思历史的经验教训，做出"与士大夫治天下"②的选择，士大夫群体成为帝王唯一可信赖依托的对象。统治者重视知识分子，广开仕进之路，因而宋代士大夫大都"集官僚、文士、学者三位于一身"③，形成了以文治国的基本国策。总体来说，题画诗在宋代的发展繁荣与这样一种重视文艺的社会环境是分不开的。

一　绘画功用观的发展

绘画由早期被用作教化的工具和生活装饰工艺发展为高雅的

---

① 参考黄仁生《唐宋题画诗简论》（一）、祝振玉《略论宋代题画诗兴盛的几个原因》、衣若芬《也谈宋代题画诗兴盛的几个原因》之论见。

② （宋）李焘：《续资治通鉴长编》卷二二一，中华书局1979—1993年版，第5370页。

③ 王水照：《宋代文学通论》，高雄复文出版社2000年版，第29页。

审美艺术，经历了一个较长的发展过程。以下我们略作梳理，便可发现宋代画之功用观较之前代发生了很大的变化。

南北朝以前，绘画主要担负着"恶以诫世，善以示后"[1]，"明劝戒，著升沉"[2] 的作用。如画工画忠臣孝子、建功立业之人于云台麟阁之上，用来传播过往的史迹，留下他们的容貌，以光大其功德，惩戒邪恶，褒扬贤良。魏曹植说："观画者，见三皇、五帝，莫不仰戴；见三季异主，莫不悲惋；见篡臣贼嗣，莫不切齿；见高节妙士，莫不忘食；见忠节死难，莫不抗节；见放臣逐子，莫不叹息；见淫夫妒妇，莫不侧目；见令妃顺后，莫不嘉贵。是知存乎鉴戒者图画也。"[3] 晋陆机亦云："丹青之兴，比《雅》《颂》之述作，美大业之馨香。"[4]

只是在南北朝时期，由于玄学思想的影响，社会上较为普遍的对于人的生命本体和自由精神的关注，人们对于绘画的看法较之前代稍有改变。如刘宋时期宗炳的"畅神说"：

> 闲居理气，拂觞鸣琴，披图幽对，坐究四荒，不违天励之丛，独应无人之野。峰岫峣嶷，云林森渺。圣贤映于绝代，万趣融其神思，余复何为哉？畅神而已，神之所畅，孰有先焉。[5]

宗炳在人老体衰不能游历四海之时，将山水图绘下来挂在墙上，或是干脆图之于壁上，躺在床上"卧以游之"。他认为"圣人含

---

① （汉）王延寿：《鲁灵光殿赋》，俞剑华编《中国画论类编》上卷，人民美术出版社 1986 年版，第 10 页。

② （南朝齐）谢赫：《古画品录》，《丛书集成初编》本，第 1 页。

③ 《历代名画记》卷一《叙画之源流》引，第 2 页。

④ 同上。

⑤ （南朝宋）宗炳：《画山水序》，《历代论画名著汇编》，第 15 页。

道映物，贤者澄怀味象"，也就是说道内含于圣人生命体中而映于物，贤者澄清其怀抱以品味由圣人之道所显现之物象，而"圣人映于绝代，万趣融其神思"，"山水以形媚道"。因而在他看来，画山水、观山水画，对古圣贤之道就体味得更深刻。对圣贤之道体味得更深刻，所以精神特别愉快。可见，宗炳之所以鼓吹画山水、卧游，并不是为了消遣，而是要调动一种最好的方式，去体现和学习圣人之道。此外，与宗炳同时的王微论山水画时也曾说过："图画非止艺行，成当与《易》象同体"，"于是乎以一管之笔，拟太虚之体；以判躯之状，画寸眸之明"，"望秋云，神飞扬，临春风，思浩荡"，① 综合考察其具体情形，实与宗炳相似。因而在宗炳和王微眼里，绘画虽能产生娱悦心情之效，但他们的出发点仍停留在体"道"上，而非审美。

唐代情形又是如何呢？绘画的功用观较之前代并未发生根本性的变化。如裴孝源云："忠臣孝子，贤愚美恶，莫不图之屋壁，以训将来"②；朱景玄曰："台阁标功臣之烈，宫殿彰贞节之名"③；独孤及《和李尚书画射虎图歌》诗："他时代天育万物，亦以此道安斯民"，其所谓"此道"，即绘事的教化之功。可见以上诸家都是着眼于绘画的政教功能。

唐代张彦远的《历代名画记》是我国第一部画史性的著作，在绘画史上占有重要的席位。对于绘画的功用，此书开篇即言："夫画者：成教化，助人伦，穷神变，测幽微，与六籍同功"，"以忠以孝，尽在于云台；有烈有勋，皆登于麟阁。见善足以戒恶，见恶足以思贤。留乎形容，式昭盛德之事，具其成败，以传

---

① （南朝宋）王微：《叙画》，陈传席著，《中国绘画美学史》，人民美术出版社1998年版，第80—81页。

② （唐）裴孝源：《贞观公私画史·序》，《画品丛书》本，第27页。

③ 《唐朝名画录·序》，第68页。

既往之踪"，"图画者，有国之鸿宝，理乱之纪纲"，① 可谓义正辞严的儒家政教之宣言。但通观《历代名画记》一书，作者对逸士高人及其画作的赞赏，对宗炳、王微"高士也，飘然物外情，不可以俗画传其意旨"的倾心，显然不是纯正的儒家严正面孔，道家思想十分明显。因而其后他又道出了"图画者，所以鉴戒贤愚，怡悦情性"② 的折衷之说。综合观之，在绘画的功用上，张彦远虽承续了前代的观点，但他也分明看到了在政教的工具——"鉴戒贤愚"之外，绘画在审美上还有"怡悦情性"的功能。这在观念上已较前代前进了一大步。张彦远的观点是中晚唐人绘画观的代表：一方面期望借着绘画挽救并延续即将溃亡的文化传统，他们必然强调绘画"与六籍同功"的教化功能；另一方面又期望着文艺之天地能让政治失意、权势没落的官吏文人和世族子弟得到精神的寄托，因而同时也肯定绘画的抒情言志功能。

直至五代时的荆浩，绘画观念才得以彻底改变。荆浩认为，"名贤纵乐琴书图画，代去杂欲"③，完全否认了用图画去做"明戒劝，著升沉"的政治工具。其所谓"去欲"、"纵乐"即与张彦远的"怡悦情性"相似，只是他比张彦远要说得更为纯粹利落些。

宋代承接并发展了荆浩所论，在绘画的功用观多主"怡悦情性"说，对后世的影响广泛而深远。

我们先看宋代著名的画学专书对于绘画功用的看法。郭熙《林泉高致》云："今得妙手郁然出之，不下堂筵，坐穷泉壑；猿声鸟啼，依约在耳；山光水色，滉漾夺目。此岂不快人意，

---

① 《历代名画记》卷一，第 1、2 页。
② 《历代名画记》卷六，第 80 页。
③ （五代）荆浩：《笔法记》，《历代论画名著汇编》本，第 49 页。

实获我心哉？此世之所以贵夫画山水之本意也。"① 郭氏认为山水画的妙用就在于使人能"不下堂筵，坐穷泉壑"，获得精神上的愉悦。此处"快人意"之"意"，即指"情性"。郭若虚《图画见闻志》曰："每宴坐虚庭，高悬素壁，终日幽对，愉愉然不知天地之大，万物之繁，况乎惊宠辱于势利之场，料新故于奔驰之域者哉"②；邓椿《画继》云："熙宁而后，游心兹艺者甚众"，③ 都肯定了绘画娱情悦性的功能。《宣和画谱》亦有"艺也者，虽志道之士所不能忘，然特游之而已"之论。④ 概言之，即是突出绘画的审美怡情功能，所谓"高尚之士怡性之物"，"高雅之情，一寄于画"⑤ 是也，北宋中后期兴起的文人画即是立足于此。

不独专门的画学史书在理论上张扬绘画的审美怡情功能，宋人别集或笔记中亦多见此论。苏轼的看法即是一个较为突出的例子：

> 松陵人朱君象先，能文而不求举，善画而不求售。曰："文以达吾心，画以适吾意而已。"⑥
>
> 绘雪于四壁之间，无容隙也。……苏子曰："……游以适意也，望以寓情也。意适于游，情寓于望，则意畅情出，而忘其本矣。……升是堂者，将见其不遡而僾，不寒而栗，凄凛其肌肤，洗涤其烦郁，既无炙手之讥，又免饮冰之疾。"⑦

---

① 《林泉高致·山水训》，第 64—65 页。
② 《图画见闻志·序》，第 1 页。
③ 《画继·序》，第 3 页。
④ 《宣和画谱》卷一，第 1 页。
⑤ 《图画见闻志》卷六，第 83 页；卷一，第 9 页。
⑥ 《书朱象先后》，《苏轼文集》卷七十，第 2211 页。
⑦ 《雪堂记》，《苏轼文集》卷一二，第 410—412 页。

从上述文字可见，在苏轼看来，绘画可以适人心意、洗涤烦郁，还可以解人忧愁。又如米友仁《题潇湘奇观图卷》："大抵山水奇观，变态万层，多在晨晴晦雨间，世人鲜复知此。余生平熟潇湘奇观，每于登临佳处，辄复写其真趣，成长卷以悦目，不俟驱使为之。"① 在米友仁看来，山水画只是自我抒情、自我娱悦的工具，其"成长卷"（绘画）的目的即在于"悦目"（"悦心"），二米的云山墨戏即是明证。冯山"主人肆笔聊自娱，新言默与天机符"②、董逌"燕仲穆以画自嬉"③ 之语，都反映出当时画家以画山水自娱的现象。

另外，宋人中多有所谓观诗书画而疾愈体舒之说。如：

> 今日晨起，减衣，得头风病，然亦不甚也。取刘君壮舆文编读之，失疾所在。④

> 余闻江州东林寺，有陶渊明诗集，方欲遣人求之，而李江州忽送一部遗予，字大纸厚，甚可喜也。每体中不佳，辄取读，不过一篇，惟恐读尽，后无以自遣耳。⑤

> 秦太虚云："余为汝南学官时，得疾卧，直舍高符仲携摩诘《辋川图》示余，曰：'阅此，可以愈疾。'余本江海人，得图甚喜，即使二儿从旁引之，阅于枕上，恍然若与摩诘入辋川，度华子冈，经孟城坳，憩辋口庄，泊文杏馆，上斤竹岭，并木兰柴，绝茱萸沜，蹑槐陌，窥鹿柴，返于南北

① 《中国画论类编》下卷，第684页。

② 《求刘忱明复复龙图为画山水》，《全宋诗》卷七四〇，第13册，第8641页。

③ （宋）董逌：《书燕龙图写蜀图》，《广川画跋》卷五，《画品丛书》本，第297页。

④ 苏轼：《题刘壮舆文编后》，《苏轼文集》卷六六，第2074页。

⑤ 苏轼：《书渊明羲农去我久诗》，《苏轼文集》卷六七，第2091页。

垞，航敧湖，戏柳浪，濯栾家濑，酌金屑泉，过白石滩，停竹里馆，转辛夷坞，抵漆园；幅巾杖履，棋弈茗饮，或赋诗自娱，忘其身之匏系于汝南也。数日疾良愈。"①

当然，人尽皆知，无论是诗还是书、画，都不能有所谓疗疾之效的。但文艺作品使人心旷神怡顿时忘记疾痛之所在，倒是完全可能的事。就绘画而言，这种特殊的艺术感染力也实源于其审美怡情功能。

综上所述，在绘画的功能上，无论是在绘画专论中，还是在文人观念里，宋代已然形成抒情言志、审美怡心的普遍共识。自此，绘画作为政教的工具已完全从历史的舞台退去。绘画功能观念的这一改变也使得绘画在人们心目中增添了情韵，也更容易牵惹出诗思来。

二 宫廷画院制度的完善

五代时后蜀主孟昶于明德二年（935）创设中国历史上最早的画院——"翰林图画院"，接着，南唐中主李璟亦设图画院。西蜀、南唐的翰林图画院虽然存在时间不长，但这一形制的确立对后代产生了深远影响。北宋初年的宋王朝即沿袭此制。宋代的翰林图画院具体始建于何时，史载不一。据《宋会要辑稿》记载：

> 翰林图画院，雍熙元年置，在内中苑东门里。咸平元年移在右掖门外。②

---

① 《苕溪渔隐丛话》后集卷九，第 474 页。
② （清）徐松辑：《宋会要辑稿·职官》36 之 106，中华书局 1957 年影印本，第 3124 页。

《事物纪原》所载相同，则翰林图画院当创建于太宗雍熙元年（984）。另郭若虚《图画见闻志》载有太祖授王霭以图画院祗候之事，[①] 由此看来太祖时就已设有画院，则宋画院的设立又当在976年以前。图画院"绍圣二年改院为局"[②]，与天文、书艺、医官合称"翰林四局"。图画院由太监掌管，主要属于宫廷服役机构，如皇帝常命画院画纨扇进献，选择最优秀的画师图绘装饰宫殿寺院之壁，或在一些宫殿图绘文武功臣的画像，以宣扬他们的政绩，等等。此外，图画院还兼有图绘地图之责，如熙宁四年（1071）赵彦若监制的《天下州府军监县镇地图》，即由图画院待诏勾画而成。[③]

在人员设置和选用方面，宋初图画院沿袭五代后蜀、南唐画院的制度，对画院画师以成绩及门第为据，分别授予各种职衔，有待诏、艺学、祗候、学生等。起初画院人员编制无定额。大约在真宗后期，图画院各职名形成定员：待诏3人，艺学6人，祗候4人，学生40人，工匠6人。其职官选任和人才选拔制度，到神宗熙宁画院时已趋于完善。据载：

> 熙宁二年十一月三日，翰林图画院祗候杜用德等言："待诏等本不遍迁。欲乞将本院学生四十人立定第一等、第二等，各十人为额，第三等二十人，遇有阙，即从上名下次，挨排填阙，所有祗候亦乞将今来四人为额，候有阙，于学生内拨填，艺学元额六人，今后有阙，亦于祗候内拨填。已曾蒙许立定为额，今后有阙，理为递迁。后来本院不以艺业高低，只以资次挨排，无以激劝。乞自今后，将元额本院

---

① 《图画见闻志》卷三，第39页。

② （宋）高承：《事物纪原》卷七《图画局》，《丛书集成初编》本，第245页。

③ 参见《续资治通鉴长编》卷二百二十，第5354页。

待诏已下至学生等有阙，即于以次等第内拣试艺业高低，进呈取旨，充填入额。"①

这种将学生立定等次和不以"资次挨排"而较以"艺业高低"为递迁标准的建议实际上就是要在画院引入竞争机制，这在当时得以采纳，就进一步完善了画院的人才机制。宋室南渡后，"崇儒尚文，载新馆阁，诏访缺遗，凑泊来上，郁郁之风，超越前古"②，"虽处干戈之际，不忘典籍之求"，③ 正是在这一前提下，画院建设依然受到重视，职名较前代增多，"有待诏、祇候、甲库、修内、司有、祇应官，一时人物最盛"④。

在官职待遇方面，北宋初期，翰林院所属各局之技术官经磨勘，不仅能改官，个别的还能像朝官那样特许赐服绯、紫与佩鱼。如自西蜀入宋的画院待诏黄居寀就曾授"翰林待诏、朝请大夫、寺丞、上柱国，赐紫金鱼袋，淳化四年充成都府一路送衣祆使"⑤；端拱元年"以翰林画待诏夏侯延祐为庐州巢县令"⑥；真宗朝画院祇候高元亨也曾"押河西防边将校冬衣至渭川"⑦。这种画院画家之改官、出职、佩鱼一如朝中其他以科举入仕之文官的现象，可能引起朝中以科举入仕之文官的不满，在他们的心目中，院画家仍是"画工"。因而为了区别士

① 《宋会要辑稿·职官》36 之 107，第 3125 页。

② （宋）佚名：《南宋馆阁续录》卷三，张富祥点校，中华书局 1998 年版，第 175 页。

③ （宋）陈骙：《南宋馆阁录》卷三高宗绍兴十三年诏，张富祥点校，中华书局 1998 年版，第 22 页。

④ （清）厉鹗：《南宋院画录》卷一引《钱塘县旧志》，《画史丛书》本，第 2 页。

⑤ （宋）黄休复：《益州名画录》卷中，《画史丛书》本，第 22 页。

⑥ 《宋会要辑稿·职官》36 之 110，第 3126 页。

⑦ （宋）刘道醇：《圣朝名画评》卷一，《画品丛书》本，第 125 页。

类，自真宗朝后期起，画院画家等技术官不得佩鱼，同时对诸技术官之改官和出职、轮差等进行了种种限制。这就意味着宋初曾恩宠一时的院画家的地位在真宗朝后开始下降。这种状况一直延续到神、哲宗时期。但到徽宗继位以后，画院和院画家的地位又得以全面提高，同时，也迎来画院艺术创作的高峰期。①

徽宗在位期间，为宋代画院的极盛期。此期画院不仅规模宏大、人才众多，同时在建制上更趋合理和完善。以下我们以徽宗朝画院为例考察宋代画院建设的具体情形。

徽宗爱画，因而也十分注重画院的建设。在徽宗朝，画师待遇较其他技术官远为优厚。据《画继》记载：

> 本朝旧制，凡以艺进者，虽服绯紫，不得佩鱼；政宣间独许书画院出职人佩鱼，此异数也。又诸待诏每立班，则画院为首，书院次之，如琴院棋玉百工皆在下。又画院听诸生习学，凡系籍者，每有过犯，止许罚直其罪，重者亦听奏裁。又他局工匠日支钱，谓之食钱，惟两局则谓之俸，直勘旁支给，不以众工待也。睿思殿日命待诏一人能杂画者宿直，以备不测宣唤，他局皆无之也。②

徽宗取消旧制，打破了真宗朝规定的技术官不得佩鱼的禁令，允许书画两院的人员和其他文官一样佩带鱼袋，又待诏立班以画院为首，对于画院诸生慎于处罚，画工薪水谓之"俸"以区别于他局工匠的"食钱"，以及独画院待诏宿直以备不时宣唤等制

---

① 参见蔡罕《北宋"翰林图画院"职官制度初探》，《浙江大学学报》（人文社会科学版）1999年第3期。

② 《画继》卷十《论近》，第77页。

度，在在说明画院在朝廷中的地位非同一般和画院画师身份地位的提高。

同时，徽宗也非常重视对画院画家的选拔和培养。画院选拔画师，要经过严格考试，以至"图画院四方召试者，源源而来，多有不合而去者"①。徽宗于"崇观盛时，大兴画学"②，在国子监太学生中创立画学一科，以教育众工，并于大观四年"并画学生入翰林图画局"③；又"如进士科下题取士，复立博士，考其艺能"④。这一教育与培养画学人才的举措是史无前例的。管理方面，"上（按：指徽宗）时时临幸，少不如意，即加漫垩，别令命思"⑤。画学分科较细，有六科："曰佛道，曰人物，曰山水，曰鸟兽，曰花竹，曰屋木"⑥。在专业教授上，定期观摹古画已成为画院学人的一门功课。⑦ 画学学习期间也有考试，按照考试成绩决定等级升迁。同时，画院对画家的学识修养十分看重。画家在习画之余，还要接受传统文化的教育，以充实其知识内涵。这从画院教授诸生的课程及方式即可看出：

> 以《说文》、《尔雅》、《方言》、《释名》教授。《说文》则令书篆字，著音训，余书皆设问答，以所解义观其能通画

---

① 《画继》卷十《论近》，第 77 页。

② 《画继》卷三，第 17 页。

③ （宋）马端临：《文献通考》卷三五《选举考八》，中华书局 1986 年影印本，第 337 页。

④ 《画继》卷一，第 3 页。

⑤ 同上书，第 3—4 页。

⑥ （元）脱脱等：《宋史》卷一五七《选举志》，中华书局 1985 年版，第 3688 页。

⑦ 《画继》卷一记乱离后画院旧史之语："某在院时，每旬日蒙恩出御府图轴两匣，命中贵押送院以示学人。"第 3 页。

意与否。①

此外，又根据学士的文化素养，分"士流"（士大夫出身的）和"杂流"（从民间工匠选入的），"别其斋以居之"；学习的科目也不相同，"士流兼习一大经或一小经，杂流则诵小经或读律。"② 凡此种种，足可说明徽宗时代的"画学"，在人才培养方面已有一套比较系统完整的体制。

徽宗与驸马都尉王诜和宗室赵令穰往来密切，常彼此交流、赏玩所藏书画，王诜与苏轼是至交，赵令穰书学黄庭坚、画学苏轼，因而徽宗亦间接受到了文人艺术观念的影响。故在衡量画作等第的标准上，徽宗朝画院明确"以不仿前人而物之情态形色俱若自然，笔韵高简为工"③。如朝廷考试画工就曾多次以诗句为题，而"取其意思超拔者为上，亦犹科举之取士，取其文才角出者为优"④。我们从画史及笔记中的相关事实记载，可以具体地看出当时画院的要求和画家的才能：

> 所试之题，如"野水无人渡，孤舟尽日横"，自第二人以下，多系空舟岸侧，或拳鹭于舷间，或栖鸦于篷背，独魁则不然，画一舟人卧于船尾，横一孤笛，其意以为非无舟人，止无行人耳，且以见舟子之甚闲也。又如"乱山藏古寺"，魁则画荒山满幅，上出幡竿，以见藏意；余人乃露塔尖或鸱吻，往往有见殿堂者，则无复藏意矣。⑤

---

① 《宋史》卷一五七《选举志》，第3688页。
② 同上。
③ 同上。
④ （宋）俞成：《萤雪丛说》卷一《试画工形容诗题》，《丛书集成初编》本，第7页。
⑤ 《画继》卷一，第3页。

战德淳，本画院人，因试"蝴蝶梦中家万里"题，画苏武牧羊，假寐以见万里意，遂魁。①

唐人诗有"嫩绿枝头红一点，动人春色不须多"之句，闻旧时尝以此试画工。众工竞于花卉上妆点春色，皆不中选。惟一人于危亭缥缈、绿杨掩映之处，画一美人凭栏而立，众工遂服。此可谓善体诗人之意矣。②

徽宗政和中，建设画学，用太学法补试四方画工，以古人诗句命题，不知拔选几许人也。尝试"竹锁桥边卖酒家"，人皆可以形容，无不向"酒家"上著工夫，惟一善画，但于桥头竹外挂一酒帘，书"酒"字而已，便见得酒家在竹内也。又试"踏花归去马蹄香"，不可得而形容，何以见得亲切。有一名画，克尽其妙。但扫数蝴蝶飞逐马后而已，便表得马蹄香出也。果皆中魁选。③

可见所谓"意思超拔者"，即善画出诗句意境、得诗"意"者。这种超拔的创意，也就是不仿前人，写形着色传情状态自然生动，笔韵高简，是作者的观察能力、思想感情、技巧修养的综合表现，也是绘画创作中的重要因素之一。这种富有意境和情趣的试题，要求考生注重诗句主题思想的刻画，具有深刻的想象力和表现力，发挥独创的精神，这样才能考中魁选。故虽"图画院四方召试者，源源而来"，但"多有不合而去者"。无疑这些落第的，多是属于缺乏独创精神墨守成规之流。赵佶录取画生和衡量画作的标准，颇具识见。

通过以上考察，我们可以发现，院画家的地位在北宋虽然

---

① 《画继》卷六，第50页。
② （宋）陈善：《扪虱新话》卷九《画工善体诗人之意》，《四库全书存目丛书》本，第305页。
③ 《萤雪丛说》卷一《试画工形容诗题》，第5—6页。

经历了一个升落起伏的过程，但自宋初起朝廷（尤其是徽宗朝）对画院建设的重视则是一直未改的。由于种种优厚的待遇，当时一般画家都以进入画院为荣。试与前代略作比较。汉以前，绘画的地位极其低下，士大夫阶层是无人从事这方面工作的，汉末少数文人士大夫业余作画，但也只是偶尔为之，且这从不曾改变他们在社会上的"官"的身份。魏晋时期大量文人士大夫加入绘画队伍，尤其是自王微图画"非止艺行。成当与《易》象同体"①之语出，绘画终于从艺伎的行列中脱离出来。但在整个社会阶层中，画者的身份地位仍然很低。② 如《颜氏家训》虽然认为"画绘之工，亦为妙矣"，但这是以仕途通显作为前提的，否则，因晓画而"为公私使令"如顾士端、顾庭、刘岳之流，绘画只能增人羞耻。③ 唐代画师阎立本在宫廷因会画而为太宗及群僚役使的屈辱遭遇和感受，④ 较之宋代画院画家，也实在是天壤之别。虽然，这在一定程度上是个人的主观情怀所致，苏轼对阎立本之举就曾有过责难，但唐代及唐以前画师（包括宫廷画师）略同于艺匠，社会地位不高则是不争的事实。宋代画院的确立，本身即昭示画师地位的提高，再加上上述种种规制，必然改变画家的命运，也必然促使和迎来绘画艺术的繁荣。宋代宫廷画院画家如崔白、赵昌、燕文贵、郭熙、王希孟、张择端、李唐、马远、夏圭等都在画史上享有

---

① 《叙画》，《中国绘画美学史》，第 80 页。

② 参见《中国绘画美学史》，第 63 页。

③ （北齐）颜之推：《颜氏家训》卷七，《颜氏家训集解》本，王利器集解，中华书局 1993 年版，第 578 页。

④ 《宣和画谱》卷一："初，唐太宗与侍臣泛舟春苑池，见异鸟容与波上，喜见颜色，诏坐者赋诗，召阎立本写焉。阁外传呼画师阎立本，时立本已为主爵郎中，俯伏池左，研吮丹粉，顾视坐者，愧与汗下。归戒其子曰：'吾少读书，文辞不减侪辈，今独以画见名，遂与厕役等，若曹慎毋习！'然性所好，欲罢不能也。"（第 8 页）

不朽声誉即是明证。

画师地位的提高，促进了文士与画家的交往；画院对画家文化修养的重视以及讲求"意思超拔"、"笔韵高简"的评画标准，也加强了院画中的文人画气息。凡此种种，都极大地增进了诗画艺术的融合。郑午昌云："盖于笔墨之外，又重思想，以形象之艺术，表诗中之神趣为妙，诗中求画，画中求诗，足见当时绘画之被文学化也。"① 即如文人善于以绘画的题材为文学性质的比兴寄托，在画院画家的作品中也依稀可见，如郭熙曾为文彦博贺寿而画的《一望松》图，"以二尺余小绢作一老人倚松岩前，在一大松下。自此后作无数松，大小相连，转岭下涧，几十百松，一望不断。……意取公子孙联绵之义"②，就和文人画松的喻义相同。

三　帝王权贵对于绘事的参与

宋代皇帝大多善画或者好画，其知画爱画之举史多有载。

真宗外巡时，其行在图轴即有四十余卷，巡行在外亦不忘画，似乎不可一日无此君，并说图画是"高尚之士怡性之物"③，其爱画重画之心可谓昭然。

仁宗擅长绘画，"天资颖悟，圣艺神奇，遇兴援毫，超逾庶品"④。

神宗好画，尤其偏嗜李成和郭熙之作。史载光献太后曾经为之"尽购李成画，贴成屏风，以上所好，至辄玩之"⑤。神宗于熙宁元年（1068）诏郭熙进京，把秘阁里汉唐以降的名画悉数

① 郑午昌：《中国画学全史》，上海书画出版社1985年版，第203页。
② 《林泉高致·画格拾遗》，第78页。
③ 《图画见闻志》卷六，第83页。
④ 《图画见闻志》卷三，第33页。
⑤ （宋）米芾：《画史》，第23页。

拿出令郭熙鉴赏并详定品目，又凡宫廷中重要的地方以及难度较大的画，皆要郭熙去画，以至后来出现了"一殿专背熙作"① 的盛况。

徽宗赵佶是宋代帝王中最爱书画的一个。他即位之前便深好绘画，蔡絛《铁围山丛谈》载："国朝诸王弟多嗜富贵，独祐陵（按：指徽宗）在藩时玩好不凡，所事者惟笔研、丹青、图史、射御而已。"② "朕万机余暇，别无他好，惟好画耳"是他的真情表白。徽宗即位后更是广搜历代法书名画，"秘府之藏，充轫填溢，百倍先朝"。他命米芾等人对书画进行整理和鉴藏，并敕令编撰《宣和画谱》和《宣和书谱》。不唯如此，徽宗"圣鉴周悉，笔墨天成，妙体众形，兼备六法"③，常亲笔作画或是题画御赐群僚。此外，徽宗还亲自教授画院生徒。

高宗赵构"雅工书画，作人物山水竹石，自有天成之趣"④。《画继补遗》更称其"天纵多能，书法复出唐、宋帝王上。而于万机之暇，时作小笔山水，专写烟岚昏雨难状之景，非群庶所可企及也"⑤。

孝宗爱画，如他对马和之的画就深为赏爱，"每书毛诗三百篇，令和之写图"⑥。《图绘宝鉴》在述及马和之时亦云："高孝两朝，深重其画。"⑦

---

① 《画继》卷十《论近》，第76页。
② 《铁围山丛谈》卷一，第5—6页。
③ 以上三处均引自《画继》卷一，第1页。
④ （明）田汝成：《西湖游览志余》卷十七《艺文赏鉴》，浙江人民出版社1980年版，第280页。
⑤ （元）庄肃：《画继补遗》卷上，《画继 画继补遗》本，人民美术出版社1963年版，第1页。
⑥ 《画继补遗》卷上，第4页。
⑦ （元）夏文彦：《图绘宝鉴》卷四，《画史丛书》本，第95页。

宋代帝王对绘画的喜好实已超过以往任何朝代，它所带来的不仅是绘画艺术的繁荣，更有赏画题画之风的兴盛。宋代帝王就有许多题画之举见诸记载，他们的题画之作传世者亦不在少数。以下题画诗的统计数据就颇能说明问题。

表八　　　　　　　　　现存宋代帝王题画诗

	题	首
徽宗	13	14
高宗	21	27
孝宗	13	13
光宗	4	4
宁宗	1	1
理宗	2	2
度宗	1	2
合计	55	63

徽宗爱画，"独于翎毛尤为注意"[①]，不仅如此，在题画诗的发展史上，宋徽宗也是值得大书一笔的。我们知道，题画诗是诗与画结合的艺术，但唐以前诗与画是分离的，也就是说诗歌并不题写于画面之上。关于诗与画的真正结合，即将诗歌题写在画图上到底始自何时，恐怕已难于考。清人方薰云："款题图画，始自苏米"[②]，"文画苏题"的典故也广为人知，但从现存画迹来看，诗画的真正结合始于宋徽宗。现藏于北京故宫博物院的《芙蓉锦鸡图》（图六），上有徽宗以其特有的瘦金体笔法书写的"秋劲拒霜盛，峨冠锦羽鸡。已知全五德，安逸胜凫鹥"二十字；藏于台北故宫博物院的《腊梅山禽图》（图七），上有其题

---

① 《画继》卷一，第1页。
② 《山静居画论》卷下，第26页。

诗"山禽矜逸态，梅粉弄轻柔。已有丹青约，千秋指白头"，是现存最早的诗画结合之画迹。因而，我们可以说徽宗是我国绘画史及题画诗史上的一个举足轻重的人物。

图六　(宋)赵佶《芙蓉锦鸡图》

图七　(宋)赵佶《腊梅山禽图》

关于徽宗题画的具体情况，《南宋馆阁续录》有详细记载。此书录徽宗皇帝御画14轴，御题画31轴。在御题画中，有9轴为题诗，其中前8幅是在自己的画上题诗。尤其值得注意的是徽宗题画的内容、方式丰富多样。如他在赵昌《江梅山茶》上题诗一首外，另题"赵昌奇笔"四字；在徐熙的两幅《并株花图》中分别题"徐熙并株花图"六字和"政和丙申岁宣和殿书"九字；在韦偃《马》上书"唐代韦偃画马，笔力精妙，染饰真奇，甚可尚也。乙酉御题"二十字；在燕文贵《山水》上只题"燕文贵"三字……真可谓得心应手、运笔自如。据此书所载，徽宗还题咏过李成、刘永年、厉归真、吴元瑜、周文矩、孙知微等画家的画作。① 现存山水画中，其《雪江归棹图》（见附录一之图二四）上的画名就是他亲自题写，五代宋初画家郭忠恕画图上有其所题"雪霁江行图郭忠恕真迹"（见附录一之图八）十字，北宋末画家梁师闵画上有其"梁师闵芦汀密雪"（见附录一之图一一）题名。可见，对于作画、赏画、题画，徽宗似乎乐不知疲。后世论者常以此责其贪图玩乐、不务国事以致国土沦陷、江山易主，是有一定道理的。且不论其在本性上是否有治国的资质才能，在态度上确实存在应该改进之处。这自然是闲话。但从另一方面来看，正因为徽宗之流如此耽于艺术，才进一步促成了宋代绘画艺术的高度繁荣和发展。

我们再看高宗题画的情况。高宗与画家李唐关系十分密切，李唐从金人所俘虏的宋朝廷北上队伍中逃出，投靠高宗，深得高宗赏识及知遇之恩，成为南宋画院的领军人物。被高宗题跋过的李唐画作很多，如《山阴图》、《王子猷雪夜访戴图》、《寒江渔艇图》、《雪坞幽居图》等都有宋高宗的题或跋，② 现藏于北京故宫博物院的李唐《长夏江寺图》（见附录一之图一二），卷首有高宗所题"长夏江寺"四字，卷尾有其题"李唐可比唐李思训"。通过《全宋诗》收录的高宗21题27首题画诗的记载可知，除李唐外，高宗还为马麟、马远、赵伯驹、阎次平、燕文贵、刘松年等人的画作题过诗，唐五代名家郑虔、赵干、徐熙、黄筌的画作也在高宗诗歌题咏之列。

除徽宗、高宗外，宋孝宗曾为刁光胤画册题诗十首，题咏过周文矩的《合乐士女图》。宋光宗有《题陆瑾渔家风景图》、《题张萱游行士女图》、《题徐崇嗣没骨牡丹图》、《题杨补之红梅图》等题画诗传世。宁宗赵扩曾为马远的《踏歌图》（见附录一之图

---

① 参见《南宋馆阁续录》卷三《储藏》，第179—180页。
② 《南宋院画录》卷二引《南阳名画表》，第13页。

三）、《华灯侍宴图》（见附录一之图四）等题诗。理宗赵昀为马麟《夕阳秋色图》（见附录一之图六）题诗"山含秋色近，燕渡夕阳迟"一联，又有《题夏珪夜潮风景图》、《题赵葵墨梅》诗传世。

此外，值得一提的还有宁宗皇后杨氏。我们先看以下两则资料：

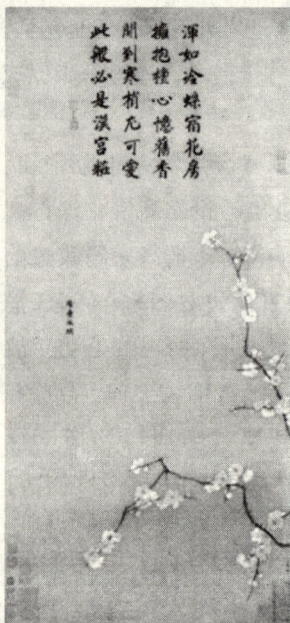

图八 （宋）马麟
《层叠冰绡图》

浑如冷蝶宿花房
拥抱檀心忆旧香
开到寒梢尤可爱
此般必是误宫妆

杨氏，宁宗皇后妹，时称杨妹子，书法类宁宗。马远画多其所题，往往诗意关涉情思，人或讥之。[1]

杨娃者，皇后妹也。以艺文供奉内庭。凡远画进御，及颁赐贵戚，皆命杨妹子题署。[2]

关于其中杨妹子及杨娃的身份，学者颇多争议。陈传席在参考启功先生"杨姓即杨后也"之论的基础上得出"杨妹子即杨皇后，陶氏误为杨后之妹。杨娃即杨姓之误"[3] 的结论，较具说服力。据以上"远画多其所题"及"皆命杨娃题署"之说，为马远题画的不仅有宁宗，宁宗皇后杨氏更是题署马远画的铁杆。今存马远《水

---

① （明）陶宗仪：《书史会要》卷六，上海书店出版社 1984 年版，第 299 页。
② （明）王世贞：《弇州四部稿》卷一百三十七，影印文渊阁《四库全书》本，第 264 页。
③ 《中国山水画史》，第 215 页。

图》十二幅即多是杨氏题名（见附录一之图一四）。她题名并题诗的马麟《层叠冰绡图》（图八，北京故宫博物院藏）也传世至今。此外，杨氏还曾为马和之画四小景题诗，厉鹗对之有"用笔清逸"、"秀媚中饶劲致"① 之誉。

至于好画的皇亲国戚、王公大夫，《图画见闻志》载"王公士大夫依仁游艺，臻乎极致者，一十三人"②，《画继》列"侯王贵戚"十三人、"轩冕才贤"十七人、"缙绅"十人，③ 可谓洋洋大观。如燕恭肃王精于像物，嘉王爱状鱼藻笋芦，郓王性极嗜画、善小笔花鸟，赵令穰善山水小轴，每出一图必出新意，赵士雷长于山水，赵宗汉善芦雁，赵士衍善着色山水，赵伯驹优于山水花果翎毛，王诜（英宗女蜀国公主驸马）"攘去膏粱，黜远声色，而从事于绘画"④ 等等，也都在宋代画坛占有一席之地。如此众多的王公士大夫名列画史，是前所未有的。表现在具体创作上，《宣和画谱》所著录的画作中即有很大一部分是宋宗室、内臣所作。这里，我们以武臣这样一个尤为特殊的群体为例即更能说明宋代王公大夫对于绘画的喜爱。南宋著名武将、军事家兼政治家赵葵，即是一名画家。此外，如：

> 武臣刘永年：能从事翰墨丹青之学，濡毫挥洒，盖皆出于人意之表。……此画史所不能及也。
>
> 武臣吴元瑜：善画，师崔白，能变世俗之气所谓院体者，而素为院体之人，亦因元瑜革去故态，稍稍放笔墨以出胸臆，画手之盛，追踪前辈，盖元瑜之力也。
>
> 武臣梁师闵：长于花竹羽毛等物，取法江南人，精致而

---

① 《南宋院画录》卷三，第50页。
② 《图画见闻志》卷三，第33页。
③ 《画继》卷二，第5页；卷三，第11页；卷四，第23页。
④ 《画继》卷二，第8页。

不疏，谨严而不放。

武臣郭元方：善画草虫，信手寓兴，俱有生态。……率尔落笔，疏略简当，乃为精绝。

武臣李延之：善画虫鱼草木，得诗人之风雅。写生尤工，不堕近时画史之习。[①]

宣和内府对他们的画作也收藏颇丰，如刘永年 36 幅，吴元瑜 189 幅，李延之 16 幅。虽然宋代是一个文治社会，许多武官都是由文人担任，但在操兵朝野、沙场驰骋之余，依然保持着这种对于绘画的热爱，实属难得。尤其是他们以武者的资质介入绘画创作，必然要给这一领域注入新鲜的成分，故《宣和画谱》的作者亦感叹他们的创作"此画史所不能及也"、"能变世俗之气所谓院体者"、"不堕近时画史之习"，这也从一个方面丰富了当时的绘画艺术。

帝王权贵的爱好提倡客观上促进了绘画地位的提高，使得绘画在人们心目中不仅不再是只有画工才从事的贱役，而且成为高尚之士的雅玩。上行下效，这必然带来绘画艺术的全面繁荣。

四　文人画的兴起

北宋中期政治变革的失败，使士大夫的济世热情锐减，以超越尘世、淡泊精神为基调的佛老思想成为士大夫文人的精神寄托。论诗则追求平淡意境，论画则强调淡泊趣远。在这种文化环境中，文人写意画蔚然勃兴。

这里，我们有必要先对文人画这个概念略作说明。"文人画"之说最早由明人董其昌提出。他在《画源》中指出：

---

① 《宣和画谱》卷十九，第 236、237 页；卷二十，第 254、257、258 页。

文人之画自王右丞始。其后董源、僧巨然、李成、范宽为嫡子。李龙眠、王晋卿、米南宫及虎儿，皆从董巨来。直至元四大家，黄子久、王叔明、倪元镇、吴仲圭，皆其正传。吾朝文、沈则又遥接衣钵。①

虽然，董其昌把文人画的始祖推到唐代水墨山水画家及大诗人王维，但文人画理论的奠基者则是北宋的苏轼。苏轼在《又跋宋汉杰画山二首》一文中说：

　　观士人画，如阅天下马，取其意气所到。乃若画工，往往只取鞭策皮毛槽枥刍秣，无一点俊发，看数尺许便卷。汉杰真士人画也。②

士人画即是文人画的先声。苏轼认为宋汉杰画马不若画工"往往只取鞭策、毛皮、槽枥、刍秣"，而是表现了骏马意气俊发的精神，因而揄扬其画"真士人画"也。可见，士人画是区别于画工画而言的一个概念，其与画工画的不同，在于绘画从对客观事物的具体描绘，转变为主要表现客观对象的精神。苏轼"论画以形似，见与儿童邻"、"诗画本一律，天工与清新"，③"世之工人，或能曲尽其形，而至于其理，非高人逸才不能办"④，"味摩诘之诗，诗中有画；观摩诘之画，画中有诗"⑤之语，都可看作其士人画理论的注脚。其时王诜、李公麟、文同、米芾父

　　① （明）董其昌：《画禅室随笔》卷二，屠友祥校注，上海远东出版社1999年版，第124页。
　　② 《苏轼文集》卷七十，第2216页。
　　③ 《书鄢陵王主簿所画折枝》，《全宋诗》卷八一二，第14册，第9395页。
　　④ 《净因院画记》，《苏轼文集》卷十一，第367页。
　　⑤ 《书摩诘蓝田烟雨图》，《苏轼文集》卷七十，第2209页。

子、苏轼本人都是苏轼士人画理论的实践者（或曰苏轼士人画之说正是当时文人绘画实践的理论概括）。如苏轼自言其画"枯肠得酒芒角出，肺肝槎枒生竹石。森然欲作不可留，写向君家雪色壁"（《题郭祥正壁》），黄庭坚称"东坡老人翰林公，醉时吐出胸中墨"（《题子瞻画竹石》），可见士人画在艺术精神上注重寄托画者自己的感受、胸怀、意兴。形成于北宋画家中的士人画风气，亦即文人墨戏的画风，在南宋并没有受到重视，直到元代才得到赵孟頫与四大家（黄公望、倪赞、吴镇、王蒙）的推波助澜，从而形成了士人画的成熟风格与精神，到明代由于沈周、文征明等文人画家的努力，士人画风遂成为明代画坛的主流，并促成了董其昌文人画理论的最终定型。以下我们再抡选两条近人对文人画的理解，或许可以加深对文人画的认识：

> 苏东坡所宣扬的文人绘画，在功能上是为了"自娱"、"取乐于画"。在艺术要求上是不拘于形似，而要得其"常理"、"得之象外"，抒发主观情思。境界要求上是"萧散简远"、"简古"、"澹泊"、"清新"、"清丽"。反对"剑拔弩张"，亦不十分喜欢"雄放"，主张"绵里裹针"式的含蓄，力求"平淡"。这一切都被后代文人画家全盘继承。[①]

> 由遒劲雄奇而至萧索荒寒，被目为文人画的标志，同时，又以古雅、平淡、避"作气"而倡"士气"，形成了古淡天然的风格。[②]

至于北宋文人画的特质如何，我们可以参看当时文坛领袖欧阳修之语：

---

① 陈传席：《中国山水画史》，第 142 页。
② 邓乔彬：《有声画与无声诗》，上海社会科学院出版社 1993 年版，第 118 页。

萧条淡泊,此难画之意,画者得之,览者未必识也。故飞走、迟速、意浅之物易见,而闲和、严静、趣远之心难形。[①]

古画画意不画形,梅诗咏物无隐情。忘形得意知者寡,不若见诗如见画。[②]

此难画之"萧条淡泊"之意,难形之"闲和、严静、趣远之心",正是文人写意画的精神所在;而"画意不画形",即重意趣而轻形似,是当时文人写意画的创作原则。这种带有老庄玄学精神的写意画扩展了作家的想象空间,将审美视野导向高雅脱俗、忘却物我的境地,无疑更符合此时士大夫阶层的口味。绘画发展到此时,已成为文人士大夫写意抒情的手段了,他们或挥毫泼墨,或赏玩题品,酣畅淋漓地醉心其中,同时也出现了一批诗、词、文、书、画兼擅的文艺全才。正如邓椿《画继》所云:"画者,文之极也。……本朝文忠欧公、三苏父子、两晁兄弟、山谷、后山、宛丘、淮海、月岩,以至漫仕、龙眠,或评品精高,或挥染超拔……其为人也多文,虽有不晓画者寡矣;其为人也无文,虽有晓画者寡矣。"[③]

大文人苏轼即知画擅画。他长于书法,是宋代四大家之一,早已为人知晓;他诗词文兼擅,更是人尽皆知。我们说他是画家,也一点不为过。一是他知画。苏辙《汝州龙兴寺修吴画殿

---

① 《鉴画》,《欧阳修全集》卷一三〇,李逸安点校,中华书局 2001 年版,第 1976 页。

② 《全宋诗》卷二八七,第 6 册,第 3637 页。

③ 《画继》卷九《论远》,第 69 页。

记》说："予兄子瞻少而知画，不学而得用笔之理。"① 真可谓天才画家！请看他的《画水记》："古今画水，多作平远细皱，其善画者不过能为波头起伏。使人至以手扪之，谓有洼隆，以为至妙矣。然其品格，特与印版水纸争工拙于毫厘间耳。唐广明中，处士孙位始出新意，画奔湍巨浪，与山石曲折，随物赋形，画水之变，号称神逸"②；《书吴道子画后》：道子画"出新意于法度之中，寄妙理于豪放之外"③，此非不真知画者所能道。二是他会画。苏轼画学文同，善画枯木竹石，黄庭坚谓："东坡虽是湖州派，竹石风流各一时"（《文与可尝云老僧墨竹……因次韵》），楼钥评"东坡笔端游戏，槎牙老气横秋。笑揖退廉博士，信酷似文湖州"（《题杨子元琪所藏东坡古木》）。相传他还曾尝试用蔗渣作画，并于墨竹之外另创朱竹画，让世人耳目一新。苏轼作画不刻意追求工巧，不严格遵守法度，任由胸中怀抱自然流露，正如他自己所言："我书意造本无法，点画信手烦推求"（《石苍舒醉墨堂》），书如此，画亦然。这种作法虽带有一种游戏的性质，但更能突出表现画家的个性，时有个人独到的创意，别具一番神采，因而他的画作颇得后人好评。总之，对苏轼而言，绘画创作的最终目的是为了取代文字而以另一种艺术方式抒情达意。在酒酣耳热之际即席挥洒，抱着游戏的态度，化胸中的郁闷愁苦为畅快淋漓的枯木竹石，苏轼的绘画活动对后来的文人画家具有典范的意义。

黄庭坚虽不会画，但他对于绘画亦颇为了解。其父黄庶大约在皇祐初年曾经与画家许道宁交往，家藏许道宁山水图，其姨母李夫人善画墨竹。因而黄庭坚对于绘画的鉴赏也由于家学门风而

---

① 《苏辙集·栾城后集》卷二十一，陈宏天、高秀芳点校，中华书局1990年版，第1106页。

② 《苏轼文集》卷十二，第408页。

③ 《苏轼文集》卷七十，第2210—2211页。

具有独到的眼光。其《题燕文贵山水》云:"《山水图》本出于李成,超轶不可及也"①,即说明他对于画家风格的传承了然于心。他精于品题绘画,《画继》作者有"予尝取唐宋两朝名臣文集,凡图画纪咏,考究无遗,故于群公略能察其鉴别:独山谷最为精严"②的感叹。黄庭坚的题画之作传世颇丰,被他题咏过的画作之作者不仅有唐代的王维、卢鸿等人,更有大批宋代知名画家,如赵令穰、燕文贵、许道宁、李公麟、王诜、仲仁、苏轼、惠崇、郭熙等。

宋代文人参与绘画,尤以北宋后期为盛。苏、黄以外,王安石"少好读书,又工书画"③,苏辙自谓对画"虽不能深造之,亦庶几焉"④,张舜民"生平嗜画,题评精确……亦能自作山水"⑤,晁补之有"自画山水留春堂大屏"⑥,秀才李颀"善画山"⑦,陈师道有"晚知书画真有益,却悔岁月来无多"(《题明发高轩过图》)的感叹。此外,王诜、李公麟、文同、米芾父子等都是在当时即画名显赫的文人画家。

文人画虽然在南宋没有得到进一步发展,但南宋文人与绘画结缘者亦不在少数。如陆游爱画,詹仲信曾以春山图、雪山图为寿正是投其所好,谢耕道、曾兴宗亦曾寄图求题。范成大在游览万景楼后令画工将胜绝之景作图以归;为了更真实地表现出巫山云雨,叫画师泛小舟到中流亲自摹写,以纠正世传巫山图失真之误。杨万里长于描写山水景物,并对山水画情有独钟,今存其题咏山水画的诗歌就有26题31首。朱熹《壁间古画精绝未闻有赏

① 《豫章黄先生文集》卷二七。
② 《画继》卷九《论远》,第70页。
③ 许总:《宋诗史》,重庆出版社1997年版,第278页。
④ 《汝州龙兴寺修吴画殿记》,《苏辙集·栾城后集》卷二十一,第1106页。
⑤ 《画继》卷三,第16页。
⑥ 同上书,第15页。
⑦ 《画继》卷四,第27页。

音者》诗云："千年粉壁尘埃底，谁识良工独苦心"；林用中《壁间古画精绝未闻有赏音者赋此》亦云："自来无会丹青意，可惜良工苦片心"，俨然以古画知音自居，爱画惜画之情溢于言表。

总之，宋代文人大多爱画、晓画，或亲自挥染，或赏玩题品，大部分都有参与绘画活动的经历。

文人对于画事的积极参与以及文人画的勃兴，极大地刺激了题画文学的创作。一方面，从题画文学的创作主体而言，文人擅长诗文，较诸一般人，他们在绘画或是观画后更容易产生题咏画作的冲动并付诸实践，在画上题诗题文在北宋蔚然兴起也就不足为怪了，如苏轼和黄庭坚就是当时的题画名家。另一方面，从题写对象而言，文人画追求"画中有诗"，重"写意"，轻"写形"，能给予诗人更多想象发挥的空间，因而很便于诗人借以咏怀；文人画多是水墨画，而水墨技法自由豪放，不仅便于表现画家的个性，而且其象征意味也极易引发诗人借以抒情的雅兴，这就从客观上促进了题画文学的创作。此外，文人亲身参与创作，对于绘画有更深的体认，因而能在题画时根据个人经验提出艺术观念，增进题画诗的思想内涵。

五　画作的收藏与赏玩

苏辙说："古之君子不用于世，必寄于物以自遣。"[①] 其所指虽是古人，而源其本意则正是指向当下文士的文化生活方式。在宋代，文章学术、金石书画成为文人士大夫们的精神寄托之所和心灵休憩之乡，而他们的文士、学者身份也使得他们有能力从容其中，并在其中释放劳累、安顿生命。

王国维在《宋代之金石学》中说：

---

① 《答黄庭坚书》，《苏辙集·栾城集》卷二十二，第392页。

汉唐元明时人之于古器物，绝不能有宋人之兴味，故宋人于金石书画之学乃陵跨百代。近世金石之学复兴，然于著录考订皆本宋人成法，而于宋人多方面之兴味反有所不逮，故虽谓金石学为有宋一代之学，无不可也。①

他认为，宋人金石书画之学的兴盛空前绝后，堪称"有宋一代之学"。其中"兴味"一语，即指专注于人文对象的一种赏玩态度。宋人赵希鹄《洞天清录集·序》即表达了宋代文人以观书赏画为生活情趣的这种赏玩兴味：

> 悦目初不在色，盈耳初不在声。尝见前辈诸老先生多蓄法书、名画、古琴、旧研，良以是也。明窗净几，罗列布置，篆香居中，佳客玉立相映，时取古人妙迹，以观鸟篆蜗书，奇峰远水，摩挲钟鼎，亲见商周，端研涌岩泉，焦桐鸣玉佩，不知身居人世，所谓受用清福，孰有逾此者乎。是境也，阆苑瑶池未必是过。②

宋代文士留连于金石书画并从中自得其乐，于此可窥一斑。胡晓明先生在分析此段时说："此一段极可注意者，乃在于表现出宋代士人心理中对人文世界（人之智力活动作品）的一种极深细的享受趣味。如果说，魏晋人多以山川自然之美为乐事，唐人多以现实人世悲欢为关注对象（如严沧浪云'唐人好诗皆在迁谪、旅途'），而宋人则多以丰富的人文世界为精神生活之受用。宋诗中，人文意象如读书、读画、听琴、玩碑、弄帖、访旧、吊古

---

① 《王国维遗书》第五册，上海古籍书店 1983 年版，第 75 页。
② 《洞天清禄集·序》，《丛书集成初编》本，第 1 页。

等远远大于自然意向与事功意向如看月、听雨、赏花、弄水、骑马、饮酒等。在宋人眼中，自然意象亦因接受图式之异而转化为人文意象。……实属宋人极普遍之一种兴味。由此种玩赏兴味再向上一路，即以人文对象为一己精神之寄泊。"① 这是一种艺术化的生活方式，能排愁遣闷、陶冶性情，是宋代士人在严肃的庙堂生活之余的精神调剂，表现出闲雅旷远的风致。

在宋人的各种文化生活方式中，对绘画的爱好堪称一个最为理想而又普遍的寄心选项。前面我们阐述了宋代帝王对于图画的喜好，此不重复。以下试从宋代私家藏画及赏玩的角度作具体说明。

宋代皇亲权臣中就颇多喜好收藏画作者。据《画继》和《宣和画谱》等书记载，徽宗次子郓王，宗室赵令穰，内臣童贯、刘瑗等府藏颇丰：

> 郓王：性极嗜画，颇多储积，凡得珍图，即日上进，而御府所赐，亦不为少，复皆绝品，故王府画目，至数千计。②
>
> 赵令穰：生长官邸，处富贵绮纨间而能游心经史，戏弄翰墨，尤得意于丹青之妙。喜藏晋宋以来法书名画，每一过目，辄得其妙。③
>
> 童贯：父湜，雅好藏书，一时名手如易元吉、郭熙、崔白、崔愨辈，往往资给于家，以供所需。④
>
> 刘瑗：父有方，平日性喜书画，家藏万卷，牙签玉轴，

---

① 《尚意的诗学与宋代人文精神》，《文学遗产》1991 年第 2 期。
② 《画继》卷二，第 5 页。
③ 《宣和画谱》卷二十，第 250 页。
④ 《宣和画谱》卷十二，第 135 页。

率有次第，自晋魏隋唐以来，奇书名画，无所不有。①

此外，北宋李廌《德隅斋画品》所品评之画，"皆赵德麟令時襄阳行橐中所贮者"②，则赵氏收藏之富亦可见一斑。北宋太宗、真宗、仁宗三朝元老，官至宰相显赫一时的丁晋公丁谓"家藏书画甚盛，南迁之日，籍其财产，有李成山水寒林共九十余轴"③。赵孟坚是南宋最出名的书画收藏家，史载其"多藏三代以来金石名迹，遇其会意时，虽倾囊易之不靳也"④。南宋权相韩侂胄收罗书画之富更是可敌宫廷。

宋代文士亦多好收藏古今画作。如郭若虚一家三代收藏画作：

> 余大父司徒公，虽贵仕而喜廉退恬养，自公之暇，唯以诗书琴画为适，时与丁晋公、马正惠蓄书画均，故画府称富焉。先君少列，躬蹈懿节，鉴别精明，珍藏罔坠，欲养不逮，临言感咽。后因诸族人间取分玩，缄縢罕严，日居月诸，渐成沦弃。贱子虽甚不肖，然于二世之好，敢不钦藏。嗟乎！逮至弱年，流散无几。近岁方购寻遗失，或于亲戚间以他玩交酬，凡得十余卷，皆传世之宝。⑤

像这种家传藏画之习好在宋代绝非仅有。又如北宋苏易简、苏耆、苏舜之、苏澥一家四代皆保持着丰富的书画收藏，令郭若虚

---

① 《宣和画谱》卷十二，第 136 页。

② 《画品丛书》之作者《书评》，第 152 页。

③ 《图画见闻志》卷六《丁晋公》，第 86 页。

④ （宋）周密：《齐东野语》卷十九，张茂鹏点校，中华书局 1983 年版，第 357 页。

⑤ 《图画见闻志·序》，第 1 页。

唏嘘不已："至今苏氏法书名画，最为盛矣"①。王文献家也是父子致力于搜访名迹，而致其家"书画繁富"②。此外，如苏轼记石康伯"独好法书、名画、古器、异物，遇有所见，脱衣辍食求之，不问有无"，"其家书画数百轴"③，刘景文"慷慨奇士，博学能诗。……死之日，家无一钱，但有书三万轴，画数百幅耳"④。陆游的老学庵中挂有他收藏的画作，如"唐希雅画鹊，易元吉画猿，廉宣仲老木，王仲信水石，皆庵中所挂小轴"⑤。沈括在《梦溪笔谈》卷十七中也说其家藏有摩诘画《袁安卧雪图》和《黄梅出山图》。米芾家藏丰富，自认为可与唐代书画收藏大家张彦远媲美，其《画史》中更是详细记录了当时文人的藏画情况。

可见，收藏画作在宋代几乎成了一种普遍现象。更为值得一提的是，为更好地收藏、保存和赏玩画作，宋代很多文人士大夫家中建有专门的藏画楼阁。如驸马都尉王诜"作宝绘堂于私第之东，以蓄其所有"⑥。文同爱竹，尤爱画竹，他在住地四周广栽竹子，于所居宅中特建一墨君堂，专门收集存放古人书画。米芾有宝晋斋收藏历代书画精品，为了得到自己喜爱的书画名迹，不惜重金。米友仁继承其父收藏，将宝晋斋布置得"高梧丛竹，林樾禽咛，发人幽意；而异书古图，左右栖列"⑦。南宋官僚收藏家贾似道于西湖葛岭自己的官邸内建多宝阁来专门贮藏书画，尽管他获得书画的途径近乎卑鄙，但他确实收藏着中国书画史上

---

① 《图画见闻志》卷六《苏氏图画》，第82页。
② 同上。
③ 《石氏画苑记》，《苏轼文集》卷一一，第364、365页。
④ 《记刘景文诗》，《苏轼文集》卷六八，第2153页。
⑤ 《庵中晨起书触目》自注，《全宋诗》卷二一九一，第40册，第2453页。
⑥ 《画继》卷二，第8—9页。
⑦ （宋）吴则礼：《过宝晋斋赠元晖并序》，《北湖集》卷四，《丛书集成续编》本，第210页。

的许多珍贵名品。

收藏并非最终目的。绘画作为宋代文人士大夫政事闲暇之时的寄心玩好之物，一直以来备受宋代士人钟爱。如丁谓"每休沐会宾客，尽陈之，听人人自便"①。王诜"常以古人所画山水置于几案屋壁间，以为胜玩，曰：'要如宗炳澄怀卧游耳。'……虽牢落中，独以图书自娱"②。苏辙就说他"手披横素风飞扬，长林巨石插雕梁"，"游意淡泊心清凉，属目俊丽神激昂"，③醉心于书画的雅好可见一斑。郭若虚"每宴坐虚庭，高悬素壁，终日幽对，愉愉然不知天地之大，万物之繁"④。米芾对于所藏名迹无日不展卷临摹，夜藏于箧且置于枕边而眠，甚至在宦游外出时，也往往携书画同往，在座船上大书一旗"米家书画船"。文同在其墨君堂将书画悬挂于壁，朝夕玩赏，其乐融融，有诗为证："嗜竹种复画，浑如王掾居。高堂倚空岩，素壁交扶疏。山影复秋静，月色澄夜虚。萧爽只自适，谁能爱吾庐。"⑤陆游"故箧开缄一怆情，断缣残幅尚知名"，"百年手泽存无几，虫蠹尘侵只涕横"，⑥对旧画能够宝藏至今而满怀感慨，赏玩曝晒，视同生命。当然，这种对图画的赏玩喜好并非始自宋代，东晋桓玄与唐代张彦远之爱重图书即是显例，只是在宋以前远不及宋代之普遍。

宋人喜好金石书画，不仅表现在赏玩本身，更在于赏玩之余的研究兴味。王国维在《宋代之金石学》中说：

① 《宋史》卷二八三《丁谓传》，第 9570 页。
② 《宣和画谱》卷十二，第 134 页。
③ 《王诜都尉宝绘堂词》，《全宋诗》卷八五五，第 15 册，第 9908 页。
④ 《图画见闻志·序》，第 1 页。
⑤ 《墨君堂》，《全宋诗》卷四三五，第 8 册，第 5332 页。
⑥ 《曝旧画》，《全宋诗》卷二二三四，第 41 册，第 25665 页。

缘宋自仁宗以后海内无事，士大夫政事之暇，得以肆力学问，其时哲学、科学、史学、美术各有相当之进步，士大夫亦各有相当之素养，鉴赏之趣味与研究之趣味，思古之情与求新之念，互相交错，此种精神于当时之代表人物苏轼、沈括、黄庭坚、黄伯思诸人著述中在在可以遇之，其对古金石之兴味亦如其对书画之兴味，一面鉴赏的一面研究的也。①

所谓"赏鉴之趣味与研究之趣味，思古之情与求新之念，互相交错"，一面鉴赏一面研究，实不止于宋代金石之学，尤可作为宋代士人思想与精神生活中一种极普遍的倾向。玩赏与研究的兴味又与智力活动本身的创造性有机交织，形成宋人生活形态与精神面貌的显著特征。之于绘画，这种赏玩与研究的共同意识与倾向正是刺激题画诗创作的动力来源。因为题画诗作为一种智力活动的产品，它的充分实现，是以对人文对象智力产品——画作的充分玩赏与精细研究为必要条件的。

这样，对画作的收藏、赏玩、题品，一方面作为严肃的庙堂生活之余的调剂，丰富了文人士大夫的艺术生活，另一方面赏玩之余富含研究的意识，又极大地刺激了题画诗的写作。

以上我们从绘画功用观的发展、画院制度之完善、帝王权贵对绘事的参与、文人画的兴起以及画作的收藏与赏玩等五个方面分析了宋代题画诗书写的社会氛围。这些都是促成宋代题画诗兴盛的重要因素。

---

① 《王国维遗书》第五册，第75页。

第二节　宋代题山水画诗创作的文化环境

毋庸置疑，宋代题山水画诗的创作是笼罩在上述题画诗创作的大背景下的，但题山水画诗在整个宋人题画诗创作中的突显位置，必还有其特殊的文化归因。本节试从吏隐之风的流行、山水画的发展繁荣、山水画家与文人的交往三方面略作探讨。需要在此说明的是，为避免重复，同时又突显本书论题，本节尽量与上一节交叉阐述，譬如：上一节文人画的兴起即涵盖了山水画，本节在论述山水画的发展繁荣时就不再将文人山水画单独列出；而文人与画家的交往并不止于山水画家，但本节仅重点谈文人与山水画家的交往。

一　吏隐之风的流行

宋代的隐逸文化丰富多彩，各种隐逸文化类型趋于完备，而其中尤以吏隐之风最为突出。

"士大夫忠义之气，至于五季，变化殆尽"①。北宋初期，由于刚刚经历五代十国之乱，儒家的纲常名教名存实亡，一些文人学士为了功名利禄而随风转舵，缺乏气节。为笼络人心和修正士风，宋初统治者一方面扩大仕途，增加官位以优待士人，同时也没有忘记对那些淡于名利、洁身自好的山林隐士予以特殊的恩宠。如礼遇种放，太宗"嘉其节，诏京兆赐以缗钱使养母"②；真宗"优礼种放，近世少比"③。对于林逋，真宗也是"闻其名，赐粟帛，诏长吏岁时劳问"④。据学者统计，《宋史》所载的49

① 《宋史》卷四四六《忠义传》，第 13149 页。
② 《宋史》卷四五七《种放传》，第 13423 页。
③ 《渑水燕谈录》卷四《高逸》，第 45 页。
④ 《宋史》卷四五七《林逋传》，第 13432 页。

位隐士中，被荐、被召过的有 28 人，其中皇帝亲自接见的有 8 人，其中还不包括那些虽受皇帝召见之命但辞诏不往的隐士。[①] 而且，在政治上宋初统治者也主张清静无为，如淳化四年，宋太宗在一次上殿时说："清静致治，黄、老之深旨也。夫万务自有为以至于无为；无为之道，朕当力行之。"[②] 当时的参知政事吕端也说："国家若行黄、老之道，以致升平，其效甚速。"[③] 这样，黄老思想在宋初一度颇为流行。道家那种自然无为、存神养气的生活态度和释家心性本觉、随缘自适的禅悦情趣，对知识分子心理和思想产生了很深的影响，使他们养成了一种清静平和的文化性格和自然适意的人生情趣。

在这种社会背景下，一方面出现了一批超凡脱俗的终身山林的隐士。如戚同文绝意仕禄，不积财，不营居室；陈抟不求禄仕，以山水为乐；种放隐终南，结草为庐，终身不娶；魏野辞退皇帝的征召；林逋结庐西湖孤山，"梅妻鹤子"，二十年足不及城市；陈烈屡召不起；孙侔为禄养举进士，自其母病危后终身不仕。可见，他们的山林隐逸之举超越了政治关系、实用观念、功利目的和世俗的矛盾纠纷，他们在天地自然中，荡涤胸中之块垒，追求精神自由之解脱，用生命去体验安谧恬静的隐居生活。我们称这种隐逸为审美型隐逸。

另一方面，宋代士大夫文人吏隐之风在宋初就已然形成。[④] 陈寅恪先生曾指出，唐代"前期结束南北朝相承之旧局面，后期开启赵宋以降之新局面，关于政治社会经济者如此，关于文化

① 参见刘方《宋型文化与宋代美学精神》，巴蜀书社 2004 年版，第 204 页。
② 《续资治通鉴长编》卷三十四，第 758 页。
③ 同上。
④ 关于"吏隐"一词究竟始于何时，蒋寅在《古典诗歌中的"吏隐"》一文中说："从现有文献看，它在唐初已开始使用。……唐代以后，吏隐一词便成常语，为官人所津津乐道。"（《苏州大学学报》2004 年第 2 期）

学术者亦莫不如此"①。就士人仕宦心态而言，白居易"不以利禄萦心，虽居官而犹如隐"的"吏隐"心态与行为对宋代士人产生了直接的影响，成为最受宋代士大夫文人青睐的隐逸形态。由于宋代"与士大夫治天下"的文治政策和儒学思想的复归，投身朝市以实现一己之社会价值成为宋代士人较为普遍的人生选择。然而，国力衰弱，党争日趋激烈（尤其是北宋中期以后），士大夫们在政治仕途中屡受打击，又是宋代突出的社会现实。那么，他们如何排解政治生活中的挫折失意？对宋代士大夫文人来说，"吏隐"已不再是一种出处之际的人生理想，而是一种实实在在的生存体验：

> 我今方吏隐，心在云水间。（王禹偁《游虎丘》）
>
> 因知吏隐乐，渐使欲心窒。（欧阳修《新营小斋凿地炉辄成五言三十九韵》）
>
> 既知吏可隐，何必遗轩冕。（司马光《登封庞国博年三十八自云欲弃官隐嵩山作吏隐》）
>
> 未成小隐聊中隐，可得长闲胜暂闲。（苏轼《六月二十七日望湖楼醉书五绝》）
>
> 从容吏隐间，游戏僧俗里。（曾几《上饶方君小倅官而不婚》其三）

其时"士大夫群体普遍具有隐逸心态和身居庙堂之高而心存江湖之志的隐逸精神"②。不唯士大夫文人如此，即如当时名僧契嵩也将仕而隐者称为"天隐"，认为"天隐也者，心不凝滞拘绝于事，无固无必，可行即行，可止即止，通其变者之所好也"，

---

① 陈寅恪：《论韩愈》，《金明馆丛稿初编》，三联书店 2001 年版，第 332 页。
② 刘方：《宋型文化与宋代美学精神》，第 204 页。

是隐者最高的层次，并指出："与其道在于山林，曷若道在于天下？与其乐与猿猱麋鹿，曷若乐与君臣父子？其志远而其节且大，为之名也赫赫，掀天地、照万世，不亦盛矣哉！"① 这样，"既欢怀禄情，复协沧洲趣"（谢朓《之宣城出新林浦向板桥》），吏隐的方式更圆融通达地调谐了身与心、职与事、仕与隐的矛盾，故为宋代士大夫文人广泛接受，他们"既与现实政治保持着密切的联系，又努力摆脱'政统'的羁縻、控制，游离于现实政治之外；既不放弃世俗的享乐，又能在物欲横流的世俗社会人生中努力守护、经营自己的精神家园，不为外物所役，求取个体人格的独立与自由，成就自己的闲适生活和诗意人生"②。

宋代士大夫文人"吏隐"的生活方式，具体表现为以下两端。第一，"外以儒行修其身，中以释道治其心"（白居易《醉吟先生墓志铭》），以参禅念佛作为仕途失意时的精神解脱。如王禹偁"一载朝簪已十年，半居谪宦半荣迁。壮心无复思行道，病眼唯堪学坐禅……"③，"滞寂通禅理，无何等道人。……东窗一丈日，且作自由身"，④ 就是以"坐禅"、"通禅理"消解自己贬官后的失意之情。又如杨亿也曾"留心释典禅观之学"⑤，他在《答史馆查正言书》中说自己"反本循元，修天台之止观，专曹溪之无念"⑥。苏轼更可谓其中的典型代表。他一生都在高歌归隐田园，但尽管屡遭贬斥却毫无归隐之行动。"白发苍颜，正是维摩境界"（《殢人娇·赠朝云》），"世事一场大梦，人生几

---

① （宋）释契嵩：《西山移文》，《镡津集》卷八，《四部丛刊三编》本。
② 张玉璞：《"吏隐"与宋代士大夫文人的隐逸文化精神》，《文史哲》2005年第3期。
③ 《朝簪》，《全宋诗》卷六六，第2册，第756页。
④ 《睡》，《全宋诗》卷六四，第2册，第723页。
⑤ 《宋史》卷三〇五《杨亿传》，第10083页。
⑥ （宋）杨亿：《武夷新集》卷十八，影印文渊阁《四库全书》本，第581页。

度悲凉"(《西江月》），正是禅宗随缘自适的处世观使他能面对人生的打击而泰然自若，同时也成就了他物我两忘、寄情山水的优美文字。士大夫文人禅僧化，禅僧士大夫文人化，是宋代一个非常突出的文化现象。当时的士大夫文人纷纷以"居士"名号，就是这种文化现象的一个鲜明表征，是宋人吏隐生活方式的一种典型表现。在唐代，以"居士"名号的现象很少，在著名文人中，只有李白号青莲居士、白居易号香山居士、司空图号耐辱居士。到了宋代，以"居士"名号俨然成为一种文化时尚。如草堂居士魏野、六一居士欧阳修、笑笑居士文同、东坡居士苏轼、淮海居士秦观、石林居士叶梦得、梁溪居士李纲、石湖居士范成大、稼轩居士辛弃疾、紫岩居士张浚……就连女词人李清照和朱淑真也分别以易安居士、幽栖居士自号。在"居士"名录中，有朝廷重臣，有军事名将，有文人，有学者，有画家，有隐士，几乎遍及宋代社会生活的各个领域，且其中不乏各个领域的领袖人物，将这个名单串连起来，简直就是一部宋代文化史！宋代禅悦之风盛行于兹可见一斑。

第二，"身在魏阙之下，心存江湖之上"，徜徉园林、卧游山水，获得精神上的安闲与自适。这与上述参禅念佛亦有一定的因承性。不同于六朝门阀时代为居乱世而保全自身的政治性退隐，"宋代以苏轼为代表的隐逸之风，已不限于对某种政治的不满，而是要逃避整个社会，寻求别一人生境界和理想"[①]。虽然宋代士大夫文人山林之兴不减，但他们大多不会像真正的隐士那样超脱尘世，遁入山林。因而高山流水的清静只是一种内心的渴慕而不能达到真正意义上的回归。"虽不能至，心向往之"，"不下堂筵，坐穷泉壑"，现实中的园林与艺术中的山水，就成为士人们调和这种矛盾以达到精神自适乃至于精神还乡的一种重要途

① 张宏生：《宋诗：融通与开拓》，上海古籍出版社 2001 年版，第 214 页。

径。宋代园林艺术的发达和山水画的繁荣实与宋代文人士大夫的这一吏隐风气密切相关。

首先我们来看宋代文人士大夫的园林山水之乐。"不作太白梦日边，还同乐天赋池上"（苏轼《池上二首》之二），苏轼对李白阔大的诗境与白居易狭小的园林意趣的取舍，颇能代表宋代文人的心态。其《灵壁张氏园亭记》云：

> 古之君子，不必仕，不必不仕。必仕则忘其身，必不仕则忘其君。譬之饮食，适于饥饱而已。然士罕能蹈其义、赴其节。处者安于故而难出，出者狃于利而忘返。于是有违亲绝俗之讥，怀禄苟安之弊。今张氏之先君，所以为其子孙之计虑者远且周，是故筑室艺园于汴、泗之间，舟车冠盖之冲，凡朝夕之奉，燕游之乐，不求而足。使其子孙开门而出仕，则跬步市朝之上，闭门而归隐，则俯仰山林之下。于以养生治性，行义求志，无适而不可。[1]

修建园林的目的当然未必都如东坡先生所说，是为了出仕而不妨归隐之乐，但在"跬步市朝"之余，徜徉于园林中的竹木山石之间，确实能得山林隐逸之趣。"开门而出仕"，"闭门而归隐"，园林山水确实是化解仕隐矛盾的绝妙途径。南宋张镃的"桂隐林泉"颇负盛名，当时"名士大夫，莫不交游，其园池声妓服玩之丽甲天下。尝于南湖园作驾霄亭于四古松间，以巨铁纽悬之空半而羁之松身。当风月清夜，与客梯登之，飘摇云表，真有挟飞仙、溯紫清之意。……烛光香雾，歌吹杂作，客皆恍然如仙游也"[2]。辛弃疾、陆游、范成大、杨万里、方回都曾到他的园中

---

① 《苏轼文集》卷一一，第369页。
② 《齐东野语》卷二十之《张功甫豪奢》，第374页。

游赏及诗词唱和。此外，如晏殊徘徊于"小园香径"，欧阳修醉心于"庭院深深"，陆游在沈园曼吟低唱，辛弃疾感慨"红粉暗隐流水去，园林渐觉清阴密"、"庭院静，空相忆"（《满江红·暮春》），苏舜钦在沧浪亭"安于冲旷"、"笑傲万古"、"箕而浩歌，踞而仰啸，野老不至，鱼鸟共乐"（苏舜钦《沧浪亭记》），园林已成为宋代士人寄情养志的绝妙场所。这正是"今人不似秦人苦，寄身何用武陵溪"（华镇《题桃源图》）、"仕宦东西苦无定，此心长似宿家山"（黄庶《山水卧屏》），山林之趣的获得，关键不在于外物，而在于人的主观心灵。

其次我们来看宋代文人士大夫的绘画山水之乐。宋代山水画的审美意义，在很大程度上就是以其平淡天真的山林野逸之趣满足士人庙堂政事之余的心理补偿和精神弛懈的需要，与其他文化艺术一道构筑起宋代士人精神上的后花园。对此，宋代山水画家郭熙在《林泉高致》中有精辟的说明：

> 君子之所以爱夫山水者，其旨安在？丘园养素，所常处也；泉石啸傲，所常乐也；渔樵隐逸，所常适也；猿鹤飞鸣，所常观也；尘嚣缰锁，此人情所常厌也；烟霞仙圣，此人情所常愿而不得见也。直以太平盛日，君亲之心两隆，苟洁一身出处，节仪斯系，岂仁人高蹈远引，为离世绝俗之行，而必与箕颍埒素黄绮同芳哉！白驹之诗，紫芝之咏，皆不得已而长往者也。然则林泉之志，烟霞之侣，梦寐在焉，耳目断绝。今得妙手郁然出之，不下堂筵，坐穷泉壑，猿声鸟啼，依约在耳；山光水色，滉漾夺目，此岂不快人意，实获我心哉！此世之所以贵夫画山水之本意也。①

---

① 《林泉高致·山水训》，第64—65页。

君子之所以爱好自然山水，是因为自然山水可以使人"常处"、"常乐"、"常适"、"常亲"。但由于世俗杂务和缰锁的羁绊，自然山水又是"常愿而不得见"的。于是"林泉之志，烟霞之侣"，只能是梦寐求之了。那么，又何以借山水来补偿社会政治中的疲惫心理呢？方式之一便是托之于山水画，"得妙手"将自然山水"郁然出之"，他们就能"不下堂筵，坐穷泉壑，猿声鸟啼，依约在耳；山光水色，滉漾夺目"。这就是说，通过绘画将第一自然的原生状态的山水，转变为第二自然的审美状态的山水。这一转变，显然更突出了山水画的审美创造的意义，强化了它的审美愉悦功能。故而能使宋代士人们乐在其中。如李之仪看到李成的山水图，仿佛"旧游历历如到眼"、"斗觉精神相会聚"（《题王子重出李成所画山水》）。楼钥观范宽的春山图"终日对坐心融"、"自此归余境梦中"（《宇文枢密借示范宽春山图妙绝一时以诗送还》），不禁心神融漾，魂牵梦绕。刘克庄"恍疑涉彭蠡，又似访庐山"（《题江贯道山水十绝》），汪藻"画图忽见清两眸，恍疑身在沧浪洲"（《观秋江捕鱼图》），家铉翁"恍如身在若源东，摄衣步上云山最高峰"（《题陈子新所藏云山小景渔矶二士》），则是在观画时产生了一种如入画图、身临其境的感觉。看山水画，不仅山水美景如在目前，而且水声风声、钟声棹声、蝉鸣鸟语，都依约在耳：

翩翩戏鹊如相语，泅泅惊涛觉有声。（陆游《曝旧画》）

生绡六幅挂清昼，隐耳飒飒闻松风。（李纲《畴老修撰所藏华岳衡岳图·华岳》）

寒驴欲往何处，落日空山暮钟。（陈深《题扇上画》）

子猷兴尽季真亡，仿佛棹声回远浦。（邹浩《谢衡州花光寺仲仁长老寄作镜湖曹娥墨景枕屏》）

何处一声蝉，幽栖仍自得。（米友仁《题董源夏山图》）

双鹤不知何事舞，风前时送九皋声。（杨冠卿《题画扇》）

花香爽气，迎面而来，见壮景惊，见雪景寒，一切都感同身受：

刺舟渐近桃花店，破鼻香来觉醇酽。（释德洪《宋迪作八境……·渔村落照》）

高堂挂虚壁，爽气来不断。（文同《秋山》）

如饮中泠泉，可咽不可嗽。（陈深《题梁中砥诗画图》）

六月披图方执热，风随玉麈不胜寒。（曹勋《题谯干钓雪图》）

山水画能给人带来精神上的放松和愉悦，如同一种融济世人的良方：

六月炎蒸百虑烦，举目一见心暂闲。（刘敞《画屏二首》其二）

闻说平居心目倦，暂开黄卷即醒然。（毕仲游《和子瞻题文周翰郭熙平远图二首》）

明窗静看久愈妍，似倩麻姑为爬痒。（李纲《题唐氏所藏崔白画雪中山水》）

羊裘老子钓鱼处，开卷令人双眼明。（陆游《题莹师钓台图》）

展掩倍觉心神融，缅想惨淡经营中。（陈造《题刘明府所藏秋江欲雨图》）

王洋"人间此是清凉药，时向尘中为展看"（《又题祹禅客龟峰图》）则更是对山水画的直接礼赞。可见，基于对山水画的精思妙赏与心领神会，宋人依托山水画释放心神、怡情养性可谓到了

117

极致。关于山水画在宋人心中的艺术魅力,本书在第四章还将详细阐述。

综上所述,宋代吏隐之风的流行,从一个方面促成了文人士大夫对于山水画的赏爱。赏玩之余,诗人们把自己的感受诉诸笔端,题山水画诗由此兴盛,以上列举之诗即是很好的证明。

二 山水画的发展繁荣

题画诗是因画而作的,其发展演变除了受社会现实因素及文学自身的发展规律制约外,还与绘画艺术的发展紧密相连。就某一题材而言,题画诗的繁荣与否当与画家所描绘的画幅多寡密切相关。宋代山水画的繁荣是导致众多题山水画诗出现的客观因素。

陈寅恪说:"华夏民族之文化,历数千载之演进,造极于赵宋之世。"① 王国维更有"天水一朝人智之活动与文化之多方面,前之汉唐,后之元明,皆所不逮也"② 之论。宋代文化的高度成熟与发育定型,已为古今学术名家所公认。就绘画艺术而言,不仅翰林图画院以其巨大规模搜罗人才而推动了绘画的发展与繁荣,而且文人画真正兴起,显著影响和导引着后代绘画的发展。"中国之画,亦至宋而后变化至极,非六朝、唐所能及"③,其画风的转变,概而言之,约有数端:题材由人物到山水,构图由繁密到萧疏,色彩由金碧到水墨,笔法从写形到写意。从画科的发展来看,宋画的题材与唐代相比,呈现出明显的此消彼长之势,宋代以自然为对象的画科已大大超越前代绘画的成就,诚如郭若

---

① 《邓广铭宋史职官志考证序》,《金明馆丛稿二编》,三联书店 2001 年版,第277 页。

② 《宋代之金石学》,《王国维遗书》第五册,第 70 页。

③ 康有为:《万木草堂所藏中国画目·宋画》,《康有为诗文选》,马自毅选注,华东师范大学出版社 1995 年版,第 101 页。

虚《图画见闻志》所言："若论佛道人物、士女牛马，则近不及古。若论山水林石、花竹禽鱼，则古不及近。"①

题材的选择是艺术发展最外在的体现。而这种看起来完全是个体选择的行为，实际上与时代文化思潮和审美风尚密切相关。宋代士人中虽然也有如林逋式的终身山林的处士，但处于"太平盛日，君亲之心两隆"②之时代社会，他们大都不必为苟洁一身而远蹈高引、弃世绝俗，积极入世成了他们普遍的主导心理，因此，投身朝市以实现一己之社会价值成为他们普遍的人生选择。然而另一方面，严肃的庙堂生活的疲惫和社会政治生活中的挫折失意又促使他们不断寻求着精神的乐园。因此，追求政治名利和个人生命自由成为他们无法摆脱的矛盾，他们只能努力从生活方式上来进行调和。故而追求文化艺术享乐的妙趣成为宋代士人的普遍风尚。而山水画正以其独特的艺术表现力从一定程度上满足了他们的这一需要，使他们能"不下堂筵，坐穷泉壑"③：画家以山水画来抒写主体的高情逸致，以自由的想象获得审美愉悦，诗人们则通过对山水画作的欣赏题咏来畅神遣怀，寄托超然之思，作为自己现实关怀之余的精神享受。因此，我们可以说，山水画及其题诗之所以在宋代发展成熟以至大行其道，虽然有诗画艺术发展之内在因素，但宋代特定社会环境下的人文精神与审美风尚是其主因。

题山水画诗是为山水画而作，因此，在进入本书核心命题之前，我们必须对宋代及其前代的山水画有所认识，以设想诗人创作题画诗时可能欣赏到的绘画景观。只有这样，我们才能更好地解读宋代题山水画诗歌，才能顺利地进入诗人在题画诗中所渲染

---

① 《图画见闻志》卷一《论古今优劣》，第14页。
② 《林泉高致·山水训》，第64页。
③ 同上书，第64—65页。

的艺术情境。

我国的山水画萌芽于晋，形成于刘宋时期。刘宋之后，山水画的发展略有停滞，但仍未间断。唐初，山水画大发展，盛唐而呈现突变之势，中唐出现水墨山水画。唐末五代时期，山水画发展成熟，遂占据中国画的主流位置。① 关于山水画的产生及唐以前山水画发展的具体情形，张彦远《历代名画记》有较详细的记载：

> 魏晋以降，名迹在人间者，皆见之矣。其画山水，则群峰之势，若钿饰犀栉，或水不容泛，或人大于山，率皆附以树石，映带其地，列植之状，则若伸臂布指。详古人之意，专在显其所长，而不守于俗变也。国初二阎，擅美匠学，杨、展精意宫观，渐变所附，尚犹状石则务于雕透，如冰澌斧刃，绘树则刷脉镂叶，多栖梧菀柳。功倍愈拙，不胜其色。吴道玄者，天付劲毫，幼抱神奥，往往于佛寺画壁，纵以怪石崩滩，若可扪酌。又于蜀道写貌山水，由是山水之变，始于吴，成于二李。树石之状，妙于韦鶠，穷于张通。②

可见，山水画在唐以前处于兴起与形成阶段，画面表现非常稚拙。唐代，山水画有了较大发展，出现了吴道子、李思训、李昭道、韦鶠、张通、王维等一批善写山水树石的名家，属于山水画的发展阶段。山水画的真正成熟与大规模发展，则是在唐末五代时期。

---

① 参见陈传席《中国山水画史》，第2页。
② 《历代名画记》卷一，第16页。

"唐画山水，至宋始备。"① 五代宋初山水画高度成熟，形成我国山水画史上的第一个高峰，出现了荆浩、关仝、董源、巨然、李成、范宽等"百代标程"、"照耀千古"的大山水画家。宋代山水画得唐末五代之余风，超迈唐代，其主流位置得到进一步巩固和加强。"齐鲁之士，惟摹营丘；关陕之士，惟摹范宽"②，虽然在这种"惟摹"之风影响下的北宋中后期山水画在艺术表现上不免趋于保守，但"齐鲁关陕，幅员数千里，州州县县，人人作之"③，时人的创作热情很高，画家辈出，依然创作了许多优秀的山水画，并出现了郭熙《林泉高致》和韩拙《山水纯全集》这样总结山水画画法的专著。至于山水画在宋代进入另一个新的境界，则是南宋李唐以后的事情了。以下邓乔彬先生对宋代山水画大家的概述，可以帮助我们回顾这一段画史：北宋山水画家中，首先应提到的是宋初的巨然和稍后的李成、范宽。巨然画风与五代的董源相近，长于以淡墨轻岚表现江南的山川气象，"平淡天真"。李成长于平远寒林，"惜墨如金"，画法简练。范宽笔法老硬，不取繁饰，能得山之真骨。此外，郭熙水墨明洁，烟岚变幻，亦为独到；二米的云山"墨戏"，郭忠恕的屋木楼阁，燕文贵的风波樯橹，许道宁的野水渔父，惠崇的寒汀烟渚，王诜的江上云山，赵令穰的烟林凫雁等，都很见特色。南宋山水画风格与北宋不同，李唐师法李思训，作青绿山水，又学荆浩、范宽，画风雄峻苍劲。刘松年笔墨精严，或淡墨轻岚，或青绿着色。马远取法李唐，但能自出新意，多画"一角"，尤长于画水。夏圭笔力苍劲，而墨气明润，善画"半边"。除以上李、刘、马、夏合称"南宋四家"外，赵伯驹、赵伯骕兄弟取

---

① （元）汤垕：《画鉴·五代画》引米芾语，《历代论画名著汇编》，第182页。
② 《林泉高致·山水训》，第65页。
③ 同上书，第65—66页。

法李思训父子，画金碧山水，工致周密；江参江山平远、湖天清旷的水墨，李迪的山水小景、风雨禽木等，亦各具面目。①

追求自然、虚静、玄远的人生境界，是宋代士人济世思想之余普遍的人生理想。文学和艺术创作中平淡清远的山林精神正是宋代士人这种人生理想的外现。体现在山水画的艺术表现上，最突出的特征，就是其意境描述的方向不再是金碧山水、满幅雄壮，而多是"野桥寂寞，遥通竹坞人家；古寺萧条，掩映松林佛塔"②的水墨和简约清旷的写意山水。这是山水画发展史上的巨大转变，也导引着宋以后山水画发展的主流。

宋代山水画所取得的成就，在当时和后世都得到了普遍的关注和认可。如《邵氏闻见后录》说：

> 荆浩论曰："山水之学，吴道子有笔而无墨，项容有墨而无笔，王维、李思训之流不数也。"其所自立可知也。然入吾本朝，如长安关同、营丘李成、华原范宽之绝艺，荆浩者又不数也。故本朝画山水之学，为古今第一。③

郭若虚论山水画，也标举李成、关全、范宽"三家鼎峙，百代标程"，认为"王维、李思训、荆浩之伦，岂能方驾"。④晚明时代地位显赫的文坛领袖王世贞概括了山水画发展史上的"四变"：

> 山水，大小李，一变也；荆、关、董、巨又一变也；李

---

① 参见邓乔彬《有声画与无声诗》，第34—35页。
② （宋）李成：《山水诀·画法》，《历代论画名著汇编》，第61页。
③ 《邵氏闻见后录》卷二七，第214页。
④ 《图画见闻志》卷一《论三家山水》，第12页。

成、范宽，又一变也；刘、李、马、夏，又一变也。①

其中的"三变"皆在宋代完成。可见历代对宋代山水画的充分肯定和崇高赞誉。

伴随着山水画的盛行，题山水画诗大量出现，遂成题画诗的主流。从山水画之角度而言，一方面，是由于山水画的广泛创作和流播，从客观上提供了丰富的可资题咏的对象；另一方面，山水画的繁荣本身也说明了时人对山水画的普遍兴趣，因而赏玩题咏现象自然增多。同时，题画诗题材的选择也受制于诗人的主观意识，我们由此亦可从接受者之角度见出山水画在宋代受到普遍的推崇。

三　山水画家与文人的交往

宋代诗画兼擅者极多。宋代画家擅诗者，如惠崇是著名的"九僧诗人"之一，巨然"每下笔，乃如文人才士，就题赋咏，词源滚滚，出于毫端"②，文同"高才兼诸家之妙，诗尤精绝"③、"诗不能尽，溢而为书。变而为画，皆诗之余"④，李成"放意于诗酒之间。又寓兴于画"⑤，李时雍"喜作诗，或寓意丹青间，皆不凡"⑥，李公麟"以文学有名于时"⑦，王诜"风流文采磨不尽，水墨自与诗争妍"⑧。关于宋代文人擅画者，可参见

---

① 《南宋院画录》卷一引王世贞《艺苑卮言》，第4页。

② 《宣和画谱》卷十二，第138—139页。

③ （宋）释惠洪：《冷斋夜话》卷一，《稀见本宋人诗话四种》，第16页。

④ 苏轼：《文与可画墨竹屏风赞》，《苏轼文集》卷二一，第614页。

⑤ 《宣和画谱》卷十一，第114页。

⑥ 《宣和画谱》卷十二，第133页。

⑦ 《画继》卷三，第12页。

⑧ 苏轼：《王晋卿作烟江叠嶂图……亦朋友忠爱之义也》，《全宋诗》卷八一三，第14册，第9411页。

本章第一节的描述，兹不重复。

诗画艺术的融通和诗人画家身份的合一，使得绘画增添了文化的意义；绘画功用观念的转变和朝廷的倡导也更加肯定了绘画的艺术价值，提升了画家的地位。因而宋代文人与画家的交往比前代更加密切。此处我们着重观照山水画家与文人的交往。其最具代表性的，有以下数端：

1. 司马光与宋道、宋迪兄弟为故旧。司马光有《昔别赠宋复古、张景淳》诗，叙其与宋复古、张景淳诗酒重聚之情形，宋复古即宋迪；又有《酬宋叔达卜居洛城见寄》，表达"怅望新堤碧芜阔，杖藜携手几时同"[1] 之深切离情，叔达即宋迪之兄宋道。

2. 晁补之与李世南有诗画往来。同在试院时，晁补之曾写诗求李世南为他的白团扇作山水画："韦侯直干不应难，杜陵东绢哪能惜"[2]，以唐代画家韦偃和杜甫的文艺往来为喻，俨然以杜甫自居，而视对方为绘画优游不迫的画家韦偃。李世南赠山水短轴给晁补之，晁在酬谢诗中称赞李画是他日"人益慕"的"绝艺"。[3]

3. 黄庭坚与画僧花光仲仁交好。据《画继》记载：

> （仲仁）一见山谷，出秦苏诗卷，且为作梅数枝，及《烟外远山》，山谷感而作诗记卷末："雅闻花光能墨梅，更乞一枝洗烦恼；写尽南枝与北枝，更作千峰倚晴昊。"又见其《平沙远水》，题云："此超凡入圣法也，每率此为之，当冠四海而名后世。"又题横卷云："高明深远，然后见山

---

① 《全宋诗》卷五一〇，第9册，第6201页。
② 《试院求李唐臣画》，《全宋诗》卷一一二七，第19册，第12799页。
③ 《酬李唐臣赠山水短轴》，《全宋诗》卷一一二七，第19册，第12799页。

见水，盖关仝荆浩能事；花光懒笔，磨钱作镜所见耳。"①

此外，黄庭坚还曾多次题咏仲仁画，如："湖北山无地，湖南水彻天。云沙真富贵，翰墨小神仙"②，"花光寺下对云沙，欲把轻舟小钓车。更看道人烟雨笔，乱峰深处是吾家"③，可见两人情谊非同一般。

4. 郭熙曾为苏舜元摹李成骤雨图六幅，④ 为文彦博画《一望松》图祝寿，"潞公大喜"⑤。

5. 南宋画家谢耕道与诗人多有交游。他画毕喜请诗人题品，以至"三十年间，天下诗人，未有不至其室。诗轴不知几牛腰"⑥。据俞文豹《吹剑录》记载：他"绘一犁春雨图，求诗于诸公。一时名达，如楼公钥、李公壁、陈公宗召、易公彦章、程公怀古诸贤，长章大篇，累百十首"⑦，堪称盛事。

至于苏轼与画家的交往，则更频繁。文同、米芾、王诜、李公麟、王定国、蒲永升、陈怀立、朱象先等都是他的画友。其中米芾、王诜、王定国、蒲永升、朱象先都以山水画名显画坛，而其他几位亦兼擅山水。史料中多有苏轼与他们往来的记载。"文画苏题"的典故即广为人知。苏轼与王定国、王诜关系更是十分密切，二王还曾因"乌台诗案"株连被贬。元祐年间，苏轼与苏辙、黄庭坚、晁补之、秦观、陈师道、张耒等诗人在京城，与画家王诜、米芾、李公麟等交游唱和，品书论画，诗画赠答，则更蔚为文坛盛事。相传"西园雅集"即发生在此时，李公麟

---

① 《画继》卷五，第36页。
② 《题花光画》，《全宋诗》卷九九七，第17册，第11439页。
③ 《题花光画山水》，《全宋诗》卷九九七，第17册，第11439页。
④ 黄庭坚：《跋郭熙画山水》，《山谷题跋》卷八，第236页。
⑤ 《林泉高致·画格拾遗》，第78页。
⑥ 《贵耳集》卷上，第19页。
⑦ 《吹剑录》，第33页。

将雅集盛况画以为图，米芾为之记曰："炉烟方袅，草木自馨，人间清旷之乐，不过于此。嗟乎！汹涌于名利之域而不知退者，岂易得此耶。自东坡而下，凡十有六人，以文章议论博学辨识英辞妙墨好古多闻雄豪绝俗之资，高僧羽流之杰，卓然高致，名动四夷。"①

　　基于文士与画家的密切交往，在宋诗中，文士向画家求画、应画家之请题画或题咏画家所赠画作的情况比比皆是，如黄庭坚《题北齐校书图后》载："往时在都下，驸马都尉王晋卿时时送书画来作题品"②；李伯时"宣和间，其画几与吴生等，有持其一二纸取美官者踵相继，而伯时无恙时，但诸名士鉴赏，得好诗数十篇尔"③。上文所述谢耕道《一犁春雨图》的题咏也是一个显例。以下从题画诗创作者的角度分别举例论析。

　　（一）诗人写诗向画家求画，或以诗谢画家赠画，或应画家之求题诗，或在交往中观画家画作题诗

　　写诗求画。如晁说之《以扇求冯元礼觐画山水》："高人能画山中趣，凉吹晓从天际来。移画此情纨扇上，人间何处有尘埃。"④ 空灵的笔致中暗含着对冯画的揄扬，看到这样的求画者冯觐应是不会推辞的。此外，晁说之有《代冯元礼次韵辞张次应画山水扇》及《代冯元礼次韵送画山水扇与张次应》，两次代冯作诗，可见两人交谊非浅。又如冯山向刘明复求画："出公门下欠公笔，有类客海遗明珠。愿公乘兴一挥洒，束绢数幅光芬敷。异时解组还故庐，皎洁将伴林泉躯"⑤，更是言辞恳切。相

---

① （宋）米芾：《宝晋英光集》补遗《西园雅集图记》，《丛书集成初编》本，第76页。

② 《山谷题跋》补编，第291页。

③ 《避暑录话》卷下，第66页。

④ 《全宋诗》卷一二一〇，第21册，第13758页。

⑤ 《求刘忱明复龙图为画山水》，《全宋诗》卷七四〇，第13册，第8641页。

126

比，释道潜请赵令穰作画，则在赵许作画图后作诗督促①，显得从容得多。

以诗谢画。如仲仁曾作墨梅远景图寄释德洪，释德洪作诗二首为谢，并表达自己见画而生"悠然欲归去，远壑谁同陟"（《仁老以墨梅远景见寄作此谢之二首》）之思；仲仁以山水枕屏赠邹浩，邹有《谢衡州花光寺仲仁长老寄作镜湖曹娥墨景枕屏》诗，称赞仲仁"不从章甫事功名，游历诸方参佛祖"，说仲仁画山水枕屏让其不禁"坐令乡思满潇湘，恨不归飞插双羽"。此外，又如陈克《谢曹中甫惠着色山水抹胸》、张镃《潘茂洪出疆回以汴都画山水扇见遗报之五言》，亦属此列。

应求题诗。如王铚曾应曾竑父之求题其所画《栖霞楼》；陆游应曾兴宗之求题咏《笐筜谷图》，应谢耕道之求作《谢君寄一犁春雨图诗为作绝句二首》；周必大有《茅山刘先觉高士绘云琴图求诗次杨廷秀韵》，可见《云琴图》已有杨廷秀一首题诗后，但画家刘先觉还嫌不够，又请周必大为其题品。又如道人陈守一出锦轴向华岳求诗，华岳作《赠陈道人》诗，末句云"何时觅取绡一缣，写我英姿伴烟雨"，诗人又反向陈守一求画，两人可谓取长补短，互利互惠。

观画题诗。如方回的《题郎川纪胜图》诗，就是写于诗人与王起宗共同游玩之时，王善画，绘《郎川纪胜图》，王与友人张汝明"各为长句，紫阳方回亦尾而歌之"，诗人对此图评价甚高，盛赞"右军兰亭未足夸，摩诘辋川焉可拟"②。又如何梦桂《梅友竹山居图诗》诗，序曰：

---

① 《大年观察许作从驾出南熏门雪霁图因以诗督之》，《全宋诗》卷九二一，第16册，第10799页。

② 方回：《题郎川纪胜图》，《全宋诗》卷三五〇七，第66册，第41862页。

梅君友竹，携《万玉图》访余山中，属余疾，杜门谢客久矣。苍头奴以刺入，怪久不见此。举衣起揖入，披图亟玩，殆执热濯清风，亦一快也。梅君好竹，固与秾桃艳李世态异。第其去家远客，岁暮盟寒，吾惧此君不能无辞于竹友也。为赋二绝，以敦交道云。①

友人携画来访，披图赏玩，如炎天中的习习清风，"亦一快也"，难怪诗人不禁要"为赋二绝"了。

（二）画家向诗人赠送画作时附诗，或是以画作并诗向诗人求题（或求画）

送画附诗。如诗人晁补之兼擅山水，他在作画赠人时就常附诗一首，或请对方为自己的画题诗，如《自画山水寄无斁题其上》："湘吴昔穷览，怀抱自难忘。毫素开尘牖，江山入草堂。寄君花县里，虚我竹林傍。何物酬斯赠，清诗要一囊。"② 可谓毫不客气；或补充说明自己的作画动机和心情，如《自画山水寄正受题其上》："虎观它年青汗手，白头田亩未能闲。自嫌麦陇无佳思，戏作南斋百里山。"③ 说明此图只是自己闲暇时的墨戏而已，语气也很洒脱。与之相似的如米友仁《题自画横披与翟伯寿》："山中宰相有仙骨，独爱岭头生白云。壁张此画定惊倒，先请唤人扶着君。"④ 则更是对自己的画作充满自信，甚至显得有点傲气了。相较而言，王当送画时所附的诗，语气就谦恭得多，如其《江侯邀予作山水书以赠之》："今衰眼目暗，笔砚久已疏。书来不得谢，督迫畴敢徐。图成不自识，浓淡恣所

---

① 《全宋诗》卷三五二八，第 67 册，第 42210 页。
② 《全宋诗》卷一一三三，第 19 册，第 12843 页。
③ 《全宋诗》卷一一四〇，第 19 册，第 12883 页。
④ 《全宋诗》卷一三一七，第 22 册，第 14958 页。

如。"① 此外，如李公麟在送友人远行时，有《小诗并画卷奉送汾叟同年机宜奉议赴熙河幕府》："画出离筵已怆神，那堪真别渭城春。渭城柳色休相恼，西出阳关有故人。"② 则显然是在画图后觉得情犹未尽，再以诗补之了。

以画并诗求画。如《墨庄漫录》载蔡肇作画题诗之事："蔡肇天启久官京师，日有薮泽之思。尝于尺素作平冈老木，极有清思。因授李伯时，令于余地加远水归雁作扁舟以载。天启及题小诗曰：'鸿雁归时水拍天，平冈老木向寒烟。借君余地安渔艇，乞我寒江听雨眠。'"③ 可见，蔡肇作画并题诗送李伯时，请李伯时将自己画入图中，以慰"薮泽之思"。此事后因李伯时"懒不能竟"，而后画作辗转由宗室画家赵令畤依诗中意取笔点染，告成全功，甚合蔡肇心意。

（三）诗人与画家的题画诗唱和

这种情况往往是画作完成后，先由诗人题诗，而后画家作诗相和。如苏轼与王诜关于《烟江叠嶂图》的唱和、张庆符与胡铨之间的题画唱和即是显例，本书已在第一章第三节论及，此不赘述。

宋代文人与山水画家的交往，极大地刺激了题山水画诗的写作。从画家一方来看，他们在画作完成后向文士求诗，"绘写求真赏，缄藏献己知"（范仲淹《献百花洲图上陈州晏相公》），以期得到文士的题品褒扬；且他们亦乐于应文士之求作画，因为求画行为本身即昭示出文士对他们画作的认可与肯定。从文士一方来说，他们也欣然为画家画作题诗，在题画之时品评画作或发表个人的艺术观点；且对画家的馈赠视若珍宝。文人与

① 《全宋诗》卷一二六四，第21册，第14247页。
② 《全宋诗》卷一〇六九，第18册，第12162页。
③ （宋）张邦基：《墨庄漫录》卷三，孔凡礼点校，中华书局2002年版，第97页。

画家往来，时请画家创作，也为画作题写，因此题画诗是朋友交谊的表征，同时也成为后世探讨古人生平交往、评价画家画作的宝贵材料。

第 三 章

宋代题山水画诗的内涵阐释

"笔墨本无情，不可使运笔墨者无情。作画在摄情，不可使鉴画者不生情。"① 诗人在观赏画图时，往往受视觉经验和文化记忆的启发，而生发出某种特定的思想情感。一方面，画面的形象诱发诗人主观思想情感的迸发，产生一个与物象的特征相适应的共鸣点，使画中象与诗人情在题画诗中得到巧妙结合。另一方面，对画的欣赏是审美主体主动投入与接受，并有所创造的双向过程，而不是被动地接受。郭熙《林泉高致》云："见青烟白道而思行，见平川落照而思望，见幽人山客而思居，见岩扃泉石而思游，此画之意外妙也"②，这种意外之妙，正是观者主观情感积极投入的结果。

山水，自然之造化，是诗人画家灵气之诱发者，也是其情致思理的寄托者。山水画和题山水画诗，更是画家和诗人表达和寄托其情致思理的载体。宋人在题山水画诗中所表达的情致内涵，大致有以下三个方面。

---

① （清）恽正叔：《南田论画》，《历代论画名著汇编》，第331页。
② 《林泉高致·山水训》，第68页。

第一节　林泉之思

一　林泉之思的情感缘起

北宋中期政治变革的失败，使士大夫的济世热情锐减；愈演愈烈的新旧党争，又加剧了他们忧谗畏祸的心理。尤其是北南宋之交以后，社会现实的动荡和政治环境的险恶，不仅使士大夫文人进一步失去理想和自信，更是扼杀了他们参政的可能性。这样，以超越尘世、淡泊精神为基调的佛老思想成为宋代文人士大夫庙堂生活之余普遍的精神寄托。但从立身处世的基本理念来说，其儒家匡世济时的思想依然不改，他们敛情约性，由外界转向内心，由生活转向艺术，在平淡清远的生活情趣中安顿自己疲惫的心灵。

在这种状态下，山水林泉成为宋代士大夫文人最好的精神家园。黄庭坚说："天下清景，初不择贤愚而与之遇，然吾特疑端为我辈设。"[1] 他们以异于常人的审美感受能力和超功利的审美态度，使自己的身心与自然融合熨帖，释放庙堂生活的紧张疲惫，排解社会政治生活中的挫折和失意。然而，正如叶梦得所云："钱塘西湖、建康钟山，皆士大夫愿游而不获者。……乃知山林丘壑亦各有分，非轩冕者所可常得，天固付之山人野老也。"[2] 对文人士大夫来说，现实中的山水自然又常常是可慕而不可及的奢侈享受。于是，处庙堂生活之中，而极力追寻山水林泉之乐，成为宋代文人士大夫普遍的精神倾向。徜徉园林竹石，固然不失为一种最佳途径，如北宋文人晁无咎在济州营造私园归去来园，园中景皆"摭陶（渊明）词以名之"，如松菊、舒啸、

---

[1] 《冷斋夜话》卷三引，第34页。
[2] 《避暑录话》卷下，第89页。

临赋、遐观、流憩、寄傲、倦飞、窈窕、崎岖等，意在"日往来其间则若渊明卧起与俱"，颇得陶渊明山野起居之乐。[1] 即使是在斗室之中，宋人也能得林泉之乐。如高宗绍兴三十一年（1161），陆游从敕令所删定官调升为大理寺司直，住在临安的"百官宅"（下级官员居所），这样的条件，诗人却雅兴不减，"得屋二楹，甚隘而深，若小舟然，名之曰烟艇"。在其《烟艇记》一文中，作者表示自己虽"慨然有江湖之思"，但因"饥寒妻子之累"，只能"劫而留之"。但身处庙堂，"寄其趣于烟波洲岛苍茫杳霭之间"的愿望却"未尝一日忘也"。那么，如何来消解这一矛盾呢？作者认为，只要"胸中浩然廓然，纳烟云日月之伟观，揽雷霆风雨之奇变"，虽处"容膝之室"，而心境却能如同"顺流放棹，瞬息千里"[2]。这种入世和出世的思辨精神和处世态度，在宋代文人士大夫中颇具代表性。

不唯如此，宋人还努力在文艺的天地里醉情山水、抒写性灵，以艺术作为自己精神寄泊的场所。宋代山水诗画的繁荣即与宋人的这种心态密切相关。就艺术创作而言，宋代山水画多以远岸疏林、古木修篁，构筑出清旷平和、闲雅淡远之画境，正是立足于这种心态。就艺术鉴赏而言，诗人在品鉴题咏山水画图时，亦多能从中品味出一种天荒地老、远遁人世的幽情，原本深植于诗人心灵深处的隐逸之心弦便不禁被拨动，从而逗引出一种身临其境的强烈欲望。

归隐林泉之思是在宋人题山水画诗中最为常见的。但这并非始自宋代，在唐代杜甫身上就已经比较明显了。如其《奉先刘少府新画山水障歌》："吾独胡为在泥滓，青鞋布袜从此始"，诗

①　关于园林山水之乐，本书第二章已阐述，可参阅。
②　《烟艇记》，《陆游集·渭南文集》卷十七，中华书局1976年版，第2130页。

人为眼前如真的山水画景所吸引而不禁要穿着青鞋布袜去遨游山水；《题玄武禅师屋壁》："似得庐山路，真随惠远游"，说自己观此画后，好像真得入庐山之路，追随着惠远那样的高僧云游山林；《观李固请司马弟山水图三首》："此生随万物，何处出尘氛"，表达的也是一种希望归隐、向往自由的感情。虽然杜甫的主导思想并非隐逸，但他频繁地将山水画与隐逸之思联系在一起，则也是事实。

如果说杜甫的这种情绪因唐人的广阔胸襟和壮盛气象而在唐代较为少见，还仅是一种个别行为的话；那么到了幽静闲雅、内敛自省的宋代诗人身上，则几乎发展成为一种普遍的倾向，题山水画诗中大量表现的就是归隐的情思。如苏轼"诗句对君难出手，云泉劝我早抽身"（《李颀秀才善画山水以两轴见寄仍有诗次韵答之》），"所恨蜀山君未见，他年携手醉郫筒"（《次韵周邠寄雁荡山图》），"仰看云天真箬笠，旋收江海入蓑衣"（《又书王晋卿画·西塞风雨》）。又如苏辙看到吕希道的画图而感慨"逝将从之游，不惜烂樵斧"（《吕希道少卿松局图》）；观王诜的画而"欲借岩阿着茅屋，还当溪口泊渔舟"（《题王诜都尉设色山卷后》）。黄庭坚面对惠崇的画而"欲唤扁舟归去"（《题郑防画夹五首》）；看仲仁画而感觉"乱峰深处是吾家"（《题花光画山水》）。面对山水画图，整军治武、志在恢复的李纲不禁感慨"端思画中趣，只欲休林泉"（《次韵和虞公明察院赋所藏李成山水》），"安得仙翁一叶艇，使我超忽穷江乡"（《与叔易弈不胜赋着色山水诗一首》）；"死去元知万事空，但悲不见九州同"的陆游也不胜渴慕"溪庄直下秋千顷，赢取闲身伴钓翁"（《次朱元晦韵题严居厚溪庄图》），"危磴傥可上，老夫思卜邻"（《题柴言山水四首》）；陈与义怀想"舟中有闲地，载我得同游"（《题持约画轴》）；方回寻思"尺素展看空想像，何由身着画图间"（《题戚子云五云山图》）。可见回归林泉的情感在宋代题山水画诗中的普遍性。

二　林泉之思的情感表达

至于林泉之思在宋代题山水画诗中的具体表现，我们先看浦起龙分析杜甫《观李固请司马弟山水图三首》①时所说的一段话：

> 三诗一意。总是因画而动高隐之思。其次第更自秩然，首言"群仙不愁"，遥羡也；次言"何处出尘"，惧隔也；末言"浮查""相将"，望引也。②

浦起龙认为，杜诗首言"遥羡"，诗人羡慕"群仙不愁思，冉冉下蓬壶"，认为只要有机会到蓬壶仙岛，似乎什么矛盾都解决了。但社会现实并非如此，杜甫一生历尽艰险，想"下蓬壶"，而事实上办不到，所以诗人只能"遥羡"了。次言"惧隔"，"范蠡舟偏小，王乔鹤不群。此生随万物，何处出尘氛"，诗人感慨自己的一生只好随着人间万物同生死了，还有什么地方可以让自己脱离这混浊的尘世呢？这种心理感受正如仇兆鳌所云："见山水恨不能亲至其地。见人物，又叹不能离俗而去。"③末言"望引"，"浮查并坐得，仙老暂相将"，言"浮查"有仙人"并坐"，"仙老"可望来接我，是诗人幻想中"我随仙去，仙人接我"的情景。以上三点是浦起龙对杜甫《观李固请司马弟山水图三首》诗中隐逸思想的分析。在观照宋代题山水画诗时，我们发现用它来概括其中所表达的林泉之

---

① 《杜诗详注》卷十四，第1197—1198页。
② （清）浦起龙：《读杜心解》卷三之四，中华书局1961年版，第481页。
③ 《杜诗详注》卷十四，第1197页。

135

思亦十分精当。

（一）"遥羡"

虽然宋代文人士大夫大多并未真正走入山林，"山中幽绝不可久，要作平地家居仙"①，是他们仕宦与隐逸的清醒认识和人生选择，但他们对山林隐逸生活的喜好与倾羡常见诸于题画诗中。苏轼便是其中的典型代表。当他看到"两峰苍苍暗石壁，中有百道飞来泉"之类的画境时，想到的是"人间何处有此景？便欲往买二顷田"②。其《虔州八境图八首》之六云："却从尘外望尘中，无限楼台烟雨濛。山水照人迷向背，只寻孤塔认西东。"③楼台隐约，烟雨濛濛，迷人的山水使人辨不清方向，分不清东南西北；诗人仰观俯察，宇宙之大，极目悠悠，虽不能至，而心向往之。又如裘万顷《善利阁次伯仁所题赵子良画四首》：

> 箜篌君乡来，分明记江树。想君诗成时，梦作白鸥去。
> 平生交游间，吾帧盖屡岸。区区稻粱谋，君亦逐鸿雁。
> 风檐手君诗，心迹已清绝。何当更长吟，坐对澄江雪。
> 扁舟两渔翁，清唱发日暮。安得如鸱夷，相与五湖去。④

诗人羡慕自由自在的隐逸生活，寄身于画中的飞鸟，做着栖身江湖的美梦。此外，如苏辙"欲借岩阿着茅屋，还当溪口泊渔舟"（《题王诜都尉设色山卷后》），章甫"何由得共山中人，

---

① 苏轼：《王晋卿作烟江叠嶂图……朋友忠爱之义也》，《全宋诗》卷八一三，第14册，第9411页。

② 《题王晋卿画》，《苏轼诗集·增补》，孔凡礼点校，中华书局1982年版，第2790页。

③ 《全宋诗》卷七九九，第14册，第9248页。

④ 《全宋诗》卷二七四三，第52册，第32296页。

脚踏寒流弄明月"（《题王无邪九华图》），崔鸥"目看孤鸿飞，心已麋鹿游"（《早秋雨霁图》），对山林生活的倾羡之情溢于言表。

对隐士生活倾慕之余，诗人还美化山林隐逸生活，如徐铉《题画石山》、孔武仲《王文玉出清溪图以示坐客》、汪藻《观秋江捕鱼图》、张镃《朱师关画梅溪春晓图》、周密《题小李将军着色山水》、章甫《题两画轴》。在诗人笔下，画图中隐者所居的山林或如洞天福地，色彩斑斓夺目；或苍葭掩映，鱼鸟相亲；或群山积翠，花雨缤纷；或断岸野桥，碧玉潺潺。这样美好的环境，不仅给人以不同凡俗的雅兴，而且随地都可以渔樵一生。诗人们是如何面对如此人间仙境的呢？或表示"返驾归尘里，留情向此中。回瞻画图畔，遥羡面山翁"（徐铉《题画石山》）、"饮阑须卷去，聊以辟京尘"（孔武仲《王文玉出清溪图以示坐客》），或感叹"年来萍梗叹滞留，拟欲与子为朋俦"（汪藻《观秋江捕鱼图》）、"何当着身此溪上，溪清梅白森相向"（张镃《朱师关画梅溪春晓图》），可见"遥羡"是他们共同的心理倾向。

（二）"惧隔"

"惧隔"是"遥羡"之后观画者反观自身处境而得到的心理认识，是一种画景与"我"之间的隔膜感。前面已经说过，宋代的士大夫文人在仕与隐之间面临着两难的处境："归田未果决，怀禄尚盘桓"（王禹偁《扬州池亭即事》），他们一方面对世俗的生活耿耿于怀，因为一官半职的俸禄是他们物质生活的保障，儒家匡世济时的思想也让他们意识到自己应承担的社会责任；而另一方面又渴望获得山林隐逸的乐趣，以消解自己庙堂生活的紧张劳累与政治生活中的种种挫折和失意，因而"居官而如隐"的"吏隐"方式，成为他们中大多数人的人生选择。黄庭坚甚至说："朝市山林俱有累，不居京洛不江湖。"（《追和东

137

坡题李亮功归来图》）这种心理表现在题山水画诗中，则是在对画图中山林隐逸生活向往之余反观自身，表现出对自己欲归隐而实际上不可能实现的处境的清醒认识。试看韩驹《题湖南清绝图》：

> 故人来从天柱峰，手提石廪与祝融。两山坡陀几百里，安得置之行李中。下有潇湘水清泻，平沙侧岸摇丹枫。渔舟已入浦溆宿，客帆日暮犹争风。我方骑马大梁下，怪此物象不与常时同。故人谓我乃绢素，粉墨妙手烦良工。都将湖南万古愁，与我顷刻开心胸。诗成画往默惆怅，老眼复厌京尘红。①

碧峰之下，清绿的江水在静静流泻，水边红枫摇曳，渔舟已入港停泊，而江面上的客船还在争风行驶，这一幅鲜明和谐、意境清逈的潇湘暮秋之景使诗人顿然如身临其境而心朗气清，虽然诗人"老眼复厌京尘红"，画中清绝之境与眼前尘嚣喧扰的现实环境可谓鲜明的对比，但世俗羁绊人已老，又怎能脱离这满是尘嚣的俗世呢？难怪诗人只能空自感慨"诗成画往默惆怅"了。又如韩琦《次韵和文潞公题王右丞维辋川图》②，诗人由眼前的《辋川图》而联想到自己的家园，虽"欲纵家山乐"，但又清醒地认识到"终縻吏事繁"，便只能空自想望"归陶径"以"践此言"的那一天的到来。方回《题戚子云五云山图》③，展看画图，诗人不禁被眼前烟雨迷濛之景吸引而浮想联翩，但"何由身着画图间"？诗人也只能是"尺素展看空想像"。

① 《全宋诗》卷一四四〇，第25册，第16593页。
② 《全宋诗》卷三三七，第6册，第4112页。
③ 《全宋诗》卷三四八五，第66册，第41508页。

对于自己欲归而不得的原因，诗人不唯有清醒的认识，甚至还在题画诗中明确地表述出来。如：

> 欲纵家山乐，终縻吏事繁。（韩琦《次韵和文潞公题王右丞维辋川图》）
>
> 林泉傲物非无约，轩冕拘人此未休。（王珪《留题吴仲庶省副北轩画壁兼呈杨乐道谏院龙图三首》）
>
> 归求重觅麋鹿伴，尘劳余业犹羁绊。（欧阳守道《题兴善院净师月岩图》）
>
> 我为图名利，无因此结茅。（苏轼《和张均题峡山》）

在山林和庙堂的人生之路的选择中他们终究还是选择了后者，由此亦可见出在当时的现实情况下，归隐山林毕竟不是一件单纯的事。

（三）"望引"

诗人遥羡画中美景，虽然意识到美景与"我"之间的隔膜，但还是不免要生发置身于山水林泉的想望。浦起龙分析杜甫诗时所谓"望引"，当是就杜诗"浮查并坐得，仙老暂相将"而言，指诗人认为可望有"仙老"来引接自己进入仙境般的画境之思。实际上，这种"望引"之思可以泛化为进入画中美景的想望与设想，引接者可以是仙人，也可以是一叶扁舟……例如张励《题张公翊清溪图》：

> 九华郁兮江南山，清溪下兮贯山间。江北鹜兮溪东旋，浊汤汤兮清漫漫。山几转兮水几盘，近交臂兮远连环。决天末兮浮云端，齐之山兮秋之浦。景晦明兮气吞吐，草木蓊兮媚林莽。绣屏张兮翠绡舞，深窈窕兮掩幽坞。雨吟猿兮风啸虎，下凫雁兮泳鲂鳜。商之樯兮渔之罟，互出没兮更散聚。

樵有舍兮梵有宇，云岩阿兮棘樊圃。犖连蒿兮岸之浒，弄潺湲兮棹容与。中横绝兮梁为渡，隐孤城兮其西去。春之朝兮秋之夕，风既清兮月又白。……①

诗人由画中山环水绕、林郁溪清之胜景，设想在月白风清之夜，携佳人"辂余车兮秣余马，往其从兮山之下。枻吾舟兮泛清泻，乐鱼鸟兮放林野"，该是何等惬意！我们再看以下一组诗：

将军思训久为土，龙眠道人亦已亡。谁将丹青写山水，入我宴坐虚明窗。……安得仙翁一叶艇，使我超忽穷江乡。（李纲《与叔易弈不胜赋着色山水诗一首》)②

日落川更阔，烟生山欲浮。舟中有闲地，载我得同游。（陈与义《题持约画轴》)③

坡头霜木秋半老，沙际水禽时一双。乞我短篷归去好，醉听夜雨卧荒江。（李若水《题画扇》)④

夕阳雁影江天，明月芦花醉眠。乞我烟波一叶，伴君西塞山边。（孙应时《题光福刘伯祥所藏东坡枯木及渔村落照图》)⑤

以上四诗虽然表述的方式各不相同，但都表现了诗人见画中美景，而希望乘一叶扁舟，超然地漂于江天之上，尽情地欣赏峰峦林木、云气烟光、夕阳明月的心情，可谓殊途同归。此外，如王珪"何时又赐通中枕，与对云山尽日留"（《留题吴仲庶省副北轩画壁兼呈杨乐道谏院龙图三首》）；陆游"危磴傥可上，老夫

① 《全宋诗》卷九四八，第 16 册，第 11126 页。
② 《全宋诗》卷一五六八，第 27 册，第 17798 页。
③ 《全宋诗》卷一七三九，第 31 册，第 19499 页。
④ 《全宋诗》卷一八〇六，第 31 册，第 20119 页。
⑤ 《全宋诗》卷二六九八，第 51 册，第 31797 页。

思卜邻"（《题柴言山水四首》）；李若水"乞我片席地，脱巾露华发"（《题画》），也都明确表白了诗人欲卜居山林的强烈愿望。

以上我们从"遥羡"、"惧隔"、"望引"三个方面分析了宋代题山水画诗中所表达的山林隐逸之思。这既是一个情感问题的三个方面，也可视作一次情感过程的三个环节。我们不能把它们截然分开成三个独立的单元。诗人常常在同一首题画诗的书写中同时表达"遥羡"、"惧隔"、"望引"之情。如欧阳守道《题兴善院净师月岩图》：

> 君不见长安市，扰扰行人如聚蚁。不惟贾客与廛民，往往冠绅大夫士。投身闹处思山林，欲归未归长苦心。夜深灯火如白昼，呕哑弦管喧繁音。孤客欲眠眠不得，四更五更人暂息。忽然车毂鸣枕中，百官朝早传呼丞。我时起坐一喟然，推窗孤月方流天。嗟哉市朝不知夜，挹此清景何由缘。归求重觅麋鹿伴，尘劳余业犹羁绊。高僧过我出画图，月照岩心僧仰看。有岩有月尽佳哉，僧又不俗何方来。此岩岂是南海观，不然五台峨眉雁荡与天台。岩空月圆僧静坐，不用话头劳勘破。人言腰钱骑鹤上扬州，何如岩中月下从僧游。①

在诗人眼里，尘世的喧嚣与画境的闲静形成鲜明的对比，画图中"岩空月圆僧静坐"的场景让诗人羡慕不已，然而"尘劳余业犹羁绊"，诗人无缘"挹此清景"，只能空自感叹"投身闹市思山林，欲归未归长苦心"，幻想和期待着有朝一日能"岩中月下从僧游"，这是当时多少文人士大夫的心灵写照啊！再看梅尧臣《王平甫惠画水卧屏》②，诗人羡慕友人日观吴潮的生活，友人会

---

① 《全宋诗》卷三三二九，第63册，第39709页。
② 《全宋诗》卷二五九，第5册，第3266页。

之以心，画潮相送。这样，诗人虽不能日日亲临观潮，但"前浪雪花卷，后浪白马跳。宛然千万重，不似笔墨描"之画景让诗人感觉"宓亚乱我目，坐卧疑动摇"，也能聊慰诗人渴望亲近山水之心了；不唯如此，诗人还表示"终当五湖上，归去学渔樵"，要真正将自己完全置身于山水之中。

关于宋代题山水画诗中诗人林泉隐逸之思的由来，除前面说过的社会环境和诗人心态等因素以外，宋代山水画追求"可行"、"可望"、"可居"、"可游"之画景也是一个重要的客观原因。我们看郭熙《林泉高致》所论：

> 世之笃论，谓山水有可行者，有可望者，有可游者，有可居者。画凡至此，皆入妙品。但可行、可望，不如可居、可游之为得，何者？观今山川，地占数百里，可游可居之处十无三四，而必取可居可游之品。君子之所以渴慕林泉者，正谓此佳处故也。故画者当以此意造，而鉴者又当以此意穷之，此之谓不失其本意。①

诚如陈传席先生所说："郭熙这样要求山水画，是符合五代宋初及当时的山水画创作的实际和士人对山水画的要求的。郭熙之前的山水画，几乎每一幅中都有山有水，山中有道路可通山顶，山腰中都有楼观，道中、桥上有人；水中有船，船上还有人。郭熙之后很长一段画史上，山水画创作依旧如此。"② 山水画论影响着山水画的创作和人们对山水画的鉴赏。因而诗人在观赏山水画图时，以"可居"、"可游"之意逆画家"可居"、"可游"之意，对于画家的创作初衷心领神会。正是这种"可居"、"可游"

---

① 《林泉高致·山水训》，第65页。
② 陈传席：《中国绘画美学史》，第259页。

的画景，直接导引出诗人隐居于其中的想法来。

第二节　羁旅之苦与思乡之愁

一　羁旅之苦与思乡之愁的情感阐释

羁旅之苦与思乡之愁是离家在外的游子与士人内心一种无时不在的敏感而脆弱的情怀，虽然大多时候它不会强烈地表露在外，但一旦遇到情感的触媒，便常常会以不可阻遏之势喷薄而出。而山水画正是以山水为纽带，成为诗人思乡之情的触媒："年来频作江湖梦，对此身疑在故山"（黄庭坚《题宗室大年画二首》），"归心已逐水东流，梦到家山四千里"（蔡戡《王东卿惠墨戏副之以诗因次韵谢之》），不管图画为何处山水，诗人在观看山水图画时，常会自然地由画中山水而联想到故乡山水，甚至自由任心地将画中景物位移，直接把眼前之景设想为故乡山水，羁旅与思乡之情愁便如山泉汩汩流出。

这种情思在唐人题画中已露端倪。如顾况《范山人画山水歌》："复如远道望乡客，梦绕山川身不行"，诗人观画而生发对故乡山水的思念，感慨只能梦游，而难以返乡；杨汝士《题画山水》："太华峰前是故乡，路人遥指读书堂。如今老大骑官马，羞向关西道姓杨"，写出了作者出使外任时的思乡之情。而入宋以后尤为多见。如黄庭坚观赵大年烟光水色的画境而顿生乡思：

> 水色烟光上下寒，忘机鸥鸟恣飞还。年来频作江湖梦，对此身疑在故山。
> 轻鸥白鹭定吾友，翠柏幽篁是可人。海角逢春知几度，卧游到处总伤神。[①]

---

① 《题宗室大年画二首》，《全宋诗》卷一○一七，第 17 册，第 11597 页。

因长期在北方任职而不得归，只能频频做着回家的美梦；诗人家乡洪州分宁多江湖沟泽，因而面对赵大年的山水小景，便觉得自己仿佛置身于故乡的山水之中。再看朱松《题范才元湘江唤舟图用李居仁韵》：

> 天涯投老鬓惊秋，梦想长江碧玉流。忽对画图揩病眼，失声便欲唤归舟。①

诗人由画中湘江引发联想，想到长江东去，而自己的家乡，就在江流远去的地方，如今自己已是两鬓秋霜，何时才能叶落归根回到故乡呢？三四句以画为真，触景生情，诗人面对画图而揩病眼，失声欲唤画中归舟，返归故乡。由此可见画面感人之深，诗人思乡之切。陈与义《题画》：

> 分明楼阁是龙门，亦有溪流曲抱村。万里家山无路入，十年心事有谁论。②

画中楼阁掩映、溪流绕村之景让诗人联想到万里之外的家山故园。国土沦陷，故乡洛阳正是金人践踏的腹地，诗人流落南方，十年不得归家。因而这种思乡之情实则带上了国土之思的意味。"无路入"，既紧切题画之题，同时又是现实生活中诗人有家不能归的真实写照。在情感的表达上，此诗与诗人著名的《牡丹》诗"一自边尘入汉关，十年伊洛路漫漫。青墩溪畔龙钟客，独立东风看牡丹"可谓有异曲同工之妙，在这种乡思的内心感受

---

① 《全宋诗》卷一八五八，第33册，第20759页。
② 《全宋诗》卷一七五六，第31册，第19566页。

和生活咏叹中寄寓着深沉的渴望收复失地的爱国情怀，只是乡思的情怀前者是由观画而起，而后者是由看花而生。又如吴激《题宗之家初序潇湘图》：

> 江南春水碧于酒，客子往来船是家。忽见画图疑是梦，而今鞍马老风沙。①

诗人感慨自己使金不返，被强仕北国，终日在荒漠的异国大地，鞍马不息，寒来暑往，老之将至而归乡无期，字里行间充溢着怀恋故国的深情和流落异地的伤慨。诗人将身世感慨与怀念江南故国之情怀相联系，显得格外深沉动人。

因为内心的羁旅和乡思之情被触发，诗人在赏题山水画图时，便极易产生"我身是客"的联想，并赋予画中意象以羁旅和乡思的主观色彩，使本无确切含义的画中意象具有特定的寓旨并以之进入题画诗中。以下我们从诗人自我角色的把握以及诗人对画中人物的解读进行分析，并选取这类题画诗中最具代表性的雁意象略作阐述。

二 诗人自我角色的把握以及对山水画中点景人物的解读

（一）诗人自我角色的把握——"自客"

在宋代题山水画诗中，诗人自我的过客心态颇堪玩味。作为观画者，诗人常自认为客。如秦观《题赵团练画江干晚景四绝》其一："本自江湖客，宦游常苦心。看君小平远，怀我旧登临。"②诗人称自己本是"江湖客"，感慨羁于仕宦之苦。喻良能《砚屏》："长江远浪连天碧，岸柳垂垂临断石。渔舟一叶白头翁，独把钓丝待鱼食。

---

① 《全宋诗》卷一五三七，第 27 册，第 17444 页。
② 《全宋诗》卷一〇六二，第 18 册，第 12118 页。

我身犹是红尘客，对此无言三叹息。安得轮竿入手来，与君共钓消长日。"① 也以"我身犹是红尘客"感叹自己仍然羁于俗世，期待有朝一日能与画中渔翁结伴，把钓于碧江之上。

由于画中所图绘山水的地域性特点，在题山水画诗中，诗人的这种"以客自居"具有明显的地理意识。如苏轼在《宋复古画潇湘晚景图三首》其一中自称为"衡阳客"："会有衡阳客，来看意渺茫"；孔武仲在《阁下观岷山图》中以"楚客"自喻："麟台昨日见图画，醒若楚客还羁魂"；王安中在《祁阳成逸画浯溪图相示为作长句》中感慨"我亦七年湖外客，梦中犹泛湘江碧"；张表臣在《观高邮寺壁曹仁熙画水》中表示"我生甘作淮海客，身脱垂涎头雪白"；折彦质在《跋浯溪造极图》中自谓"我是零陵新逐客，披图一一可追寻"；仇远在《题石民瞻画鹤溪图》中感叹"山翁几年吴下客，溪草溪花未相识"。

同时，诗人的"以客自居"带有浓烈的情感色彩。苏轼"倦客登临无限思，孤云落日是长安"②，"倦客"一词，尽显诗人仕宦飘泊之苦。苏轼的这种"倦客"心态在其他题山水画诗中亦可得见，如华镇"倦客萦多累，乘桴特未援"（《水壁》），韩驹"风烟错漠路崎嵲，倦客羁臣泪满襟"（《题修师阳关图》）。与之相似的如欧阳守道在《题兴善院净师月岩图》中自称"孤客"："孤客欲眠眠不得，四更五更人暂息"；汪藻在《题大年小景》中自称"羁客"："君家此本传几世，羁客见之先绝倒"；折彦质、韩元吉则以"行人"自谓，以寓自己迁谪奔徙之意："谁写湘西清绝景，巧移林壑慰行人"（折彦质《跋湘西清绝图》），"暮去朝来雨复云，却将幽恨感行人"（韩元吉《题陈季陵家巫山图一首》）。此外，如释宝昙"无边落日丹枫外，有

---

① 《全宋诗》卷二三四五，第43册，第26949页。
② 《虔州八境图八首》其二，《全宋诗》卷七九九，第14册，第9248页。

客来看堕泪碑"（《题岘山图三绝》），章甫"客愁正坐小窗间，眼明见此江南山"（《盱眙馆中题云山图》），赵汝谈"久客长安思野人，今年籴贵更愁新"（《题谢一犁春雨图》），汪炎昶"画角声中意欲迷，酒阑客思晚凄凄"（《沧洲白鹭图五首》），都是在题画诗中诗人直接称看画的自己为"客"，字里行间充满着身为羁旅之"客"的惆怅和凄凉。

（二）诗人对画中点景人物的解读——"他客"与"归客"

不仅诗人自身是客，当诗人将浓郁的羁旅之愁移入画中景物时，在诗人眼里，图像中的人物亦多为客。在题画诗中诗人以"客"、"游子"或"行人"称之，本书以"他客"概之。他们或奔波于山间道途：

> 游子定何之，顾眄停马足。（曾巩《山水屏》）
>
> 行人初踏山前路，款段冲寒怯回顾。（李之仪《题王子重出李成所画山水》）
>
> 匹马关山路，谁知客子心。（朱熹《观刘氏山馆壁间所画……作五言四咏》）

或舟行于江湖之上：

> 日脚明边白岛横，江势吞空客帆远。（释德洪《宋迪作八境·远浦归帆》）
>
> 客舟泝流先后去，风帆饱腹如飞舞。（黄大受《江行万里图》）
>
> 水边渔舍密，天际客帆孤。（白玉蟾《徐道士水墨屏四首》）

或别亲于酒家客栈：

嗟尔游子不顾返，富贵有时终自来。（夏倪《次韵汉阳蔡守题阳关图》）

主人举杯苦劝客，道是西征无故人。（张舜民《京兆安汾叟赴辟……浮休居士为继其后》）

道边垂柳年年在，看尽行人长不归。（谢薖《观李伯时阳关图二首》）

或待舟于水边渡头：

山僧归寺童子后，渔伯欲渡行人招。（黄庭坚《答王道济寺丞观许道宁山水图》）

茅茨落日寒烟外，久立行人待渡舟。（钱选《题秋江待渡图》）

不一而足。为了生活，他们不得不离亲别友，在外辗转奔波。这些"客"的含义有些是由画图本身内容而生发，如《阳关图》中的离别之"客"，而大多则完全是诗人的主观情怀所致。

此外，有时诗人还善于发挥丰富的想象，给画中行客以具体准确的角色定位。如苏轼《李思训画长江绝岛图》中的"贾客"："舟中贾客莫漫狂，小姑前年嫁彭郎"，诗歌用插科打诨的手法，插入"舟中贾客"的形象，并故意把小孤山说成"小姑"，把澎浪矶说成"彭郎"，给诗歌注入诙谐的意味。赵文《海山图二首》其二中的"贾客"形象则明显有模仿苏诗的痕迹："舟中贾客莫浪喜，山上高人解笑汝"，不仅内容与苏诗相似，写法上也一脉相承。

当诗人以思乡盼归之情读画题画时，则画中人物无论行止，意多为"归"。根据画图中人物的类型，有渔归：

渔翁收晚钓，一棹醉中还。（孙觌《题范周士潇湘图》）

月明何处起渔歌，小艇人归急摇橹。（吴龙翰《冯永之号冰壶工水墨丹青》）

樵归：

荒径一樵归，平沙群雁落。（俞德邻《为徐彦昌题画扇》）

樵子归担竹两竿，落霞孤鹜天边远。（白玉蟾《题欧阳氏山水后》）

僧归：

禅关栖鸟争寒木，归僧疾步穿山麓。（赵汝镣《八景歌》）

山僧归寺童子后，渔伯欲渡行人招。（黄庭坚《答王道济寺丞观许道宁山水图》）

农归：

青蒻绿蓑晚归去，为问市朝侬不知。（苏过《题李微叔所藏戴嵩暮雨图》）

行人归来：

落日钟声来远寺，行人初向石桥还。（李时雍《题巨然平湖舟泊图》）

本来，画中人物"归"的行为是无所谓有、无所谓无的，正是诗人望归的企盼之心，赋予了他们明确的"归来"的义旨，这

149

无疑使画面的意蕴更加丰厚，耐人寻味。

三 雁意象与羁旅和思乡

在山水画中，有些意象由于传统文化心理的积淀而具有某种符号意义，影响着诗人对画中图像的解读及观画时的感受。如"雁"意象，一旦与山水结合，最容易牵扯出观者的羁旅和思乡之情愁。

雁，亦称鸿，或并称鸿雁，是一种候鸟，每年秋分后飞往南方越冬，春分后飞回北方繁殖。中华民族是农耕民族，重安居守土，而现实生活中难免有背井离乡之境遇，于是古人很早就寄情南来北往的雁，由作为生物个体的雁联想到人类自身，又由自身反观于雁。受传统道德观念及审美判断的影响，经由古人对雁的感知体认，在我国文化传统中雁所承载的文化内涵十分丰富。《本草纲目·雁·集解》说："雁有四德：寒则自北而南，止于衡阳，热则自南而北，归于雁门，其信也；飞则有序而前鸣后和，其礼也；失偶不再配，其节也；夜则群宿而一奴巡警，昼则衔芦以避矰缴，其智也。"① 可见，雁与传统伦理纲常亦有着密切的契合点。中国古典文学中雁意象的大量存在及其所蕴涵的抒情内涵的丰富性即是明证。本书不拟对其展开论述，本书所要讨论的是雁意象辗转漂泊而又年年知返的文化内涵如何经由图像影响宋人对山水画的解读。②

据统计，宋代题画诗中涉及雁意象的有 130 首，而其中将雁意象与人的羁旅与思乡之情相联系的就达 41 首之多。

（一）雁意象与羁旅之愁

"征鸿坐何事，天遣南北飞。萧然如旅人，无情自相依。"③

---

① （明）李时珍：《本草纲目》卷四十七，刘衡如点校，人民卫生出版社 1982 年版，第 2566 页。

② 宋代画雁图极多，其所属画科处于山水与花鸟之间，本节将之一并纳入考察。

③ 朱松：《题芦雁屏》，《全宋诗》卷一八五四，第 33 册，第 20704 页。

雁的秋去春来，奔波不定，劳苦凄伤，成了古人羁旅情结的对应物。长距离迁徙意味着生命的放逐，意味着与安土重迁的乡土中国社会文化心理的背离。离乡背井、漂泊在外的游子最容易由雁的漂泊辗转、天涯万里而联想到自身，羁旅之苦的感伤于是油然而生。如蔡襄《和杨龙图芦雁屏》："研桑心术都无取，回望江乡计未成"；王珪《和三司蔡君谟内翰麇猿芦雁屏二首》："身在计庭归未得，每将秋思入图中"；释德洪《汪履道家观所蓄烟雨芦雁图》："我本江湖不系舟，尔辈况亦江湖侣"，雁本是南北奔波的江湖旅客，诗人在观画时由物及我，联想自身飘泊孤苦的生活，因而感慨万端。李纲《畴老修撰所藏华岳衡岳图·衡岳》，则是诗人见画图而想象衡岳美景，羡慕鸿雁年年到衡阳，而自己"羁束未能往"，希望"身逐雁同到"，以饱览画中胜景。韦骧《雁屏》："羽翮本云程，丹青入小屏。……几回疑系帛，旅枕梦初醒。"[①] 诗人身在旅途而故乡无日不在心中，以至常常在梦醒时分怀疑画雁传来乡书。

这种羁旅之苦的触媒，尤以孤雁和哀鸿为最。如：

> 绿芜红叶照秋明，白雁孤飞我独行。谁识草堂穷杜老，江南江北正关情。（仇远《题五牧蒋氏所藏阎次平小景》）[②]
> 谁知归雁亭中客，鼓翼来游雁荡山。更寄雁图凭雁足，秋风孤雁苦思还。（李洪《题雁荡图寄二兄》）[③]

画图中飘零的孤雁，更增强了诗人的身世悲凉与孤寂心情。这种孤，已不仅限于游子的怀乡念旧之情，它所传达出的是诗人因事

---

① 《全宋诗》卷七三一，第13册，第8549页。
② 《全宋诗》卷三六八三，第70册，第44229页。
③ 《全宋诗》卷二三六八，第43册，第27197页。

因情而形若孤雁的凄楚悲凉。我国古代以雁喻灾难离散之人，至于"哀鸿"，也就成了历代流民离乡背井四处漂泊的代名词。《诗经·小雅·鸿雁》："鸿雁于飞，肃肃其羽……鸿雁于飞，集中于泽……鸿雁于飞，哀鸿嗷嗷。"《辞源》对鸿雁及此篇的解释是这样的：

> 鸿雁，《诗·小雅》篇名。《诗序》："鸿雁，美宣王也；万民离散，不安其居，而能劳来还定安集之，至于矜寡，无不得其所焉。"后因谓灾乱流离之民为鸿雁，也称哀鸿。[1]

宋代题画诗中对于哀鸿的描写，如夏倪《次韵汉阳蔡守题阳关图》：

> ……可怜儿女浪苦辛，奔走功名逮华首。浊醪百榼胸崔嵬，暮色惨惨羁鸿哀。羊肠鸟道天尺五，尔独胡为来此哉。水有蛟龙狞口眼，陆有兕虎潜岩隈。嗟尔游子不顾返，富贵有时终自来。[2]

"浊醪百榼胸崔嵬，暮色惨惨羁鸿哀"，那个为了功名生计不得不背井离乡四处漂泊的画中之"游子"，不正如暮色中哀鸣的羁鸿吗？

（二）雁意象与思乡之情

"幽思沧洲上，归心白雁前"[3]，雁虽年年迁徙，但年年知返，且能传递书信，又与古人思乡怀旧的情愫相契合。宋人观画

---

① 《辞源》，商务印书馆 1983 年修订本，第 3534 页。
② 《全宋诗》卷一三一八，第 22 册，第 14967 页。
③ 陈某：《赵仲瑜小景》，《全宋诗》卷三六〇一，第 68 册，第 43133 页。

雁而思归的情况在题画诗中俯拾即是。如黄庭坚《次韵子瞻题郭熙画秋山》，诗人由画中秋雁之行而生发南归之思，"江村烟外雨脚明，归雁行边余叠巘。坐思黄柑洞庭霜，恨身不如雁随阳"①，感慨自己不能像大雁南飞归返故乡，于是只好期待郭熙画家乡山水相赠以解思乡之渴。其《题郑防画夹五首》其一：

> 惠崇烟雨归雁，坐我潇湘洞庭。欲唤扁舟归去，故人言是丹青。②

画面上一群归雁飞翔在浩渺的湖湘烟雨之中，使人观后心旷神怡，如同置身于潇湘水、洞庭湖中，直欲雇船归家。不仅描绘出画中的虚旷之象，且化画境为实境，融入思归之情。楼钥《题惠崇着色四时景物》："……风劲宾鸿霜始肃，寒欺花鸭雪初飞。分明知是丹青卷，仍欲沙头唤渡归"③，与黄庭坚此诗可谓有异曲同工之妙。又如张耒《题周文翰郭熙山水二首》其二：

> 洞庭木落万波秋，说与南人亦自愁。指点吴江何处是，一行鸿雁海山头。④

洞庭秋水寒林之景引发诗人思乡的情怀，故乡吴江在何处呢？画面望去，只有一行鸿雁在海山的尽头，诗人的心不觉追随着鸿雁向故乡南方飞去……徐照《题归雁图》，诗人由画雁而生发离愁别绪和惆怅情怀："有人展卷苦思归，梦随翎翅飞沧茫"，"思归"之前着一"苦"字，更显沉重苍凉。

---

① 《全宋诗》卷九八五，第17册，第11366页。
② 同上。
③ 《全宋诗》卷二五四三，第47册，第29447页。
④ 《全宋诗》卷一一七五，第20册，第13265页。

正是因为传统文化中雁的归依恋旧契合着漂泊在外者的故乡情怀，因而在诗人看来，画中之雁，多为"归"雁：

孤烟合处渔着村，老雁归时帆入浦。（周孚《题游元著潇湘晚景图》）

只今看画如看山，万里归情寄鸿鹄。（李祁《题朱泽民山水》）

衡阳路杳速归去，未可容易来江湖。（叶茵《潇湘八景图·平沙落雁》）

碧天万里渺无际，但见隐隐归飞鸿。（吴龙翰《冯永之号冰壶工水墨丹青》）

雁是有灵性的动物，雁与人在思乡念旧的精神情感上是相通的。如陆文圭《题金君泽家山飞云图》："吴姿楚态谁使然，白石齿齿山娟娟。孤云欲断不断处，中有万斛潇湘烟。黄榆日晚长洲路，木叶山头几风雨。一声寒雁江南书，萱草灵椿解相语。解相语，君应知。山风猎猎游子衣，毕逋有待何当归。"① 在诗人眼里，寒雁与萱草、灵椿一样充满灵性，它们传书解语，理解和宽慰游子的思归之心。而王柏《题玉涧八景八首》其四："点点飞来雁，空中若有音。诗翁正牢落，识汝别离心。"② 诗人更是引己为雁之知音，与雁喃喃低语。陆诗说雁解人语，王诗则说人识雁心，两诗正好从相对的角度说明了人与雁的灵犀相通。

综上所述，画图中的雁意象受传统文化影响而形成的符号意义使诗人在观画时生发羁旅和乡思之情愁。这是事情的一方面。同时，我们也应看到：又正是深驻诗人内心的羁旅和乡思之情赋

---

① 《全宋诗》卷三七〇九，第71册，第44560页。
② 《全宋诗》卷三一六八，第60册，第38037页。

予了画图中的雁意象以羁旅和乡思的主观色彩。这样，情由象生，象由情致，形成了赏画题画过程中主体与客体之间双向的交流互动。

第三节　国运时局之忧与社会人生之咏

一　爱国忧时的情怀

宋代政治环境宽松，儒学思想复归，诗人们大都关心社会政治，国家前途，希望投身朝市以实现一己之社会价值，充满着积极的处世精神。同时，绵延不断的民族矛盾与阶级矛盾，激荡着诗人们忧国忧民的心弦，对民族命运与民生疾苦的关注，更成为宋代诗人们的精神核心。即使是赏画题画之类的文艺活动，都充分体现出他们这种深切的爱国忧时之情。宋代题山水画诗中所蕴含的诗人之爱国情结，主要表现为以下两方面。

（一）对祖国山河的无限热爱，对国泰民安的歌颂与企盼

在题画诗中，诗人们描绘画图中祖国山河的锦绣风光，表达心中的无比热爱之情。如郭祥正《九疑山图》①，诗人描写画中九峰高耸入天、古木寒泉之胜景，感慨"丹青画出尚如此，而况高步穷岖崎"，直言自己"但爱此山雄且奇"。诗歌以"噫吁嚱"始，以"高吟尽日长吁嚱"结，可见诗人对眼前美景歌咏之不足而只好"吁嚱"以叹了。又如吕本中《巫山图歌》："君不见我家壁上六幅图，淡墨寒烟半江水。上有巉然十二峰，乃似突兀当空起。幽花妩媚闭泥土，乱石峥嵘入荆杞。巫山县下水到天，神女庙前江接连。溪流去与飞瀑乱，屋角却对寒崖悬。……"②十二峰突兀峥嵘，上有幽花妩媚，乱石峥嵘，寒崖

---

① 《全宋诗》卷七五二，第 13 册，第 8767 页。
② 《全宋诗》卷一六二六，第 28 册，第 18245 页。

飞瀑，下有江水连天，巫山神奇的自然风光尽收眼底。以上二诗描绘的是画图中雄壮的山水之美。陆游《观小孤山图》向我们展示的则是一幅优美秀丽的自然之景：

> 江平风不生，镜面渺千里。轲峨万斛舟，远望一点耳。大孤江中央，四面峭插水。小孤特奇丽，丹翠凌云起。重楼邃殿神之家，帐中美人粲如花。游人徙倚栏干处，俊鹘横江东北去。①

此外，又如楼钥《海潮图》再现了钱塘潮水的壮观景象："钱塘佳月照青霄，壮观仍看半夜潮。每恨形容无健笔，谁知收拾在生绡。荡摇直恐三山没，咫尺真成万里遥。金阙岧峣天尺五，海王自合日来朝。"② 黄大受《江行万里图》则表现出长江万里西来直奔入海之景以及沿途的锦绣风光："雪山西来接海白，天之所以限南北。谁人胸里着舆图，挥斥荆吴入绡墨。浓浓淡淡两岸山，烟波弥茫江面宽。水空漠漠鸟飞绝，渐看渐远天漫漫。……"③对祖国山河的深沉热爱之情洋溢于字里行间。

除了表现自然山水以外，在题画诗中宋人亦描绘了画图中宁静安闲的田园生活。如文彦博《题韩晋公村田歌舞图后》中的治世之景："治世舒长日，田家事力苏。干戈久不识，箫鼓共为娱。浊酒行无算，酡颜倒更扶。将求太平象，此是太平图。"④农事告一段落，正是田家安闲之时，人们箫鼓歌娱、酌酒劝饮，一派太平之世的景象。张孝祥《野牧图》其二："秋晚稻生孙，

---

① 《全宋诗》卷二一五八，第 39 册，第 24356 页。
② 《全宋诗》卷二五四五，第 47 册，第 29474 页。
③ 《全宋诗》卷三〇三〇，第 57 册，第 36090 页。
④ 《全宋诗》卷二七六，第 6 册，第 3518 页。

催科不到门。人闲牛亦乐,随意过前村。"① 人"闲"牛"乐"、随意经行,小诗质朴、明快,充满乡土气息,丰收后的小村的悠闲和欢悦,通过寥寥数字便得到了淋漓尽致的表达。楼钥《题申之寄示春郊画轴》:"郊原膴膴春意足,细草凄迷芳树绿。雁鹜无数泛陂塘,羊牛相与随刍牧。几年不泛浙西船,恍如苏台俯平川。闲人忧国无他策,但愿好雨成丰年。"② 由画中春郊绿树芳草、牛羊牧放之景,不禁生发出希望祖国风调雨顺、民足年丰的美好祝愿。

(二)对民族命运和祖国前途的热切关注,反对民族侵略,表达忧时伤乱的情怀

宋自建朝以来,与辽和金的边境战争时有发生,由于统治者在政治上采取保守政策,军队战斗力不强,因而在战斗中一直处于劣势,只好贡币求和,用退让妥协的办法求得边境的安宁。不少诗人通过题画诗来反映这种社会现实,如刘敞的《观陕西图二首》③、《题幽州图》,面对衰弱的国势,诗人感慨"复仇宜百世,刷耻望诸卿"(《题幽州图》),号召朝廷上下奋起抵抗外族的侵略,"未分儒生老,深希笔砚焚"(《观陕西图》),希望自己有朝一日能弃笔从戎,抵抗侵略者,洗刷国耻。其弟刘攽在题诗中则发出了"安得猛士守北方,力排敌人复禹绩"(《幽州图》)、"安得山河将,收功似汉家"(《题陕西图三首》)的深切呼唤。又如沈遘《七言和王微之渔阳图》:"燕山自是汉家地,北望分明掌股间。休作画图张屋壁,空令壮士老朱颜。"由于统

---

① 《全宋诗》卷二四〇八,第45册,第27802页。

② 《全宋诗》卷二五三九,第47册,第29381页。

③ 《陕西图》与下文所述之《幽州图》、《江南形势图》,严格来说当属地理图、形势图之类,但古代此类图画的制作与现在不同,其中有很多真山真水的描绘,具备引发诗人情致的山水形象,可视为艺术作品,不同于当今地图,故本书采取宽泛的山水画界定,将之一并纳入考察范围。

治者奉行守国政策，诗人壮志难酬，只能空老朱颜，其内心的惆怅可想而知。郭祥正"守臣不壅帝王泽，六合长静无干戈"（《宣诏厅歌赠朱太守》），则展示了诗人理想中没有战争的美好安定的社会图景。

靖康之乱把民族矛盾推向顶点，宋室南渡以后，主战与主和两派的斗争十分激烈。诗人们又借题画之笔，反映现实，抒写自己的报国热情，表现忧心国事、哀于丧乱的思想感情。爱国诗人陆游是其中最为突出的一个。如其《观大散关图有感》："安得从王师，汛扫迎皇舆"、"丈夫毕此愿，死与蝼蚁殊"，[①] 诗人满腔热血，誓死报效祖国，北伐中原，收复失地。然而南宋统治者听信主和派的话，偏安一隅，一味向金人妥协投降。诗人报国无门，壮志难酬，只能空自悲慨：

> 许国虽坚鬓已斑，山南经岁望南山。横戈上马嗟心在，穿堑环城笑虏屏。日暮风烟传陇上，秋高刁斗落云间。三秦父老应惆怅，不见王师出散关。（《观长安城图》）[②]

> 谁画阳关赠别诗，断肠如在渭桥时。荒城孤驿梦千里，远水斜阳天四垂。青史功名常蹭蹬，白头襟抱足乖离。山河未复胡尘暗，一寸孤愁只自知。（《题阳关图》）[③]

其中亦充满了对主和派的谴责和对沦陷区人民的深切同情。陆游抗金复国的政治理想至死不灭，著名的《示儿》诗即是明证，我们再看其古稀之年观李唐画而作的《观运粮图》：

---

① 《全宋诗》卷二一五七，第 39 册，第 24336 页。
② 《全宋诗》卷二一五八，第 39 册，第 24363 页。
③ 《全宋诗》卷二一八三，第 40 册，第 24865 页。

王师北伐如宣王，风驰电击复土疆。中军歌舞入洛阳，前军已渡河流黄。马声萧萧阵堂堂，直跨井陉登太行。壶浆箪食满道旁，刍粟岂复烦车箱。不须绝漠追败亡，亦勿分兵取河湟。但令中夏歌时康，千年万年无馈粮。①

此图为南宋画家李唐所作。诗人看到画图中黎民百姓的爱国行动，想象宋军北伐胜利和沦陷区人民热烈欢迎的情景，唱出了这首激情满怀的胜利进行曲，表现出诗人强烈的爱国激情。千载之下读之，犹令人振奋不已！

除陆游外，南宋还有不少诗人在题画诗中反映社会政治现实，表达自己对中原沦陷、山河易主的感伤。如王庭珪《观骆元直经进江南形势图》写金人南下入主中原的感伤，黄文雷《西域图》表现了金人统治下的中原"狐兔"满眼之景，方回在《跋张明府独乐园图二首》中借题咏独乐园图而感时伤事。更多的诗人在国家、民族危亡之际，面对画中山水，生发出一种强烈的盛衰兴亡之感和吊古伤今之情，在题画时寄托着深沉的伤国情怀。如王庭珪《题宣和御画》：

玉锁宫扉三十六，谁识连昌满宫竹。内苑寒梅欲放春，龙池水暖鸳鸯浴。宣和殿后新雨晴，两鹊飞来向东鸣。当时妙手貌不成，君王笔下春风生。长安老人眼曾见，万岁山头翠华转。恨臣不及宣政初，痛哭天涯观画图。②

此诗作于高宗绍兴年间，对比徽宗政和、宣和年间的太平治世之景，眼前山河破碎、动荡不安的时局怎不让诗人"痛哭天涯"

---

① 《全宋诗》卷二一九六，第40册，第25077页。
② 《全宋诗》卷一四五二，第25册，第16726页。

呢？故诗人在此诗自注中亦直白："徽宗皇帝临御日久，海内无事，唯不忘翰墨之娱，见者知其为御画也。臣既获仰观，俯卷太息，思宣政间当国家太平极治之时，景物宛然，不觉流涕。"王柏《题长江图三绝》其一："一目长江万里长，几多兴废要商量。时人莫作画图看，说着源头正可伤。"[①] 伤国之情溢于言表。此外，又如释绍嵩"闻说函敳犹险在，为师怀想几凄然"（《题印上人关外山水图》），周密"凭谁为问华表鹤，城郭人民今是不"（《题高房山夜山图为江浙行省照磨李公略作》），都是通过题画直接抒写自己感时伤事的情怀，悲怆欲绝。

相比之下，以下诗歌中诗人将情感寄托于画中物象，表达上更显蕴藉深沉。如范成大《题山水横看二首》其二："霜入丹枫白苇林，横烟平远暮江深。君看雁落帆飞处，知我秋风故国心。"[②] 画面上红枫白苇、秋江暮烟、雁落帆飞之景，触动着诗人内心深沉的故国情怀。我们再看宋末遗民诗人郑思肖的《自题推篷图》："清晓清风吹过后，露出青青一罅天。一似推篷偷看见，竹林半抹古苍烟。"[③] 凄清之境中寄寓着诗人感怀故国的愁思，末句在"苍烟"前着一"古"字，诗人那缅怀故国的深情便跃然纸上了。即使如姜夔这样的清客诗人也在题画时寄托了伤国情怀："万里晴沙夕照西，此心唯有断云知。年年数尽秋风字，想见江南摇落时。"[④] 诗人借咏《雁图》，写出对南宋偏安朝廷的无限感伤。大雁南飞，晴朗的塞北沙漠一望无际，诗人预感南宋小朝廷的所谓"承平"景象，只不过是西下夕阳，而诗人的情怀只有天上的断云才能理解，婉转含蓄，韵味凄然，诗人深沉的伤国情怀也曲曲传出。

---

① 《全宋诗》卷三一六八，第 60 册，第 38039 页。
② 《全宋诗》卷二二四二，第 41 册，第 25752 页。
③ 《全宋诗》卷三六二八，第 69 册，第 43449 页。
④ 《雁图》，《全宋诗》卷二七二四，第 51 册，第 32037 页。

同时，在题画诗中，诗人们也表达了希望早日结束战事、人民生活安定的共同企盼。如许及之《题画卷》："钩有婴儿伉俪情，山川其奈险难平。如何一得戎夷俗，长使中原不用兵。"① 情辞恳切；田锡《牧牛图》："干戈扰扰遍中州，挽粟车行似水流。何日承平如画里，短蓑长笛一川秋。"② 先写干戈扰扰、战事频繁的社会景象，然后再浓缩《牧牛图》的总体感受，通过对自由自在的乡间生活的赞美，表现了厌战情绪及渴望社会和平安宁的理想，寓意深沉。

二 对社会人生的反映与思考

山水画广袤的视觉空间和想象空间为诗人精神的自由驰骋提供了广阔的舞台。在题画诗中，诗人或因画联想，给题画诗注入社会现实生活的内容；或借题发挥，发表关于人生的咏叹和思考，使题画诗具有更为深广的思想内涵。

（一）对社会政治的褒贬，对民间疾苦的关怀

宋人发扬了唐代题画诗的现实主义精神，把题画与社会生活更加紧密结合起来，使之成为一面社会历史的折光镜。前面我们从诗人通过题画抒写爱国情感的角度涉及宋代题画诗对于民族斗争的反映。除此以外，宋代题画诗还反映了当时政治斗争、阶级斗争的社会现实，揭露和讽刺黑暗腐朽的封建统治，抒发对统治阶级内部斗争的深忧，抒写诗人对人民疾苦的深切关怀，内容十分深广，从中也可透视出诗人的思想灵魂。

例如熙宁新法的实施，带来严重的社会弊端，苏轼就在题画诗中反映了这种社会现实。如其《陈季常所蓄〈朱陈村嫁娶图〉二首》：

---

① 《全宋诗》卷二四五八，第46册，第28430页。
② （金）元好问编：《翰苑英华中州集》卷八，《四部丛刊初编》本。

何年顾陆丹青手，画作朱陈嫁娶图。闻道一村惟两姓，不将门户买崔卢。

我是朱陈旧使君，劝农曾入杏花村。而今风物那堪画，县吏催租夜打门。①

一是世代两姓为婚、安居乐业，一是县吏夜半索钱、民不聊生，过去村中的安宁美好与现实的动荡不堪形成鲜明对比，诗人由嫁娶图而拓展生发，揭露了苛政重敛给农村带来的骚扰，表示他对当时社会政治的不满。此诗作于元丰三年（1080）元月，此前诗人曾因作诗文讥讽新法而遭入狱和被贬，不少人劝他毁笔弃砚，以免罪上加罪。但他出狱后，目睹扰民之政使人民蒙受苦难时，又不禁发出"而今风物那堪画，县吏催钱夜打门"的感慨，言发于心，冲口而出，表现了诗人对农民悲苦生活的深切同情。释宝昙《题李盘庵西潜图》：

……愿公藉石饮此水，鸭猪肥大牛羊丰。杖藜吾父坐吾祖，日望四海宽租庸。太平果在放船手，此诗与画当无穷。②

也明确表示希望统治者减免租税，让老百姓能过上丰衣足食的太平生活。

北宋中后期，以王安石为首的"新党"和以司马光为首的"旧党"之间斗争十分激烈，并逐渐由政见之争而演化为意气之争。两党矛盾重重，互相倾轧，成为北宋中后期政治生活的主要

---

① 《全宋诗》卷八〇三，第 14 册，第 9299 页。
② 《全宋诗》卷二三六〇，第 43 册，第 27092 页。

内容，题画诗中亦有深刻的反映。王夫之曾说："宋人骑两头马，欲博忠直之名，又畏祸及，多作影子语巧相弹射，然以此受祸者不少。"① 其所谓"宋人"，主要指熙宁变法以后的元祐党人，苏轼、黄庭坚即是其中的典型。他们虽处身正直，但因党争事，屡为小人所伤，一贬再贬，深受党祸之害；但不管怎样，始终不肯改其作"影子语"的性情。黄庭坚的很多题画诗中就隐含对新旧党争的讽刺。其《题竹石牧牛》：

> 野次小峥嵘，幽篁相倚绿。阿童三尺棰，御此老觳觫。石吾甚爱之，勿遣牛砺角。牛砺确犹可，牛斗残我竹。②

黄庭坚虽属旧党一派，对新法态度却比较客观，主张削除党争，两派共理国政。对于党争误国，他感到痛心和不安，便借着这幅画抒写出来。诗中的牛砺角和牛争斗，即是象征统治阶级的党争。诗人巧借农家田园小景，通过写爱惜竹石之心，叮咛不要牛砺角，尤其不要牛斗，来告诫当政者不要互相倾轧，以致祸国殃民，曲折地表达了诗人政治生活中的复杂心情，寓意深刻。

在反对党争的同时，诗人在党祸的禁锢下忧谗畏祸、追求自由的心理在题画诗中亦随处可见。如元祐六年苏辙与苏轼之间的一次题画诗唱和。苏辙《题王诜都尉设色山卷后》：

> 还君横卷空长叹，问我何年便退休。欲借岩阿着茅屋，还当溪口泊渔舟。经心蜀道云生足，上马胡天雪满裘。万里还朝径归去，江湖浩荡一轻鸥。③

---

① （清）王夫之：《姜斋诗话》，《清诗话》本，第18页。
② 《全宋诗》卷九八七，第17册，第11381页。
③ 《全宋诗》卷八六四，第15册，第10047页。

因要求得自由之身，所以诗人萌生出"退休"之念来，"万里还朝径归去，江湖浩荡一轻鸥"，成为诗人的人生理想和追求。而苏轼在《次韵子由书王晋卿画山水一首而晋卿和二首》中也说："明年兼与士龙去，万顷苍波没两鸥"[①]，明确表达了要与子由一同归隐的愿望。时旧党执政，苏轼刚刚结束杭州外任回朝，但朝中局势依然十分恶劣。"及刘挚代纯仁为相，王岩叟为枢密使，梁焘为礼部尚书，刘安世久在谏垣，号殿上虎，招徕羽翼益众，朱光庭、杨畏、贾易等失其领袖，皆附朔党以干进，挚擢易为侍御史，使驱公，意在倾子由也，构难方急"[②]，在如此激烈的党争中，面对王诜的山水画，兄弟二人不禁同时生发出归隐的心愿，希望退出矛盾重重、险恶重重的党争政坛，求得一己平安自由之身。可见，苏氏兄弟的这次题画诗唱和实是两位诗人对险象环生的政治氛围的一次悠长的叹息，透露出诗人在激烈的党争时期远祸全身的思想。这一点，苏辙在《书郭熙横卷》中说得更为清楚：

> ……归来朝中亦何有，包裹观阙围重城。日高困睡心有适，梦中时作东南征。眼前欲拟要真物，拂拭束绢付与汾阳生。[③]

所谓"包裹观阙围重城"，就是指参与"更化"之治，参与党派间的意气之争，而这正是诗人"梦中时作东南征"的现实根源。此外，又如张耒《题吴熙老风云图》云："衲被蒙头不下堂，且与身谋安稳处"；田亘《王晋卿图瀛山……余悲而赋诗》云：

---

① 《全宋诗》卷八一六，第 14 册，第 9443 页。
② （清）王文诰：《苏文忠公诗编注集成总案》卷三十三，巴蜀书社 1985 年版。
③ 《全宋诗》卷八六三，第 15 册，第 10031 页。

"天涯与汝共沦落，泪湿溢江烟雨秋"；苏过《题刘均国所藏燕公山水图》云："故山当早归，谁是知津者。"透过元祐文人在题画诗中表现出的畏祸心理和人生慨叹以及对个体精神自由的追求，我们能清楚地感受到当时的社会政治环境给士人带来的空前沉重的政治压力这一社会现实。

不仅反映新法的实施和党争这样突出而重大的政治问题，宋人在题画诗中还对社会民生的诸多问题予以关注。如李廌《题王摩诘曲江春游图》，诗人先是着力描绘画图中唐玄宗和杨贵妃曲江春游之胜景，接着感慨"如今此地空尘迹，石鲸纵在如铜狄"，并由此引申开来，"我愿吾王明六符，不蹈汉唐耳目娱。池籞假民任畋渔，无令画师为画图"①，告诫统治者不要沉湎声色娱乐，重蹈前朝灭亡覆辙，要体恤庶民，与民同忧共乐，表现了诗人对于社会政治和民生问题的深切关怀。李纲《题伯时明皇蜀道图》："空令画手思入神，一写丹青戒今古"，也是借李杨故事告诫统治者不要重蹈历史的覆辙。这样的题品，不一定符合画家的初衷，但确实深化了画意，发掘出画作的思想价值来。

（二）个人遭际的感喟以及关于人生的咏叹与思考

画中山水云树很容易使诗人产生对过去山水体验的回忆与联想，并因而生发对于个人人生遭际的慨叹。这种类型的题画诗大多写在诗人年老体迈之时或是仕途受挫壮志难酬之际。如范成大《画工李友直为余作冰天桂海二图冰天画使北虏渡黄河时桂海画游佛子岩道中也戏题》诗，以"许国无功"为核心，抒发诗人的身世之感：

> 许国无功浪着鞭，天教饱识汉山川。酒边蛮舞花低帽，梦里胡笳雪没鞯。收拾桑榆身老矣，追随萍梗意茫然。明朝

---

① 《全宋诗》卷一二〇二，第 20 册，第 13601 页。

重上归田奏，更放岷江万里船。①

首四句回顾平生南驱北驰的经历，五、六句感叹身世飘萍，老大无成，末二句表明归隐之志，前后意脉相连，一气而下，叙写了一个有报国之志的正直士大夫的人生历程和无限感慨。"明朝重上归田奏，更放岷江万里船"，是诗人许国无功报国无门之后的无奈选择。又如陆游《观画山水》，不写画中山水景物，而主要表现诗人由观赏山水画而引发的人生情思：

> 古北安西志未酬，人间随处送悠悠。骑驴白帝城边雨，挂席黄陵庙外秋。大网截江鱼可脍，高楼临路酒如油。老来无复当年快，聊对丹青作卧游。②

诗人回想当年四处征战及各地的风物人情，感慨"老来无复当年快，聊对丹青作卧游"，说自己如今年老已经不再有当年的激情，只好面对画中的美好河山作"卧游"了。此诗平和清畅，不同于陆游其他写征战复国大事诗作中那种激越豪放、华丽悲壮的情调，这是与画境及当时诗人的心境紧密相关的。此外，如王安石《观明州图》："明州城郭画中传，尚记西亭一舣船。投老心情非复昔，当时山水故依然。"③ 安焘《重题江干初雪图》："曾游沧海困惊澜，晚涉风波路更难。从此江湖无限兴，不如只向画图看。"④ 都饱含着诗人对于人生遭际和世事沧桑的无穷喟叹。

王夫之在评阮籍《咏怀》诗时说："以追光蹑景之笔，写通

---

① 《全宋诗》卷二二五五，第41册，第25873页。
② 《全宋诗》卷二一九六，第40册，第25086页。
③ 《全宋诗》卷五六七，第10册，第6706页。
④ 《全宋诗》卷七四七，第13册，第8700页。

天尽人之怀，是诗家正法眼藏。"① 诗歌如此，绘画亦然。"追光蹑影"，即用生命去体验永恒变动的世界，直接抓取宇宙的内在灵韵。"通天尽人"，即揭开宇宙的真实、显现人间情怀，与自然同感，与人类同情。画家把自然山川作为抒写情怀的媒介，画家笔下的自然生命，如一山一水、一树一石、一花一鸟，都负荷着无限的深意、无边的深情，因而给予观者的感受是一种惺惺相惜的微妙感悟和清透灵魂的安慰，这其间：

有人生易逝的感伤。如毕仲游《和子瞻题文周翰郭熙平远图二首》其二，画中木落山空、逗人愁思之秋景引发了诗人对昔日经行的回忆，进而发出了"二十年间若转头"的长叹。陈师道《次韵少游春江秋野图二首》其一："翰墨功名里，江山富贵人。倏看双鸟下，已负百年身。"② 在人生易逝的慨叹中还隐含着光阴虚掷、功业无成的无奈与感伤。

有人生如梦的慨叹。如王当《江侯邀予作山水书以赠之》，诗人由画中云深莫测之景而生发"人生孰非幻"之思，并表达了"作观随有无"③ 的达观之想。陆游《绍兴庚辰……王仲信为予作石门瀑布图今二十有四年开图感叹作二首》，诗人翻看旧图，回想当年与友人石门痛饮赋诗之情景，而岁月荏苒，人生世事沧桑巨变，因而诗人不禁感慨"灯前感旧欲消魂"、"人生万事皆如梦"。④

有适意适志的体悟。如王洋《题徐明叔海舟横笛图》，诗人观画图中烟波浩渺、海月空明、一舟横笛之境，发出了"人生适意贵如此"的感慨。黄庚《题东山玩月图》则明确表示"我

---

① （清）王夫之：《古诗评选》卷四，张国星校点，文化艺术出版社 1997 年版，第 170 页。
② 《全宋诗》卷一一一四，第 19 册，第 12646 页。
③ 《全宋诗》卷一二六四，第 21 册，第 14247 页。
④ 《全宋诗》卷二一六八，第 39 册，第 24584 页。

辈适意在行乐"，期待着与友人或共乘扁舟，或杖履相随，日日醉玩于山川明月之中："安得扁舟溆川去，日与杖履相追随。登山把酒醉明月，共看此画歌此诗。"①

（三）理趣的表达

讲究理趣，是宋诗的鲜明表征之一，也是宋人对诗歌本质认识与实践上的重大突破。题山水画诗也不例外。山水画中的一花一鸟、一树一石、一山一水，不仅关情，而且入理，诗人们常能体悟出其中蕴含的理来，因而在题画诗中借"画"说"理"，揭示社会、历史、人事的某些规律。宋代题山水画诗中富于理趣的篇章很多。以下我们分两种情形略作考察。

1. 通篇入理趣者。如黄庭坚的《题阳关图》之二：

> 人事好乖当语离，龙眠貌出断肠诗。渭城柳色关何事？自是离人作许悲。②

李公麟（字伯时，号龙眠居士）所作《阳关图》，取意于唐代诗人王维的《送元二使安西》。此诗由题李公麟《阳关图》而探究别离之情与关情之物。首二句先探究离情别绪的由来——人事多有不顺利处，其中以别离为最，诗人由龙眠的《阳关图》画出了王维《送元二使安西》这首断肠诗的诗意，揭示出艺术家笔下的离情别绪正是对现实生活的体验反映。三四句进一步推究：龙眠图中的渭城无知之柳，与人间离情别绪有何关系呢？诗人认为，物固无情，而人自有意，有意的离人将情移于物，便使那原不关情的柳也自有了情了。全诗析理入微，匠心独运，充满理

---

① 《全宋诗》卷三六三七，第 69 册，第 43593 页。
② 《全宋诗》卷一〇一三，第 17 册，第 11571 页。

趣，堪称题画诗中的精品。吴则礼《戏嘲壁上画轴》，以"戏嘲"为题，好像在与壁上的画轴理论，显得意趣盎然：

> 寒林淡墨人争看，对面奇峰孰会心。可是世人唯识假，只缘清景少人寻。①

诗人指出，人们争相观看称美画中山水，殊不知自然界的妙处在于真山真水之中，只是很少有人亲临其中去追寻其中的奥妙罢了。范成大《李次山自画两图其一泛舟湖山之下小女奴坐船头吹笛其一跨驴渡小桥入深谷各题一绝》其二：

> 黄尘车马梦初阑，杳杳骑驴紫翠间。饱识千峰真面目，当年拄笏漫看山。②

诗人借画中跨驴渡小桥入深谷之景，说明只有真正结束了都市官场生活身退住山，才能领略山的真味；在官而拄笏看山，任你有高情雅致，但终因被功名羁绊，所以只能是随便看看而已。全诗说理，但做到了形象生动，涉笔成趣。

我国古代有许多文艺家都认为诗歌贵有"理趣"。但若过分强调说理，不注重诗歌本身感发读者审美趣味的艺术特性，则有可能使诗歌变得枯燥乏味，产生概念化的缺点，其结果就会像宋代道学家以及受到他们影响的某些诗人之诗一样，成为理学"语录讲义之押韵者"而毫无理趣可言。宋代题山水画诗中也不乏其例。如林之奇《题雪峰如藏主水月图》着重阐述天上之月与水中之月的辩证关系，项安世《水图诗寿王丞相》咏水并以

---

① 《全宋诗》卷一二六九，第 21 册，第 14331 页。
② 《全宋诗》卷二二五一，第 41 册，第 25835 页。

之比德，魏了翁《和靖州判官陈子从山水图十韵·山堂旷望》说万物四时兴歇之理，三诗都只有干巴巴的说理，而缺乏美的形象，显然是坠入"理障"①而无"理趣"之作。

2. 篇中局部入理趣者。如释德洪《蒲元亨画四时扇图》，诗人首先描绘蒲元亨扇画山水云树，而后感慨"万事浮云定何有，白鹤归来千载后。江山长在身世忙，岁月不移舟壑走"②，体现出诗人关于世事人生的哲理思考：人生万事如浮云一去不复返，只有江山长在岁月长存。楼钥《次韵赵子野石城钓月图》诗："回头明月只如故，世上兴废徒纷更"③，也是由画图而触发了明月亘古不变而百年兴废世事沧桑之感慨，寄寓了深刻的哲理。上述魏了翁《和靖州判官陈子从山水图十韵·山堂旷望》为说理所缚，有理而无趣，但并非其说理诗全都如此，其《用大礼杨少卿□韵题冯君山庄图二首》其一就写得淡而有味，富于人情味：

> 摩挲潘叟跨驴图，便拟移家向此居。素富素贫随处乐，世间何地不嵩庐。④

据诗人诗后自注："潘阆诗：高爱三峰插太虚，回头仰望倒骑驴。傍人大笑从人笑，终拟移家自此居。好事者画以为图。"可见此诗题咏的是据潘阆诗所绘的诗意图。诗人先由画中潘叟跨驴入山之景生发移家此山中之愿，后又转念寻思："素富素贫随处

---

① （明）胡应麟云："程邵好谈理，而为理缚，理障也。"（《诗薮》，上海古籍出版社1979年版，第39页），贬斥程颢、程颐、邵雍这些道学家的诗歌只有空洞的说理而无美的形象。
② 《全宋诗》卷一三二八，第23册，第15072页。
③ 《全宋诗》卷二五三七，第47册，第29354页。
④ 《全宋诗》卷二九三一，第56册，第34932页。

乐，世间何地不嵩庐"，只要富贵不淫，贫贱不移，不论处于何处都会如同身居山庐一般自在快乐！此外，又如舒岳祥《题萧照山水》其四："山外横舟篷不启，谁知世有送迎忙"，说山外横舟不知世俗间的名利往来；牟巘《金南峰隐居图》："身在山中不见山，却因远看更屠颜"，意即"不识庐山真面目，只缘身在此山中"；陈深《题王立章云山卷》："青山无今古，白云自朝昏"，说自然万物亘古恒一，都是寓哲理于题画之中，以浅显明白的语言、生动凝练的意象，揭示了自然及人事之理。

第 四 章

宋代题山水画诗的艺术阐释

第一节　画中有我的自寓性

从接受美学的角度来看，审美是一种主观的再创造过程。诗人在欣赏题咏画图时，将自我直接出入于画境，表现出"画中有我"的意境参与，这样更便于创造情景交融之境，使画面造型本身所不能达到的深远意境在题画诗的形式中得到补充和发展。这种画中有我的自寓倾向，在题山水画诗中主要表现为以下两个方面。

一　如入画境之感

诗人在观赏山水画图时，由于画图强烈的艺术感染力以及诗人本身敏锐的审美感悟和浪漫情怀，常常会产生如入画境的出位之思，因而更加形象而有力地传达出诗人因画图而生发的某种情志。

黄庭坚《题郑防画夹五首》其一：

> 惠崇烟雨归雁，坐我潇湘洞庭。欲唤扁舟归去，故人言是丹青。①

---

① 《全宋诗》卷九八五，第 17 册，第 11366 页。

眼前烟波浩渺、归雁南翔的湖天清景，使诗人如同置身于现实中的潇湘洞庭，而想要雇画中之船归返家乡了。幸有友人的提醒，诗人才从观画而产生的幻觉中恍然醒悟，明白自己错把画境当成了真境。诗歌不仅描绘出画中的虚旷之象，且化画境为实境，表现出诗人浓烈的思归之情。这种在观赏山水画图时，"恍如"（"恍疑"、"恍然"）亲临山水美景的幻觉，在宋代题画诗中屡屡出现：

> 画图忽见清两眸，恍疑身在沧浪洲。(汪藻《观秋江捕鱼图》)
> 数幅生绡传貌得，恍如陆地到蓬瀛。(李纲《陈国佐左司寄示天台山图以绝句两章报之》)
> 使我恍然越关河，熟视粉墨频摩挲。(陆游《题严州王秀才山水枕屏》)
> 我来展轴惊快睹，恍然对面水仙府。(黄大受《江行万里图》)
> 恍然生我红尘外，满眼沧洲白鹭栖。(汪炎昶《沧洲白鹭图五首》)

又如李光《跋胡机宜画卷》："行过小桥墟落静，定知深处是吾家。"诗人恍惚中觉得自己家宅就在画中山林的深处。陆游《题詹仲信所藏米元晖云山小幅二首》："定知渐近三山路，认得渔翁是放翁。"则更是直把画图中的渔翁当成自己了。

观画山水图，如在画中游，这种浪漫的赏画情趣在宋人身上时有发生。如文彦博观范宽的《雪景图》而感觉自己"迥出关荆上，如游嵩少间"①，谢薖看蔡师直所画的山水砚屏而仿佛

---

① 《雪中枢密蔡谏议借示范宽雪景图》，《全宋诗》卷二七五，第6册，第3510页。

"蟾蜍写尽看倒影，身在山阴佳处行"①，赵蕃观赵祖文画而觉得自己"如行惨淡间"②。至于在枕屏上绘以山水，则更让诗人有如卧林泉之感，如刘敞"如浮武林水，卧向桃花源"（《祠部王郎中送山水枕屏作》），晁冲之"随眠置我丘壑里，始信孙郎真枕水"（《谢沈次律水枕》）。

究其缘由，这种如入画境之感的兴发固然与诗人主观上敏锐的艺术感悟密切相关，同时也是山水画本身强烈的艺术感染力所致。就宋代山水画的实际情形而言，我们亦可从当时画学专书多标举山水画的艺术感染力以及时人多以艺术感染力为品画标准中找到归因。郭熙《林泉高致》云："世之笃论，谓山水有可行者，有可望者，有可游者，有可居者。画凡至此，皆入妙品。但可行、可望，不如可居、可游之为得。"③ 可居可游之景，正是兴发诗人入画图之感的客观前提。此外，郭熙又云："春山烟云连绵人欣欣，夏山嘉木繁阴人坦坦，秋山明净摇落人肃肃，冬山昏霾翳塞人寂寂。看此画令人生此意，如真在此山中，此画之景外意也。见青烟白道而思行，见平川落照而思望，见幽人山客而思居，见岩扃泉石而思游。看此画令人起此心，如将真即其处，此画之意外妙也。"④ 更是从理论上总结了山水画感染人心的艺术效应。郭若虚《图画见闻志》论"画水者……汤汤若动，使观者浩然有江湖之思为妙也"⑤，说蒲永昇画水"每观之则阴风袭人，毛发为立"⑥。《宣和画谱》中更是多见以艺术感染力品评画作的现象，如关仝画"使其见者悠然如在灞桥风雪中，三

---

① 《蔡师直画山水研屏二首》其二，《全宋诗》卷一三七六，第 24 册，第 15792 页。

② 《题毕叔文所藏赵祖文画》，《全宋诗》卷二六三九，第 49 册，第 30876 页。

③ 《林泉高致·山水训》，第 65 页。

④ 同上书，第 68 页。

⑤ 《图画见闻志》卷一，第 6 页。

⑥ 《图画见闻志》卷四，第 65 页。

峡闻猿时"，董元画"使览者得之，真若寓目于其处也"，范宽画使人"恍然如行山阴道中，虽盛暑中，凛凛然使人急欲挟纩也"，赵干画使人"一见便如江上，令人褰裳欲涉，而问舟浦溆间也"，巨然"所作雨脚，如有爽气袭人"。[①]

可见山水画在北宋就已经形成一种以观画者的亲身感受作为品评标准之一的风气。在这样的文化环境中，诗人在观山水画时常有如入画境之感并将之在题画诗中表现出来也就是极自然之事了。

二 欲入画境之思

如果说如入画境之感大多是诗人观画时忘记了自己作为观画者的身份而产生的幻觉，那么欲入画境之思所表达的则显然是诗人在对自己审美主体角色清醒认识的基础上生发的愿望。在这种情境下，一方面他们始终意识到自己观画者的身份而将自己置于画图之外，但另一方面，面对画图中的山水美景而又产生欲入画图中的渴望。在情绪的表现上，具体表现为以下三个层面。

（一）遥羡画中人物

唐宋以来的山水画，在艺术上臻于成熟，大都有点景人物。他们或行旅于山道水中，或高隐于山林茅舍，或渔钓于湖畔舟中，或樵归于林间桥上。他们所处的青山绿水的自然环境，令无数文人士大夫倾羡不已，这在题画诗中有突出表现。如徐铉《题画石山》："彼美巍岩石，谁施黼藻功。回岩明照地，绝壁烂临空。锦段鲜须濯，罗屏展易穷。不因秋藓绿，非假晚霞红。"在诗人笔下，隐者所居的山林如洞天福地，色彩斑斓夺目。因而

---

① 《宣和画谱》卷十，第107页；卷十一，第111、117、125页；卷十二，第139页。

诗人感叹"返驾归尘里，留情向此中。回瞻画图畔，遥羡面山翁"①，虽然自己不能脱离尘世而归返山林，但诗人并不讳言画中的山水美景不由得使自己"留情向此中"，尤其是画中那个享受山水悠然自得的老翁更成为诗人可慕而不可及的理想化身。刘放《山水屏》：

> 吾家古屏来江南，白昼水墨渍烟岚。我行北方未尝见，众道巫峡仍湘潭。山头老树长参天，水上衰公撑钓船。青蓑拥身稚子眠，得鱼不卖心悠然。久嫌时世趣向狭，颇思种药依林泉。桃源仙家不可到，但愿屏上山水置眼前。②

对于未尝亲临江南山水的诗人来说，画图中渔翁披着青蓑，撑着钓船，"得鱼不卖心悠然"的生活，简直如在世外桃源，字里行间洋溢着诗人对渔翁生活的羡慕之情。又如陈著《题画扇》："江极目兮沙路平，驴卓耳兮风蹄轻。彼何人兮为此行，我欲从之到蓬瀛。"③楼钥《宇文枢密借示范宽春山图妙绝一时以诗送还》："桥梁楼观各有趣，一夫驱驴何处去。安得随人杳霭间，布袜青鞋踏空雾。"④因羡慕画中骑驴者的洒脱自得与随缘自适的生活，诗人们都明确表示自己想要随之漫游山川。

（二）渴望亲览画中美景，卜居其中

如方回《题戚子云五云山图》："不浓不淡烟中树，如有如无雨外山。尺素展看空想像，何由身着画图间。"⑤雨中山形隐约，烟树迷蒙，在诗人看来这画中烟雨之景正是不浓不淡、恰到

① 《全宋诗》卷五，第1册，第76页。
② 《全宋诗》卷六一六，第11册，第7312页。
③ 《全宋诗》卷三三八八，第64册，第40317页。
④ 《全宋诗》卷二五四〇，第47册，第29399页。
⑤ 《全宋诗》卷三四八五，第66册，第41508页。

好处，展看画图，诗人不由得感叹：要是能够将自己置身于画图山水之间该有多好！杨万里《戏题郡斋水墨坐屏二面二首》："诸峰最是中峰好，我欲峰头筑小亭"；舒岳祥《潘少白前岁惠予零陵石一片方不及尺而文理巧秀有山水烟云之状予以作砚屏始成因赋长吟以遗之》："我欲茅三间，巢此重叠峰"，则都是为画中美景吸引，而不禁想要筑亭舍于画中山峰之上。又如：

> 人家浦溆扁舟渡，何日真能到一回。（徐俯《成生山水画歌》）
>
> 怪底高堂见丘壑，欲攀松萝寻石门。（李彭《赋张邈所画山水图》）
>
> 舟中有闲地，载我得同游。（陈与义《题持约画轴》）
>
> 乞我片席地，脱巾露华发。（李若水《题画》）
>
> 何当着身此溪上，溪清梅白森相向。（张镃《朱师关画梅溪春晓图》）

此外，张端义也曾感慨："余三十年前，赋《秋江图》一绝云：'浪静风平月正中，自摇柔橹驾孤篷。若无三万六千顷，把甚江湖着此翁。'今白发种种，倘符此诗语，吾志毕矣。"① 可见，渴望亲临画中美景，已经成为宋代诗人们观赏山水画图时的一种较为普遍的心理倾向。

（三）希望画家将自己绘入画图

由遥羡画中人物的山林生活，到渴望卜居其中，宋人亲临山水的欲求之强烈已昭然可见。更有甚者，有些诗人还在题画诗中直接表示想要画家将自己绘入画图。真可谓手之舞之、足之蹈之犹不足以满足自己的喜爱林泉之心，便只有干脆置身于画图中

---

① 《贵耳集》卷上，第20页。

了。如秦观《题赵团练画江干晚景四绝》其四：

> 晓浦烟笼树，春江水拍空。烦君添小艇，画我作渔翁。①

首二句概括地描绘出画面景色，突现了画幅江天空阔之美。末二句诗人请求画家将自己画入画图，渔钓于小艇之上，真可谓奇思妙想。而诗人对画中山水的迷恋之深也不言自明。陈师道《次韵少游春江秋野图二首》其二也说"江清风偃木，霜落雁横空。若个丹青里，犹须着此翁"②，从其写法与上述秦诗类似，意思也与秦诗前后相承来看，当是上述秦诗的依韵和诗，只是秦诗题咏的是春江图，陈诗题咏的是秋野图（从陈诗标题之"春江秋野"来看，秦观四绝题咏的画图应不止一幅）。在陈师道看来，"若个丹青里，犹须着此翁"，不仅春江图，秋野图上也应添上"此翁"（当指秦观）。又如楼钥《郭熙秋山平远用东坡韵》，郭熙的秋山平远图唤起了诗人对旧游山水的回忆，念及眼下长期羁宦的生活，诗人不禁感慨唏嘘，因而感慨"丹青安得此一流，画我横笮水中石"，希望画家能画自己横笮于水中石上，这样也聊以安慰自己的林泉之梦了。这种例子在宋人题画诗中俯拾即是。兹再举几例如下：

> 请君援笔待公至，画我迎公竹阴里。（潘大临《赠张圣言画柯山图》）
>
> 何惜扁舟并画我，要从沙际望春归。（汪藻《题江南春晓图》）
>
> 何如添个我，坐石听潺湲。（许棐《题赵子固春山上寺图》）

---

① 《全宋诗》卷一〇六二，第18册，第12118页。
② 《全宋诗》卷一一一四，第19册，第12646页。

更须添数笔，着我在其间。（顾逢《题山居图》）

谁能画峨堂，坐我于其旁。（牟巘《米元晖山水》）

    以上我们从如入画境与欲入画境两方面分析了宋代诗人在观赏山水画时画中有我的自寓倾向。前者似乎是一种非理性的幻觉，而后者则表现为理性的思考。需要说明的是，这两方面并非一定单独发生，且不是一个层面的精神活动。试以尤袤《题米元晖潇湘图二首》略作说明：

万里江天杳霭，一村烟树微茫。只欠孤篷听雨，恍如身在潇湘。

淡淡晴山横雾，茫茫远水平沙。安得绿蓑青笠，往来泛宅浮家。①

两诗虽相对独立，但实为诗意紧密相承、次序不可颠倒的整体。两诗结构相同，都是先对画中之景作客观描写，然后写诗人看画的主观感受。前诗起二句展现出画卷的全景：万里江水与天相连，云烟迷茫，岸上的小村与树木隐约难辨。后二句写诗人面对画图，如见真山真水，有置身潇湘之感，只不过没有真的坐在船上听雨罢了。后诗首二句在前诗描述画景的基础上进一步传达出画中山水的丰姿神韵，更突出其空灵淡雅之致。这气韵生动、悠远迷茫的画境使诗人不禁生发欲入画图归返自然之遐想："安得绿蓑青笠，往来泛宅浮家。"如果说前诗"恍如身在潇湘"还只是诗人暂时的艺术审美感受，此诗"安得"二句，表达的则是诗人泛宅江上与立身仕途的矛盾之苦，是发自内心的深沉感慨。两首诗珠联璧合，前者待后者而深，后者也须合前者而全，堪称

---

① 《全宋诗》卷二三三六，第 43 册，第 26862 页。

题画诗中的上乘之作。

可见，诗人在观赏山水画图时，有时既会有如入画图之感，又会生发欲入画图之思。如果说前者还只是暂时置身其间的艺术感觉，而后者则由艺术的审美活动，深入到人生的理想追求。其中的层进关系十分清晰。宋代诗人在题山水画诗中所表现出的这种画中有我的意境参与意识，一方面是宋人以山水画作为精神乐园的表现，他们"不下堂筵，坐穷泉壑"，在艺术审美活动中获得真山真水之趣，释放精神的紧张与生活的劳累。另一方面我们也可从中看出，在宋人陶醉于艺术赏玩的表象后面，依然跳动着一颗驿动不安的心灵：渴望摆脱世俗社会的喧嚣与烦杂，憧憬着高山流水的清新与宁静。

第二节　题山水画诗与山水画的和谐

宋代诗人善于根据所题咏画作的不同品种和风格，使用不同的笔墨，使题诗与原画在艺术形式和风格上保持和谐一致。以下以全景山水图及小景画的题咏为例，论述宋代题山水画诗在形制和风格上与原画的一致性，并略及在色彩表现方面的和谐性。

一　巨幅或长卷全景山水图的题咏

在形制上，五代北宋多巨幅或长卷的"全景山水"图。这类作品多取完整的中、远景，描绘崇山峻岭，层峦叠嶂，深涧巨川，茂林高树。典型的代表作品，有荆浩《匡庐图》，关仝《关山行旅图》，董源《潇湘图》，巨然《万壑松风图》，李成《茂林远岫图》，范宽《雪景寒林图》，许道宁《关山密雪图》，郭熙《树色平远图》等。这些山水画的作者不满足于描绘耳目所接的一时一地的山水景物，而敢于移动视点，变换角度，把"三远"

180

（即"平远"、"高远"、"深远"①）的视野凝集在一幅画中，使画境成为若干时空关系的总和，作品构图宏大，视野开阔，境界邈远。查检关于题咏这类画作的诗歌，我们发现，诗人往往采用长篇歌行的形式，写得笔墨纵横，淋漓酣畅。

先以北宋王诜《烟江叠嶂图》题诗为例。《烟江叠嶂图》（图九，此为从开卷至卷末的依次截图，画面由两个场景构成，卷末是苏轼和王诜的题诗。此图现藏于上海博物馆）是一幅长卷，开卷处是辽阔的江面，水天一色，渔舟在波心晃动；画卷中段是江中青山，层峦叠嶂，云烟氤氲，绝谷飞瀑，青山白云深处，有寺庙楼宇隐现，山间丛木积翠，树木成行，突显山之走势，这是整个画卷的主景；末段又是烟波浩渺的江面，岸边有小山丛树。

关于此画的题咏较多。我们先看苏轼的题诗《书王定国所藏烟江叠嶂图》：

> 江上愁心千叠山，浮空积翠如云烟。山耶云耶远莫知，烟空云散山依然。但见两崖苍苍暗绝谷，中有百道飞来泉。萦林络石隐复见，下赴谷口为奔川。川平山开林麓断，小桥野店依山前。行人稍度乔木外，渔舟一叶江吞天。使君何从得此本，点缀毫末分清妍。不知人间何处有此境，径欲往买二顷田。君不见武昌樊口幽绝处，东坡先生留五年。春风摇江天漠漠，暮云卷雨山娟娟。丹枫翻鸦伴水宿，长松落雪惊昼眠。桃花流水在人世，武陵岂必皆神仙。江山清空我尘土，虽有去路寻无缘。还君此画三叹息，山中故人应有招我归来篇。②

---

① （宋）郭熙：《林泉高致·山水训》，第71页。
② 《全宋诗》卷八一三，第14册，第9411页。

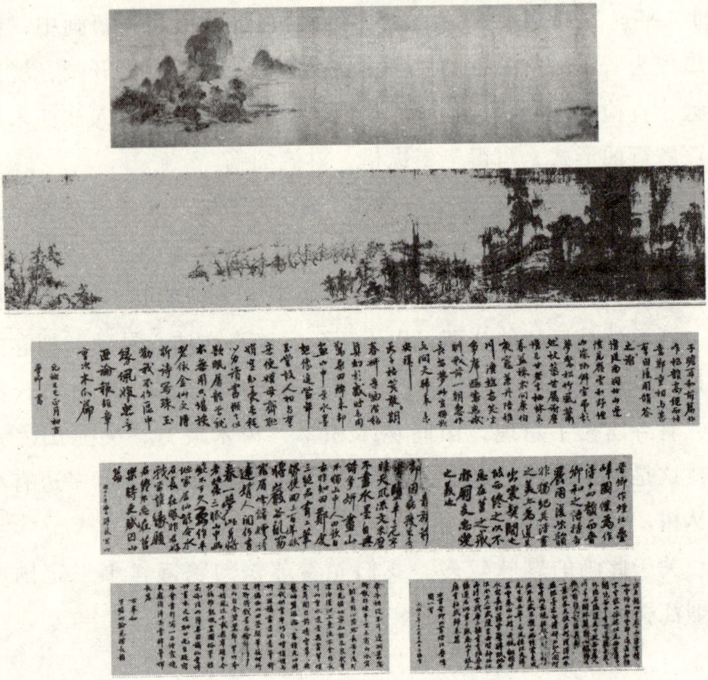

图九 （宋）王诜《烟江叠嶂图》

诗的前十二句描写画中山水的奇姿美景：诗人描写层岩叠嶂，积翠浮空；飞泉赴谷，渔舟飘江；小桥野店，依倚山前。笔力高迈遒劲，摹写神妙，色彩斑斓，曲尽其致。中间四句点出以上描写的是画中风景并道出归隐之意。后十二句又由画景生发，描写黄州四时之真景，有如世间桃源。全诗洋洋洒洒十四韵，写得波澜起伏，气势如烟云卷舒，读来令人神往。这正与画图长篇巨制的规格，崇山叠嶂、云烟氤氲的气象和谐一致。故胡应麟观此诗有"俊逸豪丽，自是宋歌行第一手"①的感慨。苏轼此诗后，王诜

---

① 《诗薮》，第212页。

继和《奉和子瞻内翰见赠长韵》，苏轼再题《王晋卿作烟江叠嶂图仆赋诗十四韵晋卿和之语特奇丽……朋友忠爱之义也》，王诜再和《子瞻再和前篇非惟格韵高绝而语意郑重相与甚厚因复用韵答谢之》。诗人和画家的这两度诗歌往来唱和，又开启了此后蔡肇《烟江叠嶂图》、张九成《读东坡叠嶂图有感因次其韵》的题咏。综观上述数首关于王诜《烟江叠嶂图》的题咏，不仅在篇幅上因是依苏轼诗韵而从客观上注定了诗歌的长篇形制，且细细体会各诗，王诗感慨身世并述说画图创作情形，蔡诗由画景而及真景的描绘，张诗由画中山水而回忆往昔的游览经历，篇篇都是用笔俊爽而"语特奇丽"、气势雄放之作，这样，不仅在形制上，而且在风格上，题诗与原画都达成了谐调一致。南宋王春阳曾效仿王诜《烟江叠嶂图》而画山水并题诗其上，方回在《题王春阳效王晋卿山水图》中说："烟江叠嶂子能学，都尉后身王姓同。诗画惊逢两奇丽，赏音吾愧玉堂翁"。① 不仅看到了王春阳画作与题诗"两奇丽"的风格特色，也肯定了苏轼与王诜诗与画的和美一致。

此外，又如南宋黄大受的《江行万里图》诗：

> 雪山西来接海白，天之所以限南北。谁人胸里着舆图，挥斥荆吴入绡墨。浓浓淡淡两岸山，烟波弥茫江面宽。水空漠漠鸟飞绝，渐看渐远天漫漫。客舟沂流先后去，风帆饱腹如飞舞。有时小艇绝波来，不知何处横江渡。钟山隐隐开金陵，雨花台前留玉京。汀洲劣处小孤出，垂杨绿引浔阳城。蕲黄紫翠照卷雪，武昌楼台半明灭。周郎赤壁杳难凭，洞庭寒烟蒙孤月。西江耿耿沙箍清，三十六湾斜照明。黄陵庙深楚山阔，九疑成削黏天青。我来展轴惊快睹，恍然对面水仙

---

① 《全宋诗》卷三五〇四，第66册，第41807页。

府。片时行尽江南天，吊古何劳出门去。南巡真人忘却归，
轩辕龙去眇难追。咸池曲绝谁奏乐，风雨啼痕满竹枝。六朝
虎士工设险，蹴踏沧波当挥剑。血流不惜惜江流，肯放飞埃
过天堑。滥觞曾闻荡雍丘，楫声若为空悠悠。江声至今恨不
尽，柂白万古英雄头。两阶干羽享波后，八公草木今健否。
长安正在碧云边，斜日西风重回首。①

　　诗人借助画中景物驰骋联想和幻想，生动而有气势地铺叙出长江
中下游广大地域的壮丽景色，进而抒发故土沉沦、英雄报国无门
的悲愤。诗人将画境、实景、幻境融合，神话传说、历史典故与
南宋时事融而为一，表达出充沛的爱国激情与深沉的今昔感慨。
诗歌气势雄浑，意境壮阔深远。从北宋后期到南宋，画坛上曾先
后出现过王希孟的大青绿长卷《千里江山图》（图一〇，北京故
宫博物院藏）、夏圭的水墨长卷《长江万里图》以及赵芾的水墨
长卷《江山万里图》。虽然我们不能确定黄诗所题咏的是哪一幅
画卷，但可以肯定的是，正是画家们创作了这些气势磅礴、意境
壮丽的全景山水图，激发出诗人内心对祖国河山的无限热爱之
情，从而挥洒出如此悲壮感人的题咏巨制。② 从中我们也可明确
感受到这种诗境与画境的相应相谐。

　　宋代题山水画诗中，此类长篇巨制很多。考察这些题画诗所
题咏的山水画，则无一不是气势宏伟、意境邈远之作，充分体现
出题画诗与原画在风格上的一致性。如曾巩《山水屏》60 句，
韩维《孔先生以仙长老山水略录见约同游作诗答之》42 句，郭
祥正《九疑山图》32 句，张舜民《京兆安汾叟赴辟临洮幕府南
舒李君自画阳关图并诗以送行浮休居士为继其后》48 句，黄庭

　　① 《全宋诗》卷三〇三〇，第 57 册，第 36090 页。
　　② 参陶文鹏《唐宋诗美学与艺术论》，南开大学出版社 2003 年版，第 205 页。

图一〇 （宋）王希孟《千里江山图》

坚《答王道济寺丞观许道宁山水图》44 句，程俱《题蒋永仲蜀道图》34 句，王洋《路居士山水歌》62 句，楼钥《桃源图》50句，陈文蔚《徐敬甫出示所居之别墅南岩图并诸公题咏欲予同作为赋长韵》44 句，刘宰《观瀑布图》40 句，杜应然《融州老君洞救赐真仙岩之图》52 句，黄庚《题东山玩月图》50 句等。其中，这种以长诗配大画的特性尤其突出地在以下三种情况中表现出来：一是同一诗人题咏同一幅画作的多首题诗，均为长篇。如苏辙《题王诜都尉画山水横卷三首》，每首都是 28 句；李纲《次韵和虞公明察院赋所藏李成山水》44 句，后又作《再次前韵》诗，也是 44 句。二是不同的诗人题咏同一幅画作，均为长篇。以上诸人题咏王诜的《烟江叠嶂图》即是。又如孔平仲和张励同题张公翊的《清溪图》，孔诗 29 句（《题清溪图》），张诗40 句（《题张公翊清溪图》）；华镇和张表臣题咏高邮寺曹仁熙的画水壁，华诗为 40 句（《水壁》），张诗为 28 句（《观高邮寺壁曹仁熙画水》)。三是有些诗人擅长根据所题画图而作长篇题咏。如华镇《徐元立出示李父龙角水壁诗邀予继作因成长篇》62句，《题桃源图》68句；李纲《畴老修撰所藏华岳衡岳图·华岳》30句，《畴老修撰所藏华岳衡岳图·衡岳》30句，《题伯时明皇蜀道图》32句，《题唐氏所藏崔白画雪中山水》48句；方回《题郭熙雪晴松石平远图为张季野作是日同读杜诗》32句，《题郎川纪胜图》38句。由此看来，面对长卷或巨幅的全景山水画，宋人似乎觉得非长篇题咏不足以表其意、尽其情。

虽然长篇题山水画诗在唐代就已出现，但总的来说，作者既少，数量也不多。30句以上者，仅见李白《当涂赵炎少府粉图山水歌》（30句）、杜甫《奉先刘少府新画山水障歌》（36句）、韩愈《桃源图》（38句）、徐光溥《题黄居寀秋山图》（58句）四首。当然，这并非唐代较少气势宏大之山水画。恰恰相反，唐代及唐以前的山水画图大都是规模较大之山水画障与壁画，而小景山水的出现与发展则是宋以后的事情了。由此可见，在题诗与原画篇幅与风格的和谐一致上，宋人要较唐人敏感成熟得多。

二　小景画的题咏

下面我们来看宋代的小景画题诗，以充分感受宋代诗人在题画时是如何根据画图的形制和风格确定题诗的篇幅和风格的（当然，这种特色的得来也许并非是诗人有意为之，而只是不期然而然的一种自然体现）。

关于小景画的由来，我们先大体看看宋代的画学分科。从几部重要的画学著作来看，北宋郭若虚《图画见闻志》（书成于1074年）分人物、山水、花鸟、杂画四门；刘道醇《圣朝名画评》（书成于1080年前后）将画分为六门：人物、山水林木、畜兽、花竹翎毛、鬼神、屋木；《宣和画谱》（书成于1123年前后）分为十门：道释、人物、宫室、番族、龙鱼、山水、畜兽、花鸟、墨竹（小景附）、蔬果（药品、草虫附）；南宋邓椿《画继》（书成于 1167 年）分为八门：仙佛鬼神、人物传写、山水林石、花竹翎毛、畜兽虫鱼、屋木舟车、蔬果药草、小景杂画。墨竹在北宋文同、苏轼等文人倡导下渐趋兴盛，《宣和画谱》将之单独列出，小景先是附于其后，而到《画继》小景则与杂画共立一门。可见，小景画在宋代是一项新兴门类，而且由北宋到南宋渐成规模。《宣和画谱》编者及《画继》作者邓椿，则显然试图在其书中给小景画以适当的定位。

所谓"小景"，指画幅尺幅较小，也有指景致较为简约清旷之意。如《宣和画谱》说："布景致思，不盈咫尺而万里可论，则又岂俗工所能到哉。画墨竹与夫小景，自五代至本朝，才得十二人"[①]；又郭熙《林泉高致》云："画山水有体，铺舒为宏图而无余，消缩为小景而不少"[②]，其所谓"小景"，都应是指尺幅较小之作品。在画作风格上，与北宋前半期流行之描绘大山之"全景"的山水画相对，"小景"一般用以指笔致较为清简之作（山水画之"全景"和"小景"，与花鸟画中的"全株"与"折枝"的发展类似）。如《图画见闻志》就说惠崇"工画鹅雁鹭鸶，尤工小景，善为寒汀远渚，萧洒虚旷之象，人所难到也"[③]；《画继》载王诜"小景亦墨作平远，皆李成法也"，说高焘"作小景自成一家，清远静深，一洗工气，眠鸭浮雁、衰柳枯卉，最为珍绝"，载倡导小景山水的赵士遵"其笔超俗"[④]，他们的小景画都具体地呈现出简约清旷的特色。

宋代小景画颇为流行，善于小景画的画家很多。除以上所述惠崇、高焘等人外，又如《图画见闻志》记载仁宗朝翰林待诏

① 《宣和画谱》卷二十《墨竹叙论》，第 247 页。
② 《林泉高致·山水训》，第 65 页。
③ 《图画见闻志》卷四，第 61 页。
④ 《画继》卷二，第 9 页；卷三，第 21 页；卷二，第 8 页。

高克明"工画山水，采撷诸家之美，参成一艺之精，团扇卧屏，尤长小景"①；《画继》说智永"成都四天王院僧，工小景，长于传模"，任源"作枯木怪石，又作小景，粗可观"，鲍洵"工花鸟，尤长布景，小景愈工"，马贲"长于小景"②；《画继补遗》载杨士贤"郭熙门弟子，工画小景山水"，杨公杰"画小景禽鸟，甚得幽闲之趣"，王宗元"专学惠崇作池塘小景，颇有野趣"③。就具体画作而言，《宣和画谱》著录的就很多，如王诜《屏山小景图》、刘瑗《小景墨竹图》、巨然《林石小景图》、赵士雷《春江小景图》、徐熙《小景野鸭图》、徐崇嗣《晴江小景图》、易元吉《小景獐猿图》、赵令穰《小景图》等。当然，这些画作并不一定在画家创作时就名为"小景"，其中有很多可能是《宣和画谱》的编者在录入时根据画图内容和情形而命的名，但不管是哪种情况，都足以说明小景画在北南宋之际已颇为时兴了。南宋的山水画小景如册页、团扇之类作品更是十分发达，且大部分和实用工艺相联系，有的用于团扇，有的用于灯片、窗纱，有的用于节日的灯会、彩棚，等等。宫廷画院制作的这种小景画尤多，且大多以画山水为主。④ 画院画家阎次平的"小景"，高宗还曾亲自题诗："西来白水满南池，走马池边日暮时；桥底荷花无限思，幽情乞与路人知。"⑤《画继》中还有皇室成员倡导日用小景山水的记载："士遵，光尧皇帝皇叔也，善山水。绍兴间一时妇女服饰及琵琶、筝面，所作多以小景山水，实唱于士遵。然其笔超俗，特一时仿效宫中之化，非专为此等作也。"⑥

① 《图画见闻志》卷四，第53页。

② 《画继》卷五，第38、42页；卷六，第53页；卷七，第57页。

③ 《画继补遗》卷下第11、12、14页。

④ 参见陈传席《中国山水画史》，第189页。

⑤ 《南宋院画录》卷四引《珊瑚网》，第68页。

⑥ 《画继》卷二，第8页。

又，严粲《次韵宴坐画图》诗说："俗间重小景，局促无奇特。"[1] 虽对这种小景画的世俗化发展不无贬抑，但从中亦可见出小景画的日趋繁盛之势。

一般说来，小景画可视为尺幅较小的山水画，应归属山水画。"景"字之意义，本身就标指与山水之关系；考察以上所列文献中有关作品内容或画名的记载，亦然。但小景中点景的内容多水禽（亦有走兽，但较少见），它们在画面中又具有较重分量，这样的汀渚水鸟小景画在宋代亦十分多见，如徐熙《小景野鸭图》、王宗汉《荣荷小景图》等，在画科上就已处于山水与花鸟之间（亦可归属于花鸟画），本书不作过多纠缠，凡以"小景"名画者，则一并纳入考察范围。

小景画在宋代兴起并渐呈蓬勃之势，宋代诗人所题咏的画作中小景画十分常见就不足为怪了。据笔者初步统计，宋代传世之题"小景"画诗有42题56首。黄庭坚、晁补之、汪藻等大诗人都有题诗传世。回到我们所要讨论的问题，这些小景画题诗是如何与清旷幽远之小景画在形制和风格上取得谐调一致的？

前面我们已经考察，宋代题咏巨幅或长卷山水画的诗歌亦多是长篇巨制。那么题咏小景的诗歌形制如何？以下数据就颇能说明问题。

表九　　　　　　　　现存宋人题小景画诗形制

形制	题	首
四句	31	44
八句	6	7
十六句	2	2

---

① 《全宋诗》卷三一二九，第59册，第37394页。

形制	题	首
二十句	1	1
三十句	1	1
四十六句	1	1
合计	42	56

可见，在 42 题 56 首题小景画诗歌中，仅四句者就达 31 题 44 首之多，另还有 6 题 7 首也是八句的短篇。长诗仅 5 首，且我们若考察其中之冠——共四十六句的李流谦《题宇文叔昭阅斋斋名予所榜也有王正卿画四时小景》诗①还会发现，此诗形式上虽为一首，但实为诗人题咏友人斋壁的四幅壁画而作，若将此诗按一般题画诗的规则一分为四，也就不算长了。因此，我们完全可以说，宋代诗人在题咏小景画时，多用短制，这就从篇幅上使题诗与原画取得了和谐一致。

至于宋人题小景画诗的内容和风格与原画的对应关系，我们先看宋人题赵令穰的小景画诗。赵令穰，字大年，生卒年不详，宋太祖赵匡胤五世孙，活跃于神宗、哲宗时期，善书画，又"有美才高行，读书能文"②，其小景画驰名于宋，"士大夫家往往有之"③。《宣和画谱》说其画"自有得意处，雅为流辈之所贵重"④；沈括《图画歌》云"小景惠崇烟漠漠"，直接以"小景"冠其名；杨万里《题刘子远宴坐画图楼》"大年小景真儿戏，郭熙远山闲故纸"，说他画小景犹如儿戏般得心应手；蔡戡《王东卿惠墨戏副之以诗因次韵谢之》"近时画手说超然，小景

---

① 《全宋诗》卷二一一四，第 38 册，第 23883 页。
② （宋）李廌：《德隅斋画品》之《赵令穰画》，《画品丛书》本，第 165 页。
③ 同上。
④ 《宣和画谱》卷二十，第 250 页。

仍推赵大年"，更是将其推为小景画的至尊。宋代题画诗中亦多见题赵大年小景画者，如：

生长深宫不识山，骚人一见便开颜。分明记得经行处，青草湖边第几湾。（张舜民《题赵大年小景》）①

渭曲山阴到者稀，浮休一见便开眉。客来不必多嗟赏，自古词人是画师。（张舜民《题赵大年奉议小景》）②

水色烟光上下寒，忘机鸥鸟恣飞还。年来频作江湖梦，对此身疑在故山。

轻鸥白鹭定吾友，翠柏幽篁是可人。海角逢春知几度，卧游到处总伤神。（黄庭坚《题宗室大年画二首》）③

忽惊坐上江天渺，半幅鹅溪写霜晓。风低黄芦潮欲到，平沙无人喧宿鸟。而来着眼应万里，开卷尺余那尽了。须知王孙寄笔力，平日气吞云梦小。故将点缀调儿辈，不待淋漓翻墨沼。滕王蛱蝶往谁并，曹霸骅骝今已少。坐令好事费百金，窗几短屏横轴绕。君家此本传几世，羁客见之先绝倒。江头历历旧行处，好在渔矶落寒潦。浮家泛宅归去来，还看飞鸿卧林杪。（汪藻《题大年小景》）④

霜轻榆柳未全黄，两岸菰蒲洲渚长。鸥鸟背人飞扑潊，西风尝是入斜阳。

---

① 《全宋诗》卷八三六，第14册，第9693页。
② 同上。
③ 《全宋诗》卷一〇一七，第17册，第11597页。
④ 《全宋诗》卷一四三七，第25册，第16557页。

一行白鹭过前山，飞去沙鸥半复还。更有精能君见否，黄鹂两两绿杨间。（赵孟坚《题赵大年小景》）①

　　三株五株依岸柳，一只两只钓鱼船。水天鹈鹕斜飞去，细草平沙兴渺然。（舒岳祥《题赵大年小景》）②

　　江头古树片叶无，槎牙老龙爪角枯。风含雪意天欲晚，冻栖不动鸲鸰满。翩翩四翼来何迟，睥睨欲泊无空枝。写生贵活意独到，明朝嘈杂听渠噪。（艾性夫《题赵大年奉议小景》）③

　　虽然这些诗歌所题咏的原画今已不存，但根据以上诗中对于画景的描绘我们可以推知，其小景画多是写湖天渺茫的平远之景，或有依稀岸柳点缀，或有三两鸥鸟往还。这与画学史书中关于其画作的描述也正相吻合，如米芾《画史》说其"作小轴清丽，雪景类世所收王维，汀渚水鸟，有江湖意"④；《宣和画谱》说其"画陂湖林樾烟云凫雁之趣，荒远闲暇，亦自有得意处"⑤；《画继》亦评"其所作多小轴，甚清丽。……又学东坡作小山丛竹，思致殊佳"⑥；董其昌《画禅室随笔》也说："赵大年令画平远，绝似右丞，秀润天成，真宋之士大夫画"，"使人玩之不穷，味外有味可也"⑦。可见，汀渚水鸟之景、清丽幽雅之境是其小景画的特色（如图一一，台北故宫博物院藏）。

---

①　《全宋诗》卷三二四一，第61册，第38683页。
②　《全宋诗》卷三四四三，第65册，第41021页。
③　《全宋诗》卷三六九九，第70册，第44394页。
④　《画史》，第41页。
⑤　《宣和画谱》卷二十，第250页。
⑥　《画继》卷二，第5页。
⑦　《画禅室随笔》卷二，第110页。

图一一　（宋）赵令穰《柳亭行旅图》

　　而从上述题画诗来看，诗人亦多描写画中清幽景致，表达一种清淡闲雅之情，如张舜民写自己见画作而思平日经行的青草湖畔之景，不禁心旷神怡（"开颜"、"开眉"）；黄庭坚则写自己内心淡淡的乡愁，眼前水色烟光、鸥鸟往还之景使诗人觉得自己仿佛置身于故乡的山上；汪藻见画上浩渺江天、黄芦水鸟之景而思归隐林泉；赵孟坚、舒岳祥、艾性夫诗则都以画面景致为主，写得简约清丽，闲兴翩然。

　　再如宋代诗人题咏惠崇的小景画诗。惠崇是宋初九僧之一，工诗善画，尤擅描绘水乡景色，并点缀鹅、鸭等小动物。《图画见闻志》说他："工画鹅雁鹭鸶，尤工小景，善为寒汀远渚，萧洒虚旷之象，人所难到也。"① 在小景画的创作上，他与赵令穰齐名于宋。宋末舒岳祥《题周梅所藏小景画卷》诗还有"惠崇不作大年死，惆怅江湖春水多"的感叹。与其画作中寒汀远渚、潇洒虚旷之象相对应，题咏其小景画的诗作亦大多写得清雅高绝。如李之仪《惠崇扇面小景二绝》：

> 耳冷无人唱竹枝，归心惟有梦魂知。杨花扑地烟波阔，犹记征帆欲卸时。
>
> 风高雨暗不成群，欲下还飞似畏人。已是却寻归去路，江南休笑水如春。②

吴则礼《题惠崇小景扇（二首）》：

> 惠崇桃坞鹅鸭，春老不画风烟。看取团团璧月，中吞万里江天。
>
> 绿鸭白鹅并戏，桃花不隔苍烟。乌去自攀孤影，断魂春水连天。③

许及之《题惠崇小景》：

> 寒林几吹折，冻柳不胜垂。老去机心熟，惊鸥莫浪疑。
> 崔嵬吾肺腑，面目似庐山。江上风涛稳，扁舟得往还。
> 舒徐春昼永，取次小桃红。独爵把枝稳，矜呼立晚风。
> 两蛙随步武，先后得位置。不作渴雨鸣，岂不贤鼓吹。④

---

① 《图画见闻志》卷四，第 61 页。
② 《全宋诗》卷九七三，第 17 册，第 11282 页。
③ 《全宋诗》卷一二六九，第 21 册，第 14324 页。
④ 《全宋诗》卷二四五五，第 46 册，第 28400 页。

此外，大诗人苏轼的那首题画名篇《惠崇春江晚景》则更是人尽皆知。

三 着色山水与水墨画的题咏

以上我们从全景山水与小景画的题咏分析了宋代题山水画诗与原画在形制和风格上的和谐性。这种题诗与原画的和谐不仅体现在形制和风格上，还体现在色彩的表现上。

大体说来，如果题咏的是着色山水，则诗笔艳丽；如果是水墨画，则诗笔清淡。如王安中《题赵大年金碧山水图》，诗人看赵大年的画，想象是女娲炼石补天时"石破压天天柱折"，于是"五色堕地金嵯峨，六鳌跨海吹银波。扶桑玉虹下天半，贝阙珠宫紫云满。桃花笑作十洲春，刘郎此地闻鸡犬"①，诗中"金"、"银"、"玉"、"珠"、"紫"等色彩词连用，真可谓五彩斑斓。又如李纲《与叔易弈不胜赋着色山水诗一首》：

> 将军思训久为土，龙眠道人亦已亡。谁将丹青写山水，
> 入我宴坐虚明窗。峰峦回复吐云气，林木窈窕笼烟光。丹枫
> 半落天雨霜，渔舟招招静鸣榔。野桥岩寺递隐见，浦花汀草
> 何微茫。江边落日尚返照，山头正作金色黄。萦青缭白有余
> 态，却笑水墨无文章。画工画意不画物，咫尺应须千里长。
> 具区约略贯苕霅，赤岸仿佛通潇湘。安得仙翁一叶艇，使我
> 超忽穷江乡。②

峰峦、云气、林木、烟光、丹枫、白霜、浦花、汀草、落日、彩

---

① 《全宋诗》卷一三九三，第 24 册，第 16012 页。
② 《全宋诗》卷一五六八，第 27 册，第 17798 页。

霞，意象迭出，色彩缤纷，让人眼花缭乱。周密《题小李将军着色山水》："群山积古翠，空谷满白云。远溜从何来，飞玉声磔磔。东风入千岩，花雨红缤纷。何人卜深隐，结屋苍崖垠。浩然山林思，高谢朝市氛。咏歌归来篇，赘甚钟山文。"[①] 同样写得五彩缤纷。而如苏轼"正赖天日光，涧谷纷斓斑"（《书王定国所藏王晋卿画着色山二首》），曾肇"红泉碧涧春风里，尚记麻源谷口山"（《题王晋卿所藏郑虔着色山水图》），寥寥数语便也已是色彩纷呈了。

以上说的是着色山水画的题咏，那么水墨画呢？我们先看陈师道《沈道院有水墨壁画奇笔也惜其穷年无赏之者贾明叔请余同赋》："壁间水墨画，为尔拂尘埃。草树精神出，溪山气势回。路从沙觜断，人自渡头来。莫怪知音少，牙弦匣不开。"[②] 诗人描写画中草树、溪山、渡口、行人之景，用笔清简，而不着一色。又如崔鸥《江月图》：

> 冥冥一叶轻，不知水与天。独于颢气中，仰见素璧圆。超然狂道士，起视清夜阑。自拈白玉笛，吹此江月寒。想当万籁息，逸响流空烟。我从江海来，形留意先还。何当买鱼篷，追此水墨仙。[③]

展现的是月光朗照下水天一色的清旷之景，淡雅而空灵。方回《题王起宗小横拔水墨作工密势》："秋光一片冷于冰，山寺云深隐几僧。画出江村太平意，渔樵无事岁丰登"[④]；《题王起宗大横

---

① 《全宋诗》卷三五五六，第 67 册，第 42504 页。

② 《全宋诗》卷一一九，第 19 册，第 12746 页。

③ 《全宋诗》卷一一九二，第 20 册，第 13479 页。此诗《全宋诗》卷二〇四四（第 37 册，第 22969 页）又作林之奇诗。

④ 《全宋诗》卷三五〇四，第 66 册，第 41815 页。

披水墨作远淡势》："卧龙峰下草庐幽，门外桥横水自流。潇洒王郎只数笔，淡云疏树一天秋。"① 与画面风格一样，题画诗也写得十分清淡。此外，如李石《题师永锡知县画老竹枯木二首》，孙介《答僧道隆惠老融水墨一纸》，杨万里《题文发叔所藏潘子真水墨江湖八境小轴》、《戏题郡斋水墨坐屏二面二首》、《戏题水墨山水屏》，陆文圭《题郑子实秋溪钓雨图》，也都是风格淡雅的小诗。

虽然，这种题诗与原画在色彩表现上的和谐在很大程度上是山水画本身的色彩所致，但亦与诗人有意为之密切相关。因为墨色是五色的代表，诗人完全可以凭借丰富的想象将水墨画所表现的世界还原成一个个色彩缤纷的现实场景，且从传世之作来看，宋及宋以前的着色山水画实际的色彩表现也远不如题画诗所表现的那样丰富多彩。

综上所述，我们可以得出如下结论：如果题咏的是巨幅或长卷的全景山水，诗人多用长篇歌行的形式，写得笔墨纵横，淋漓酣畅，显出雄浑豪放的风格；而如果题咏的是小景画，则多用小诗体裁，笔致清新、轻灵，写得淡雅高绝。如果题咏的是着色山水，则诗笔艳丽；若是水墨画，则诗笔清淡。这种题诗与原画在形式和风格上表现出来的和谐一致，使诗与画相辅相成，相得益彰，充分体现出宋人成熟精深的艺术眼光。

第三节　宋代题山水画诗的艺术手法

一　想象

艺术创作离不开想象，诗歌如此，绘画亦然。绘画作为视觉

---

① 《全宋诗》卷三五〇四，第66册，第41815页。

艺术，其所长在于艺术形象写实、逼真、鲜明，使人直接可感。但若是过分拘泥于写实，就难以给人留下想象余地，而导致作品韵味不足。故而有识见的画家极为强调艺术的想象，顾恺之所谓"迁想妙得"①，荆浩图画六要中的"思"②，苏轼之"妙想实与诗同出"（《次韵吴传正枯木歌》），都是对绘画创作中想象作用的肯定。画家自己发挥想象并将想象融入表现对象的内部去还不太困难，而难的是还要在画作中留给观赏者以想象的天地。嵇康《赠秀才入军》有"目送归鸿，手挥五弦，俯仰自得，游心太玄"四句，顾恺之深有体会地说："画'手挥五弦'易，'目送归鸿'难。"③ 除"目送"属连续性动作而非表现"瞬间"这一原因之外，还在于难以给观赏者留下想象余地。

对于题画诗作者来说，他首先是画作的鉴赏者，然后才是诗歌的创作者。因而他首先要能理解画家创作时的艺术想象，以充分把握画作之意。如梅尧臣"想象得风度，纤悉右衣裙"（《咏王右丞所画阮步兵醉图》），陈造"暄寒流覆绝壁，君才得想象间"（《题寒光雪嶂图》），都是对画家创作过程中的想象运用的深刻领悟。只有这样，诗人才能在以诗咏画时，化画境为诗情、诗境，并发扬诗歌驰骋想象的特长，对画面上的形象再作创造性的补充、发挥、引申；或以以虚写实的方式，把具体、逼真、写实、精确的画境，化为空灵、朦胧、飘逸、似真似幻的诗境，使"诗家之景，如蓝田日暖，良玉生烟，可望而不可置于眉睫之前也"。④ 试看释德洪《汪履道家观所蓄烟雨芦雁图》：

---

① （东晋）顾恺之：《魏晋胜流画赞》，《中国画论类编》上卷，第347页。

② （五代）荆浩：《笔法记》，《历代论画名著汇编》，第49页。

③ 《巧艺》第二十一，（南朝·宋）刘义庆：《世说新语汇校集注》，梁刘孝标注，朱铸禹汇注，上海古籍出版社2002年版，第605页。

④ （唐）司空图：《与极浦书》引戴叔伦语，《司马表圣文集》卷三，《四部丛刊初编》本。

西湖漠漠生烟雨，浦浦圆沙凫雁聚。今日高堂素壁间，忽见西湖最西浦。翩翩两雁方欲下，数只飘然掠波去。独余一只方稳眠，有梦不成亦惊顾。萧梢碧芦秋叶赤，青沙白石纷无数。我本江湖不系舟，尔辈况亦江湖侣。令人便欲寻睿郎，呼船深入龙山坞。①

诗人描写画中烟雨迷蒙之湖滨秋景，尤其生动地描绘了其中的群雁形象。两雁翩翩欲下，数只掠波而去，还有一只正在酣睡中的雁，因受到惊动，梦也做不成了，而掉头惊视。这"独余一只方稳眠，有梦不成亦惊顾"，就是诗人依画景而生的想象，扩展了读者的想象空间，显得极有意趣。又如范成大《李次山自画两图其一泛舟湖山之下小女奴坐船头吹笛其一跨驴渡小桥入深谷各题一绝》其一：

船头月午坐忘归，不管风鬟露满衣。横玉三声湖起浪，前山应有鹊惊飞。②

首二句，写小女奴不管夜风吹乱发鬟，也不管露水沾湿衣裳，"月午"时依然独坐船头，久久不愿归去，"久忘归"的深层心态，画家是难以表现的，完全是由诗人想象所致。末二句，诗人进一步展开想象，声声玉笛在湖面回荡，震起阵阵微波，笛声、水声交织，前山的睡鹊一定会受惊而飞了，更是写出了画中所没有的境界。画中实无此境，而诗人意中却有此事。宋人题山水画诗中多用这种手法。又如：

---

① 《全宋诗》卷一三二七，第23册，第15064页。
② 《全宋诗》卷二二五一，第41册，第25835页。

此间应有神仙语，先向图中试一听。（许必胜《题画》）

应有采芝人，相期烟雨外。（朱熹《题可老所藏徐明叔画卷二首》）

知他春树深多少，应有清猿在里啼。（徐玑《题陈西老画蜀山图》）

疑闻钟声起晻霭，似有帆影来微茫。（刘克庄《郭熙山水障子》）

舟中贾客莫浪喜，山上高人解笑汝。（赵文《海山图二首》）

青山绿树蔽层楼，应有高人隐一丘。（陈深《题山水扇》）

诗人浮想联翩，笔势开拓，以想象的手法，补充、引申了画面的景物和形象，增加了诗歌的深厚韵致，让人回味无穷。晁补之说"诗传画外意，贵有画中态"（《和苏翰林题李甲画雁二首》），以上诗人凭借丰富的想象，更是写出了画中所没有的景物意态，延展了画作的意蕴。

宋代的题画诗人飞腾奇妙的想象，在上天入地的精神漫游中，还给诗歌增添了许多浪漫的神话色彩。如苏轼《李思训画长江绝岛图》：

山苍苍，水茫茫，大孤小孤江中央。崖崩路绝猿鸟去，惟有乔木攙天长。客舟何处来，棹歌中流声抑扬。沙平风软望不到，孤山久与船低昂。峨峨两烟鬟，晓镜开新妆。舟中贾客莫漫狂，小姑前年嫁彭郎。[①]

诗的前部就画景展开描绘，依据想象把静态的画面还原成动态的

① 《全宋诗》卷八〇〇，第14册，第9265页。

景致，如同一首优美的游览诗。诗人俨然身在画境，置身小舟，随船在江上低昂浮泛，棹歌抑扬，风柔波静，宛若仙境。末尾诗人又依势运用想象，将优美的画景画象与民间神话故事融为一体，用插科打诨的手法，故意把小孤山说成"小姑"，把澎浪矶说成"彭郎"，使诗篇染上一层浪漫色彩，意趣盎然，充分表现出诗人丰富的艺术想象力。我们再看楼钥《海潮图》：

> 钱塘佳月照青霄，壮观仍看半夜潮。每恨形容无健笔，谁知收拾在生绡。荡摇直恐三山没，咫尺真成万里遥。金阙岧峣天尺五，海王自合日来朝。①

这首题诗写画中钱塘江秋潮。诗的前四句，点出画意：写秋月朗照碧空，海潮涌来时，潮头壁立，波涛汹涌之壮观景象；而这奇伟的景象，诗笔无法形容出来，却让画笔描绘在生绡上。后四句，具体写海潮而又不离画意，诗人夸张地写道：海潮汹涌激荡仿佛要把三座仙山吞没，咫尺画面成了辽阔万里的大海；诗人又想象波涛汹涌的海潮涌起，是海王在向天子之宫阙朝拜。诗中既具体写海潮之壮观，又给人神奇之感，真幻结合，虚实对照，想象丰富，气势豪迈，闪射出浪漫主义的奇异色彩。又如释居简《云天瑞所藏李唐风雨图》和刘克庄《关仝骤雨图》，两诗同写画中暴风骤雨之象，前者以天柱折、昆仑颠、潜蛟勇斗渲染，后者则以蛰龙起、瓠子决、银河溢作比，融合神话传说，想象大胆奇特，有力地烘托出画家笔下暴风雨的磅礴气势，进一步丰富了画境。此外，李纲《畴老修撰所藏华岳衡岳图·衡岳》、刘宰《观瀑布图》等诗，都体现出诗人上天下地、出凡入俗的想象飞腾。

---

① 《全宋诗》卷二五四五，第 47 册，第 29474 页。

当然，诗人在题画诗的创作过程中的这种想象尽管是"精骛八极，心游万仞"超时空地活动着，但决不是漫无边际、毫无羁束地神游，它是超离于画面形象之外而又依托于画面形象的。郭熙《林泉高致》："春山烟云连绵人欣欣，夏山喜木繁阴人坦坦，秋山明净遥落人肃肃，冬山昏霾翳塞人寂寂。看此画令人生此意，如真在此山中，此画之景外意也。见青烟白道而思行，见平川落照而思望，见幽人山客而思居，见岩扃泉石而思游。看此画令人起此心，如将真即其处，此画之意外妙也。"①看山水画，能使人生出"景外意"、"意外妙"，这种"景外意"与"意外妙"就是景与情随、境与兴会引发的象外之象与景外之景，画家为观赏者（诗人）提供了一种无限的精神空间，诗人依此而驰骋想象，正是在这里，诗境与画境交合，补充延展着画境而又与画境相得益彰。

二　象征

诗人在观赏题咏画作的过程中，文化上知识分子的道德教养与文学上的比兴感物传统很容易结合起来，而把画中的山水景物当成某种情志的象征或将之人格化，以更好地托画咏怀。

宋代文化高度发达。随着宋人文化生活的丰富和人文修养的加强，传统文化中的人文精神在宋代诗画中得到了空前的张扬。在人文文化的长期陶融与主体精神的强烈外射之中，宋代诗画中的自然意象亦多带上了人文性的象征意义。杨万里《诚斋诗话》云："杜《蜀山水图》云：'沱水流中座，岷山赴北堂。白波吹粉壁，青嶂插雕梁。'此以画为真也。曾吉父云：'断崖韦偃树，小雨郭熙山。'此以真为画也。"②可谓切中了唐宋诗画艺术精神

---

① 《林泉高致·山水训》，第68页。
② 《历代诗话续编》本，第148页。

之肯綮。"以真为画",即将自然之物人文化,是宋人极普遍的一种兴味。胡晓明先生则直接将宋诗精神概括为"对象世界的人文化"。①

这种自然意象的人文化,在宋诗中最典型的莫过于梅和竹了。在宋人心中,梅、竹已然成为一种典范的人格气节的象征。如林逋有"疏影横斜水清浅,暗香浮动月黄昏"(《梅花》)之句,苏轼说其"先生可是绝俗人,神清骨冷无由俗"(《书林逋诗后》)。宋末遗民诗人谢枋得亦云"天地寂寥山雨歇,几生修得到梅花"(《武夷山中》),梅花由自然物象化为人的精神品格,甚至已转换为忠贞高洁的民族气节的象征。苏东坡喜竹成癖,留下"无肉令人瘦,无竹令人俗"(《于潜僧绿筠轩》)的千古名句,王安石"人怜直节生来瘦,自许高材老更刚。曾与蒿藜同雨露,终随松柏到冰霜"(《华藏院此君亭咏竹》),陆游"挺节冰霜后,论交岁月长。心空无宠辱,时异有行藏"(《余得芦竹拄杖……作五字唐律记之》),魏了翁"烈日严霜恣挟持,孤标荦荦肯随时。笑看世上闲桃李,一夕狂风失令姿"(《将作监栽竹徐直翁清叟俾予书植贤亭三大字以诗见贻》),都是以竹喻品质气节。

梅、竹之外,又如在苏轼笔下,"青山偃蹇如高人,常时不肯入官府。高人自与山有素,不待招邀满庭户"(《越州张中舍寿乐堂》),自然山水俨然一副谦谦君子的模样。在陆游心中,"江山重复争供眼,风雨纵横乱入楼"(《南定楼遇急雨》),眼前的山水又已变成一幅大千世界的众生造像。杨万里《过横山塔下》:"六年三度过兰溪,总是残春首夏时。最感横山山上塔,迎人东去送人西。"赋予景物以人的性格,灵动亲切。陈与义"雨意欲成还未成,归云却作伴人行。依然坏郭中牟县,千尺浮

---

① 胡晓明:《尚意的诗学与宋代人文精神》。

屠管送迎"(《中牟道中》)、杨万里"碧酒时倾一两杯,船门才闭又还开。好山万皱无人见,都被斜阳拈出来"(《舟过谢潭》)、"山路婷婷小树梅,为谁零落为谁开。多情也恨无人赏,故遣低枝拂面来"(《明发房溪》),自然景物以人格化的色彩,鲜明地展现出活泼泼的生机。

而在绘画领域,以物寄情的观点也逐渐成为文人山水画的潮流。郭熙《林泉高致》说:

> 大山堂堂,为众山之主,所以分布以次冈阜林壑,为远近大小之宗主也。其象若大君,赫然当阳,而百辟奔走朝会,无偃蹇背却之势也。长松亭亭为众木之表,所以分布以次藤萝草木,为振挈依附之师帅也。其势若君子轩然得时,而众小人为之役使,无凭陵愁挫之态也。[①]

其大山如"大君"、林木如"师帅"、"其势若君子轩然得时,而众小人为之役,使无凭陵愁挫之态也"之比拟,充分说明了画家是如何把对象看作一个生命体并在艺术创作中表现其神韵的。《林泉高致》还如此论画山水之法:

> 山水先理会大山,名为主峰。主峰已定,方作以次近者、远者,小者、大者。以其一境主之于此,故曰主峰,如君臣上下也。
> 林石先理会一大松,名为宗老。宗老既定,方作以次杂窠、小卉、女萝、碎石,以其一山表之于此,故曰宗老,如君子小人也。[②]

① 《林泉高致·山水训》,第67页。
② 《林泉高致·画诀》,第73页。

此外，作者还把山水比作人体：

> 山以水为血脉，以草木为毛发，以烟云为神彩。故山得水而活，得草木而华，得烟云而秀媚。水以山为面，以亭榭为眉目，以渔钓为精神。故水得山而媚，得亭榭而明快，得渔钓而旷落。此山水之布置也。①

可见，在画家笔下，山水景物不仅蕴含着哲理，还显示着生理，俨然是一个有机生命体。然则，画家将一己之情志寄寓于画，是十分自然之事了。宋人对此多有体验和认识。如苏轼作"枯木竹石"，米芾评曰："枝干虬屈无端，石皴硬亦怪怪奇奇无端，如其胸中盘郁也。"② 朱熹虽对苏轼有所不满，然亦谓"苏公此纸出于一时滑稽诙笑之余，初不经意。而其傲风霆、阅古今之气，犹足以想见其人也"。③ 苏轼评宋迪画亦云："落落君怀抱，山川自屈蟠。经营初有适，挥洒不应难。江市人家少，烟村古木攒。知君有幽意，细细为寻看。"④ 这正是"观其画而思其人，因其玩而知其志"⑤，一方面是画家将自己的情志寄寓于画，另一方面则是观赏者对画家在画作中传达情志的体察和认可。以上说的是画家主观地赋予画中景物以某种情感而被观赏者理解接受的问题。此外，在我国文化传统中，还有一些客观物象，特定的

---

① 《林泉高致·山水训》，第70页。

② 《画史》，第41页。

③ 《跋张以道家藏东坡枯木怪石》，《朱子全书·晦庵先生朱文公集》卷八四，第3971页。

④ 《宋复古画潇湘晚景图三首》其二，《全宋诗》卷八〇〇，第14册，第9271页。

⑤ （元）陈基：《夷白斋稿》卷三十二《书赵冀公墨梅后》，《四部丛刊三编》本。

文化背景使它成为某种喻义的特殊符号，无论它是被书写还是被图解，它的符号意义是始终不变的，因而处于共同的文化意识背景下的观赏者都能借此明白作品的内涵。当画家想要表达相对应的某种情志时，这个喻义明确的符号形式也就被自觉地采用，以其特定的象征意义而代替画家言说。譬如梅、兰、竹、菊等都属此类。在山水画中，松石类意象更是以其明确的象征意义而被广泛采用。五代画家荆浩把松作为"君子之风"的象征："成林者，爽气重荣；不能者，抱节自屈"，"势既独高，枝低复偃，倒挂未坠于地下，分层似叠于林间，如君子之德风也"，"不凋不荣，惟彼贞松，势高而险，屈节以恭……下接凡木，和而不同"，[①] 荆浩以后，把松树（以及后来把以松树为首的岁寒三友）等作为文人士大夫的情怀来抒写，成为文人画的传统。

这样，在诗歌中将自然物象人文化的习惯，使诗人在观赏山水画图时容易由画中山水景物产生比兴联想，而山水画本身浓厚的人文精神又从客观上为他们的这种联想提供了前提条件，因而在题咏山水画图时，对于画面形象不作具体描绘，而偏重于画作的象征与比兴之义，成为宋代题山水画诗的一种常见手法。诗人通过题画诗以抒发超越画外的某种思想感情，延伸视觉形象所不能表达的东西，发人深思，意味隽永。如颜博文《题李叔班山水横卷》：

高峰柱层霄，远水没平野。当年居山客，半是爱山者。
桥敧欲沈崖，路险不容马。慎勿夸世人，正要知者寡。
青山为谁高，影压三百里。竹深已迷桥，荷密半藏水。
区区名利人，坐暝真可鄙。慨想云屋中，恐是古君子。
急雨冷捎溪，寒烟晓横塞。茅屋来轩车，中有隐者在。

---

① 《笔法记》，《历代论画名著汇编》，第49、50、51页。

市朝一何有，云水两无碍。笑向尘世人，不知是何代。

通江石泉滑，崩崖朝雪重。牧儿心苦饥，牛寒挽不动。谁人倚长松，胸有九云梦。西风吹屋倒，一笑无兴共。①

在诗人眼里，画中的高山远水成为隐逸生活的象征，诗人在观赏山水画图时，"正要知者寡"的"居山客"、鄙薄"名利人"的"古君子"、笑对尘世的"隐者"、"胸有九云梦"的高人依次在其心中出现，可见诗人所关注的不是画面所展现出来的自然景观，而是由画中高山远水的人文意义生发，设想居于其中的隐士的生活，使山水画染上了深厚的人文色彩。又如林景熙《毗陵太平院壁间画山水熟视之有飞动势殆仙笔也因题》：

山风不动云四寂，万顷波涛生素壁。三峡夜怒摇星河，九溟昼沸卷霹雳。谁将江海一笔吞，华阳入砚玄波翻。灵鳌东转坤轴动，惊浪出没蛟与鼋。毫端分寸千万里，人心之险亦如此。老僧阅世如阅画，面壁凝然悟玄理。嗟余老作汗漫游，寒光飞动六月秋。乃知瞿塘在平陆，安得竹叶吹成舟。②

诗人以画事喻人事，开篇极力渲染壁上山水飞动、咫尺万里之势，意在表现山水与人事的暗合之处："毫端分寸千万里，人心之险亦如此"。"阅世如阅画"之语，更可见出诗人将人世与艺术打通的通达情怀。

除山水以外，画面上的一些点景之物以及松竹之类的自然物

① 《全宋诗》卷一六八五，第29册，第18908页。
② 《全宋诗》卷三六三二，第69册，第43507页。《全宋诗》卷三七七六（第72册，第45572页）又作林景清诗。

象在诗人看来往往具有人的品格。如苏轼的《惠崇春江晚景二首》其二中的归鸿：

> 两两归鸿欲破群，依依还似北归人。遥知朔漠多风雪，更待江南半月春。[1]

在诗人看来，画中的两只归鸿，似有依依不舍之意。于是诗人说：朔漠尚多风雪，不如在江南再留半月吧。诗人采用拟人的手法，表达了归雁对江南之春依依惜别的情感，写得有情有理，趣味盎然。又如庞铸《秋风骤雨》中的竹：

> 弥川急雨暗秋空，无限琅玕澹墨中。剑甲搅搅军十万，欲将貔虎战斜风。[2]

竹在风雨中的气势和动人姿态，让诗人仿佛看到十万披甲战士在秋风骤雨中勇猛搏击的形象，想象奇特，笔力雄放，表现出竹的不畏恶劣环境、千磨万击还坚劲的优美品格，可见此诗题画全是由竹的象征意义而生发。欧阳修《张仲通示墨竹嗣以嘉篇岂胜钦玩聊以四韵仰酬厚贶》："数竿苍翠写生绡，寄我公斋伴寂寥。不待雪霜常凛凛，虽无风雨自萧萧。"也是突出表现竹的凛然节操。不仅是竹，画中的"岁寒三友"，都因其在我国文化传统中固定的符号意义，而屡屡为题画诗人所采用借以表达情志。譬如松，在题画诗中，完全超出其物性而被符号化的情况最为多见。试看：

---

① 《全宋诗》卷八〇九，第 14 册，第 9374 页。
② 《翰苑英华中州集》卷五。

……信非同根生，要是岁寒侣。众木猥连林，呛等何足伍。君看桃与李，秾丽相媚妩。情态能几时，纷纷可堪数。（王当《戏画松柏壁》）①

　　归来心事平，蹇驴踏秋风。举鞭问髯奴，何如浣花翁。道旁几高松，风来自相语。桃李今何之，岁寒予与汝。（刘宰《题王荆公半山图》）②

　　冬岭秀孤松，松枝傲霜雪。不同桃李春，永抱岁寒节。（李用《题画·冬景》）③

以上三诗都是诗人看到画图中的松，自然地想到其傲霜耐寒的本性，并因之生发，将之与桃李对比，突出地表现其岁寒君子的形象。此外，又如许及之《题洪子恂所画盘洲图三首》其一、魏了翁《和靖州判官陈子从山水图十韵·松径晚步》松竹并举，魏了翁《和靖州判官陈子从山水图十韵·载酒寻梅》咏梅而兼及松竹，赵蕃《题三径图》、赵文《水石图赞》松菊并举，松成为题画诗人寄托情志的最常见意象之一。

　　可见，宋代诗人很善于处理画中之景与心中之情的关系，他们或由画中山水而产生比兴联想，或受画图景物符号意义的启发而将它们人格化，通过题画诗寄托了丰富的思想感情。且因诗人之意是由画而生发，故而诗人之情与画中之景又浑不可分，达到了"物""我"相融、妙合无间的程度。

三　通感

　　绘画是视觉艺术，它描绘景物，最富于鲜明生动的直观性，给观者以视觉的冲击和享受。但绘画也有局限性，如它不能表现

---

① 《全宋诗》卷一二六四，第21册，第14248页。
② 《全宋诗》卷二八〇七，第53册，第33369页。
③ 《全宋诗》卷三五二一，第67册，第42052页。

景物在时间上先后承续的动态变化，不能表现声响。题画诗能够自由发挥诗歌作为语言艺术的特长，通过以画为真的手法，运用通感的方式，化静为动，化无声为有声，表现出画面景物所没有的动态和声响，把读者引入一个具有声响、动态的自然情境之中。宋代题画诗人很善于运用通感，调动听觉、触觉、味觉等多种感觉体验来表现画面形象，使之更逼真、更饶有生气。它所带来的艺术效果，是单凭视觉描绘画面上的形象所难以传达的。

由视觉到听觉，化无声为有声的通感，在宋代题山水画诗中最为常见。如晁补之《题段吉先小景三首》其一：

> 惨淡天云欲雨低，秋山人静鸟声稀。似闻谷响飞黄叶，恐有孙登半岭归。①

全诗语言简洁清新，充满意趣。最妙的是第二、三句通感的运用，说秋山空旷，鸟声依稀可闻；山谷里好像发出了响声，落叶在空中飞舞。这虚拟的鸟声与谷响，使无声的画面有了声响，更反衬出画面幽静的意境氛围，同时也表现出画面的逼真效果。胡仲弓写画中的钱塘潮："银山大浪万鼓过，海潮逆上江倒行"（《钱塘潮图》），"吴缣半幅浪如堆，开卷晴窗殷地雷"（《钱塘潮图》），面对画图，诗人犹如听见画中潮水如万鼓齐鸣、地雷轰响，突出了画潮的磅礴气势。欣赏画图，诗人们仿佛能听见画中的水声：

> 翩翩戏鹊如相语，汹汹惊涛觉有声。（陆游《曝旧画》）
> 但觉奔霆吼空谷，遥知万壑正争流。（范成大《题画卷五首》）

---

① 《全宋诗》卷一一四〇，第19册，第12884页。

棹声：

> 子猷兴尽季真亡，仿佛棹声回远浦。（邹浩《谢衡州花光寺仲仁长老寄作镜湖曹娥墨景枕屏》）
> 小舟击汰如有声，入眼初觉非丹青。（晁公遡《观画》）

风声：

> 隐隐遥分树色，萧萧似听风声。（韩元吉《题日出雨脚图二首》）
> 断岸临江渚，风声瑟瑟寒。（王柏《题时遁泽画卷十首》）

雨声：

> 暑云泼墨送惊雷，坐见前山骤雨来。（范成大《题画卷五首》）
> 萧萧风雨声，一夜入修竹。（郭秉哲《题画》）

鸟鸣：

> 隔溪谁家花满畦，滑唇黄鸟春风啼。（释德洪《宋迪作八境……·山市晴岚》）
> 双鹤不知何事舞，风前时送九皋声。（杨冠卿《题画扇》）

蝉嘶：

> 在藻白鱼知鹭下，穿林黄雀觉蝉嘶。（潘大临《题陈德秀画四季枕屏图五首》）
> 何处一声蝉，幽栖仍自得。（米友仁《题董源夏山图》）

猿啼：

雨声忽破鸟行急，木末尚挂穷猿呼。（李彭《题吴成伯家文与可所画晚霭横春图》）

波作止兮蛟舞蛟蛰，云晦明兮猿呼猿愁。（高似孙《黄居中潇湘图歌》）

松声：

江流不尽松声远，云栈行人力困时。（张元干《岷山万松图》）

生绡六幅挂清昼，隐耳飒飒闻松风。（李纲《畴老修撰所藏华岳衡岳图·华岳》）

钟声：

山家烟火然，远寺晨钟叩。（苏辙《画学董生画山水屏风》）

蹇驴欲往何处，落日空山暮钟。（陈深《题扇上画》）

犬吠：

敧倾栈路绕山明，隔陇人家犬吠声。（范成大《题画卷五首》）

鹭引归船犬吠篱，片时风景万千诗。（宋自逊《和曾子实题画笺韵》）

笛声瑟声：

横玉三声湖起浪，前山应有鹊惊飞。（范成大《李次山自画两图……各题一绝》）

黯黯秋空漠漠云，瑟声依约听湘灵。（周密《湘江风雨图》）

人语：

> 隔溪樵子遥相语，昨夜春流尔许深。（舒岳祥《题萧照山水》）
> 赪肩赤脚分途归，野唱樵歌动幽听。（叶茵《潇湘八景图·山
> 市晴岚》）

屐声：

> 茅檐鸡飞犬升屋，屐声疾奏邻家翁。（释宝昙《题李盘庵西潜
> 图》）

由以上分类列举我们可以看出，大凡是画中景物，包括点景之
人，在诗人们的丰富想象中，它们都会如同在现实中一样发出声
音和声响。尤其突出的是，诗人们还会从画中之景联想到大自然
莫以名状的天籁，如"举手扪紫烟，侧耳听清籁"（韩维《奉同
原甫度支厅壁许道宁画松》），"扫壁挂高堂，肃肃起清籁"（谢
逸《观蔡规画山水图》），"日暮微风过荷叶，陂南陂北听秋声"
（陈与义《为陈介然题持约画》）。分析这些声感的由来，它们有
的是诗人依画中景物而生发，如由飞瀑联想到水声，由画中之鸟
而联想到鸟鸣；而有些则完全是由诗人主观想象所致，如山寺钟
声。有了声响，画作就有了生机和活力。

宋代诗人还善于运用嗅觉、触觉、味觉来描绘画面形象。我
们先看释德洪《宋迪作八境绝妙……为之各赋一首·渔村落
照》：

> 碧苇萧萧风淅沥，村巷沙光泼残日。隔篱炊黍香浮浮，

213

对门登网银戢戢。刺舟渐近桃花店，破鼻香来觉醇酽。举篮
就侬博一醉，卧看江山红绿眩。①

其中"刺舟渐近桃花店，破鼻香来觉醇酽"不仅指出有桃花香
气"破鼻"而来，而且"醇酽"二字还突出地表现了这种香气
的浓烈，这是由视觉到嗅觉的通感。韩维《奉同原甫度支厅壁
许道宁画松》云：

> 长松盘青冥，郁与窗户对。许翁写生意，独得毫墨外。
> 年侵日昏剥，拂拭自君辈。得非神物守，以待真赏会。脩然
> 簿书暇，恍若岩壑内。举手扪紫烟，侧耳听清籁。……②

受画作意境氛围的感染，诗人恍惚觉得自己正置身岩壑，不仅山
谷清籁侧耳可听，谷间盘绕的紫烟也似乎伸手可及，诗人用一
"扪"字，表现出画面强烈的质感。范成大《李次山自画两图其
一泛舟湖山之下小女奴坐船头吹笛其一跨驴渡小桥入深谷各题一
绝》其一："船头月午坐忘归，不管风鬟露满衣"③，诗人写画中
小女奴"月午"时依然独坐船头，久久不愿归去，"露满衣"三
字，使画面上似乎有湿润感。以上是由视觉到触觉的通感。陈深
《题梁中砥诗画图》云：

> ……画成诗逾绝，开卷消鄙陋。如饮中泠泉，可咽不可
> 嗽。我怀陶贞白，日夕梦三秀。何年卓茅庵，饵尤衍退
> 寿。④

① 《全宋诗》卷一三三四，第23册，第15163页。
② 《全宋诗》卷四二○，第8册，第5151页。
③ 《全宋诗》卷二二五一，第41册，第25835页。
④ 《全宋诗》卷三七二四，第71册，第44782页。

诗人说眼前的画图能消除人鄙陋的情怀，那种美好的感觉就如饮可口的泉水，让人"可咽不可嗽"。孙觌"已无蛙黾污，尚有蛟龙腥"（《右丞相张公达明……孙某赋之·泊湖潭》），姜德明"鼓枻归来日未斜，腥风吹入比邻家"（《秋江渔乐图为邑人宗正纯撰》），诗人还好像闻到了画中蛟龙和渔家的腥膻之味，则是视觉与味觉通感，画中形象呼之欲出。

在诗人看来，画中形象不仅可听、可闻、可及、可味，还冷暖可感。如刘敞《凉榭许道宁画山》：

> 许生擅丘壑，融结随毫端。醉扫堂上壁，参差皆可观。飞雪暗连峰，对之中夏寒。吾能捐万事，于此聊盘桓。①

许道宁是北宋著名画家，擅寒林平远，称名当时。诗人开篇即称美许道宁，由其人而及其画。五、六句"飞雪暗连峰，对之中夏寒"，说面对许画雪山，虽然正值夏天，也不禁觉得寒从中来，突出地表现了画作的逼真生动，这样从观画的具体感受来写，比直接称美更具说服力。又如文同题咏范宽画图的《秋山》诗：

> 孤峰露苍骨，疏木耸坚干。高堂挂虚壁，爽气来不断。②

画中孤峰巍然耸立，山石挺拔，秋树叶落，树干坚硬。面对画图，诗人觉得仿佛有一种爽气从画中源源而来。这类写观画感受

---

① 《全宋诗》卷四七三，第9册，第5734页。
② 《全宋诗》卷四四九，第8册，第5452页。

的诗作很多，兹再举数例如下：

> 堆案烦文犹倦暑，满轩新意忽惊秋。（司马光《依韵和仲庶省壁画山水》）
>
> 未向林泉归得去，炎天酷日且令无。（苏轼《书李宗晟水帘图》）
>
> 此时一展清溪图，洒若胸中贮冰雪。（孔平仲《题清溪图》）
>
> 风流转入丹青手，画作江城六月寒。（李之仪《题画扇》）
>
> 收得三茅风雨样，高堂六月是冰壶。（蔡肇《题三茅风雨图》）
>
> 虚堂高挂发为立，三伏凛凛无炎曦。（李彭《吴熙老家风云图》）
>
> 六月披图方执热，风随玉麈不胜寒。（曹勋《题谯干钓雪图》）

从以上材料中我们还可发现一个有趣的现象，诗人们在观看山水画时，所有的身体感受都指向凉、寒，即使是炎天酷暑，山水画也让诗人暑意全消而觉爽气盈盈、凉意习习，这种感受的得来，当与心理学上青山绿水之冷色相关。

综上所述，宋人在欣赏山水画时，往往由视觉而生发，调动身体各方面的感觉，全身心地投入艺术的品赏之中，从而获得全方位的感官享受。这一方面源于山水画本身强烈的艺术魅力，另一方面也是诗人敏锐的艺术感悟所致。由此我们也可明白，为什么山水画在宋代如此受欢迎，以至成为宋人精神寄泊之所了。这正是"悦目初不在色，盈耳初不在声"[①]，"不下堂筵，坐穷泉

---

① （宋）赵希鹄：《洞天清禄集·序》，第1页。

216

壑"①，山林之趣的获得，关键不在于外物，而在于人的内心。也正是这种艺术的生活方式成就了宋代文人的闲适生活和诗意人生。

四　错觉

由于绘画技艺精湛，观画者常被眼前精美绝伦的画作吸引，产生画与真莫辨的幻觉，此谓错觉。上文所述通感的发生实质上也属于错觉，为了避免重复，此处所说错觉专指诗人误以画中景物为真实存在的现象。画面的逼真效果引发出诗人的错觉反应，在题画诗中记下这种真实感受便是极自然之事。

如范成大《题画卷五首》其一：

> 凿落秋江水石明，高枫老柳两滩横。君看叠巘云容变，又有中宵雨意生。②

首二句再现画面近景中秋水秋树秋滩的明丽空旷景色，笔力苍劲，写画景生动逼真。接下来诗人引导人们看画中远景变幻无穷的缥缈云山，从画面呈现的景象中，诗人似乎看到了在重重山峦中流动变化的云气，于是又产生了丰富的联想："又有中宵雨意生"，这山水云烟缥缈变幻，湿气淋漓，半夜定会下雨吧。这是一种以画为真的错觉，不仅突出了画卷艺术感染力之强，同时把画面写活了，读来意趣盎然。刘克庄《郭熙山水障子》：

> 高为峰岚下涛江，极目森秀涵苍凉。始知着色未造极，壹似丑女施铅黄。惊泉骇石聚幽怪，巨楠穹柏蟠老苍。鹿门

---

① （宋）郭熙：《林泉高致》，第65页。
② 《全宋诗》卷二二四三，第41册，第25761页。

寺，华子冈，是耶非耶远莫详。疑闻钟声起晻霭，似有帆影来微茫。陌穷渡绝雪满坂，驴鞍钓笠分毫芒。炎曦亭午试展玩，坐觉烟雨生缣缃。……①

诗人在着力描绘画景后说"炎曦亭午试展玩，坐觉烟雨生缣缃"，说展看画图时分明是烈日炎炎，但画绢上似乎下起了濛濛细雨，也是诗人因画而生的一种错觉。在诗人眼里，画中景俨然就是真实的自然，突出了画面的逼真感。王庭珪《题周忘机画轴》也有观画而感觉"晴窗起风雨"之说。此外，又如司马光《观僧室画山水》："坐久清风至，疑从翠涧来"，山涧青翠，仿佛有习习清风从中传来；华镇《水壁》："发地惊涛起，扶橑叠浪翻"，壁上的画水呈现出惊涛骇浪之势；范成大《题画卷五首》："日色微明鱼网，雁行飞入苍烟"，画中的飞雁正往远处暮色苍茫的烟霭中飞去，都是诗人观画时产生的一种幻觉，把画中的山水景物当成了真景。而如梅尧臣"宛然千万重，不似笔墨描"（《王平甫惠画水卧屏》），刘敞"滔滔江湖万千顷，何为飞来入轩屏"（《画屏二首》），王炎"从今不起南征念，移得湘山在目前"（《酬俞子清侍郎惠画韵》），释德葵"此水不是画，一水一水势相及"（《题海慧寺画水壁》），更是以一种冷静理性的语气写出自己的观画幻觉，可见画作的逼真之象。苏轼题郭忠恕《楼居仙图》："长云参天，苍壁插水，缥缈飞观，凭栏谁子？空蒙寂历，烟雨灭没，恕先在焉，呼之欲出"，诗人不仅认为画中之人正是画家郭忠恕（字恕先），而且"呼之欲出"；又陆游《题赵生画》云："凭谁唤住两禅客，水边共听烟钟声"，想要叫画中的两个禅客停下脚步，一起徜徉水边，听山寺钟声，诗人把画面和自己结合起来，物我俱化，颇有意境。

---

① 《全宋诗》卷三〇三九，第58册，第36235页。

在误画为真的影响下，诗人在观画时所表现出的"唤（呼）舟"之举在宋代题山水画诗中颇为惹人注目。宋代山水画中常出现渔舟或渡船、旅帆（行旅之船）之意象。面对画中的山水美景，诗人常常误画为真，希望亲临画境，于是画中出现的船只和船上之人自然成为他们渴慕的焦点。试想：如果能够坐上那画中的船儿饱览山光水色或是归返那山水深处的故乡，岂非大快人意之事？或者跟那船上的人儿一块渔钓于清野湖塘，天暮时拨着小船唱着渔歌悠悠而归不正满足了自己的闲情雅兴？……于是"唤舟"之举便频频出现于题画诗中，黄庭坚的名诗"惠崇烟雨归雁，坐我潇湘洞庭。欲唤扁舟归去，故人言是丹青"① 即是典型代表。姚镛《题画壁》有："隔岸小舟呼不应，碧桃花外是谁家。"释德洪《宋迪作八境……因为之各赋一首·烟寺晚钟》也说："隔溪修竹露人家，扁舟欲唤无人渡。"关于这一现象本书在下一章中有较多列举，可参阅。

绘画是画家对景物瞬间动态的捕捉与表现，这一瞬间的动态凝定在画面上，是静止的。诗人在观画时误画为真，画景成了真景，因而在诗人笔下静止的画中景物就有了动感。

如梅尧臣《王平甫惠画水卧屏》："滔滔随惊飙。前浪雪花卷，后浪白马跳"十五字形象地表现出床屏上画水的声色、气势、动态，充满着自然界的生生活力。故诗人接下来径直感叹"宛然千万重，不似笔墨描。窊亚乱我目，坐卧疑动摇"②，眼前千重万重的浪涛，根本不像是用笔墨表现出来的，不仅使人看得眼花缭乱，而且坐卧在床上，都恍然觉得画中的水涛在随风翻腾、摇动。又如陆游《夜梦与数客观画……明旦乃追补之亦仿佛梦中意也》："奇峰峭立插地轴，飞瀑崩泻垂天绅"；释德葵

---

① 《题郑防画夹五首》，《全宋诗》卷九八五，第 17 册，第 11366 页。
② 《全宋诗》卷二五九，第 5 册，第 3266 页。

《题海慧寺画水壁》："我来萧寺观奇踪，壁间隐隐腾蛟龙。初疑乘风驭弱水，恍然坐我蓬莱宫"，诗人驰骋奇特的想象和大胆的幻想，借助于动词的使用，写出了画面强烈的动感。下面我们再看三首题咏同一幅画图的诗作：

> 雨脚横空万牛弩，烈风吹山山欲仆。草披木拔何足道，大江翻澜失洲渚。路旁失辔者谁子，道阻且长泥没履。鞭驴挽车亦何急，目眩心摇行不顾。我生飘蓬惯羁旅，顾尔艰难逢亦屡。衲被蒙头不下堂，且与身谋安稳处。（张耒《题吴熙老风云图》）[1]

> 秦人屈鼎真画师，胸蟠风云人得知。独无佳句自润色，未忍援毫时吐之。酒浇块磊遂倒囊，素练忽复翻淋漓。宛如盛怒生囊口，飙至霆击何由追。墨云霾霭摧半岳，飞动殆莫穷端倪。征人解装马伏枥，居人墐户鸡亦栖。虚堂高挂发为立，三伏凛凛无炎曦。吴侯怜我惨不乐，卷去随手俱清夷。乃知非独画工妙，妄念起灭分毫厘。想当在笥常汹汹，不与关河相蔽亏。会当一雨被八表，何用秘藏深密为。（李彭《吴熙老家风云图》）[2]

> 我游匡山夏将杪，赤日青天万山绕。忽然风雨动地来，震气果雷离电绕。一川烟霭失东西，万里乾坤错昏晓。香炉高峰危欲堕，石门细路人心剿。江翻那闻得计鱼，木拔岂有安巢鸟。须臾云过雨脚收，依旧晴晖着丛筱。群山历历在眼前，恰似凭高日方晓。谁将此景入画图，数幅生绡盘礴了。吴丞此画绝代无，张公此诗古来少。读诗观画兴未穷，北窗风凉退自公。使君意消三伏中，未可鞭棰催青铜。（潘大临

---

① 《全宋诗》卷一一六三，第20册，第13123页。
② 《全宋诗》卷一三八五，第24册，第15905页。

《吴熙老所藏风雨图》)[1]

张诗开篇即描绘画景：雨脚横空、狂风肆虐、草树倒拔、江水翻腾。李诗从赞画入笔，然后亦极力表现画面上墨云飞动的气象，"宛如盛怒生囊口，飙至霆击何由追。墨云霑霸摧半岳，飞动殆莫穷端倪"。潘诗在表现上则不同，诗人先回忆自己夏末游匡山（庐山）的一次经历，着重表现狂风暴雨突临时雷电交加、山川震撼之景，然后感叹"谁将此景入画图，数幅生绡盘礴了"，可见是画中风雨飘摇之势引发了诗人对过去经历的联想。三诗在描绘表现画景上，都写得充满了动感，由此可见画中景物的逼真感及其对诗人产生的强烈感染力。静止的画图在诗人笔下飞动如真，从诗歌形象的表现中我们也仿佛看见了诗人当初所看到的绘画景观。

此外，宋代诗人尤其擅用比喻的手法，形象地表现画中景物的形态，突出其逼真的动感和气势，使人见诗如见画。如苏轼《题王晋卿画后》："丑石半蹲山下虎，长松倒卧水中龙"，以"山下虎"喻"丑石"，以"水中龙"喻倒卧的长松，突出画面上长松、丑石的雄奇矫健和生生活力。家铉翁《韩京叔古木寒泉图》："卧龙腾骧碧落上，南山夜半雷雨惊"，说画中的古木槎牙，有卧龙欲起之势，它腾空而起，定会使南山半夜雷雨交加。仇远《题范谦卿爱山吟境图》："前山排闼如虬奔，后山拥壁如虎蹲"，写画中的山或如奔跑的虬龙，或如蹲踞的老虎，使观者见诗而如见画山蜿蜒前行的气势和虎虎雄姿。杨皇后《题朱锐雪景册》："雪吹醉面不知寒，信脚千山与万山。天甃琼阶三十里，更飞柳絮与君看。"画中的飞雪漫天飞舞，好似柳絮纷纷扬扬，形象地传达出画景的动态美。又如题咏画潮的

---

① 《全宋诗》卷一一八九，第20册，第13433页。

几首诗：

> 潮来溅雪欲浮天，潮去奔雷又寂然。海上两山元不动，更添此意画中传。（王炎《题潮山海门图》）①

> 风涛汹涌千堆雪，拍岸翻空倒银阙。雁声惊起一江秋，万里无云挂明月。（笃世南《题赵千里夜潮图卷》）②

> 轻绡淡墨天冥冥，眼中似觉对西兴。银山大浪万鼓过，海潮逆上江倒行。……（胡仲弓《钱塘潮图》）③

诗人将画中潮水比喻成雪浪银山，写出了其风涛汹涌的冲天之势；不仅如此，诗人似乎还听到浪潮震天动地的声音，如奔雷阵阵，如万鼓齐鸣，排山倒海。可见画中的景物在诗人笔下已完全脱离其静止的状态。

总之，诗人以错觉和通感的表现手法，以画为真，以虚就实，巧妙地写出绘画作品的生动性。同时，我们也应看到，这种有声有色的诗全由生动逼真的画逗引而出。这样，画家为山水传神，诗人又为山水画图传神，将画山水又"还原"成有神的山水。题山水画诗可以看成是诗人和画家的共同创作。

---

① 《全宋诗》卷二五六四，第48册，第29762页。
② 《全宋诗》卷三〇二七，第57册，第36065页。
③ 《全宋诗》卷三三三二，第63册，第39748页。

第 五 章

唐宋两代题画诗的传承与新变

第一节　唐代题画诗对宋代题画诗的影响

题画诗在唐以前还只是零星出现，到唐代数量剧增，且逐渐发展成熟，成为众多诗人竞相吟咏的一种新的诗体。著名诗人如陈子昂、李白、王维、高适、岑参、杜甫、白居易、元稹、韩愈、柳宗元、刘禹锡、李商隐、杜牧等，都有题画诗传世。唐代诗人在题画诗的创作实践中积累了丰富而宝贵的经验，为后代题画诗创作提供了许多可资借鉴的手法，给宋、元、明、清以至现代题画诗创作以极大影响。受唐代题画诗影响最为直接的宋代题画诗，"唐风笼罩"的痕迹最为明显。

基于杜甫在唐代题画诗中的重要地位和他在宋代所受到的普遍推崇，以及山水画题诗在唐宋题画诗中的主流位置，本书在探讨唐代题画诗对宋代题画诗的影响时，就诗人而言，以杜甫为主，就画科而言，则偏重山水画。所以首先得对这三个前提作一说明。

一是杜甫在唐代题画诗中的重要地位。杜甫一生动荡不定，颠沛流离，从开元十八年（730）弱冠游晋开始，直至大历五年（770）客死于岳阳舟中，其足迹遍及齐、鲁、晋、秦、蜀、鄂、湘诸境，在目击国家兴废、饱受流亡之苦的同时，也饱览了沿途的名山大川。"外师造化，中得心源"①，依游历之广，得江山之助，杜甫虽不会画，但试看其诗："窗含西岭千秋雪，门泊东吴万里船"（《绝句四首》其三），"阴壑生虚籁，月林散清影"（《游龙门奉先寺》），岂不是画？故方薰在其《山静居画论》中云："读老杜入峡诸诗，奇思百出，便是吴生、王宰蜀中山水图。自来题画诗，亦惟此老使笔如画。"②

　　杜甫题画诗今存 22 首（约占唐代题画诗总数的十分之一），其中题山水画诗 10 首。清代诗评家沈德潜说："唐以前未见题画诗，开此体者老杜也。"③ 虽然，杜甫并非第一个创作题画诗者早已为学者共知，但杜甫以其杰出的题画诗创作，在唐及此前众多的题画诗人中堪称执牛耳者并领导后世题画诗创作，则也是不争的事实。正如沈德潜所说："题画诗自少陵开出异境，后人往往宗之。"④ 无论是从数量还是从质量来说，杜甫题画诗在唐代都堪称翘楚：所题咏的画图，有山水、松、马、鹰、鹤、鹘等，品类丰富；体裁方面，有五言古诗，七言歌行，五言律诗，五言排律，有齐言体，有杂言体，不拘一格；艺术表现上，不仅感情充沛浑厚，思想蕴涵丰富深刻，而且用笔雄劲洒脱，诗中形象逼真，生气栩栩。故后代对杜甫题画诗给予了高度评价。如许顗《彦周诗话》说："画山水诗，少陵数首，后无人可继者。"⑤王嗣奭评其《奉先刘少府新画山水障歌》时说："杜以画法为诗法，通篇字字跳跃，天机盎然，见其气韵。……最得画家三

---

① 《历代名画记》卷十张璪语，第 121 页。
② 《山静居画论》卷上，第 2 页。
③ 《说诗晬语》卷下，第 551 页。
④ 《杜诗镜铨》，（清）杨伦笺注，上海古籍出版社 1962 年版，第 113 页。
⑤ 《彦周诗话》，第 387 页。

昧。"① 明人陆时雍评其《韦讽录事宅观曹将军画马图》时，说了一段很有艺术见地的话："咏画者多咏真。咏真易而咏画难。画中见真，真中带画，尤难"②，充分肯定了杜甫题画诗中最难表现的"画中见真，真中带画"的艺术手法。因而我们可以说，杜甫题画诗代表着唐代题画诗的最高成就，是题画诗史上的一座丰碑。

二是杜甫在宋代所受到的普遍推崇。杜甫受到宋人推崇是从宋初反对浮靡文风开始的，渐次而被尊为"诗圣"，并被推到"诗祖"的地位。"学诗者非子美不道，虽武夫女子，皆知尊异之"③，从王禹偁、梅尧臣、王安石、苏门文人、江西诗派到中兴诗人乃至宋末遗民诗人和金人元好问，无不师法杜甫，可见杜甫在宋代诗坛广泛而深远的影响。

一方面，在儒学复兴的宋代，杜甫"流落饥寒，终身不用，而一饭未尝忘君"④的忠君思想，极易在处于民族矛盾与阶级矛盾之中的文人士大夫身上产生共鸣。尤其是在宋末，杜甫往往被遗民诗人引为知己，"少陵有句皆忧国"⑤的爱国精神，更成为宋代遗民诗人的精神动力和学习典范。如文天祥多有仿杜之作，又有集杜诗二百首，他说："凡吾意所欲言者，子美先为代言之，日玩之不置，但觉为吾诗，忘其为子美诗也"（《集杜诗序》），就颇具代表性。汪元量"少年读杜诗，颇嫌棒枯槁。斯时熟读之，始知句句好"（《草地寒甚毡帐中读杜诗》），也是有感于杜甫为国为民的高尚人格和不屈精神。

---

① （明）王嗣奭：《杜臆》，上海古籍出版社 1983 年版，第 36—37 页。
② （明）陆时雍：《唐诗镜》卷二十三，影印文渊阁《四库全书》本，第 532 页。
③ 《蔡宽夫诗话》，《苕溪渔隐丛话》前集卷二二，第 143 页。
④ 苏轼：《王定国诗集叙》，《苏轼文集》卷十，第 318 页。
⑤ 周紫芝：《乱后并得陶杜二集》，《全宋诗》卷一五○五，第 26 册，第 17167 页。

另一方面，"但熟观杜子美到夔州后古律诗，便得句法简易，而大巧出焉。平淡而山高水深，似欲不可企及"①，杜诗尤其是其晚期诗的艺术成就也成为以黄庭坚为代表的宋代诗人诗学理想的最高境界。故王安石选四家诗，以杜甫为首；并在《老杜诗后集序》中公开宣称："予考古之诗，尤爱杜甫氏作者。"②苏轼评杜诗"格力天纵，奄有汉、魏、晋、宋以来风流，后之作者，殆难复措手"③。以黄庭坚为首的江西诗派学"老杜作诗，退之作文，无一字无来处"④，更把杜甫推为至尊之祖。秦观说："杜子美之于诗，实积众家之长，适当其时而已。"⑤ 张戒《岁寒堂诗话》云："自建安七子、六朝、有唐及近世诸人，思无邪者，惟陶渊明杜子美耳，余皆不免落邪思也。"⑥ 陆游亦云："天未丧斯文，杜老乃独出"⑦，都是对杜诗的极高评价。葛立方云："杜甫诗，唐朝以来一人而已，岂白所能望耶。"⑧ 敖陶孙更有"独唐杜工部，如周公制作，后世莫能拟议"⑨ 之论，虽不免有揄扬过甚之嫌，但可见宋人对杜诗的推崇可谓极致矣！

　　不仅是士心和诗坛，宋代画坛受杜甫的影响也很大。宋代画家有时直接从杜甫诗中取材作画。如北宋著名画家李公麟的

　　① 黄庭坚：《答王观复书三首》，《豫章黄先生文集》卷十九。

　　② （宋）王安石：《临川先生文集》卷八四，中华书局上海编辑所 1959 年版，第 880 页。

　　③ 《书唐氏六家书后》，《苏轼文集》卷六九，第 2206 页。

　　④ 黄庭坚：《答洪驹父书三首》，《豫章黄先生文集》卷十九。

　　⑤ （宋）秦观：《淮海集笺注》卷二十二《韩愈论》，徐培均笺注，上海古籍出版社 1994 年版，第 751—752 页。

　　⑥ 《岁寒堂诗话》卷上，第 465 页。

　　⑦ 《宋都曹屡寄诗且督和答作此示之》，《全宋诗》卷二二三二，第 41 册，第 25631 页。

　　⑧ （宋）葛立方：《韵语阳秋》卷一，《历代诗话》本，第 486 页。

　　⑨ （宋）敖陶孙：《臞翁诗评》，《诗人玉屑》卷二引，（宋）魏庆之编，王仲闻校，古典文学出版社 1958 年版，第 19 页。

《憩寂图》就是取材于杜甫的题画诗《戏为韦偃双松图歌》。南宋画家赵葵取杜甫"竹深留客处，荷静纳凉时"诗意，画《杜甫诗意图》①。《宣和画谱》说乐士宣"缣绡数幅，唯作水蓼三五枝，鸂鶒一双，浮沉于沧浪之间，殆与杜甫诗意相参"②。此外，杜甫作诗之法也被画家运用于绘画中。如李公麟就"深得杜甫作诗体制，而移于画。如杜甫作《缚鸡行》，不在鸡虫之得失，乃在于'注目寒江倚山阁'之时；公麟画陶潜《归去来兮图》，不在于田园松菊，乃在于临清流处。甫作《茅屋为秋风所拔叹》，虽衾破屋漏非所恤，而欲'大庇天下寒士俱欢颜'。公麟作《阳关图》，以离别惨恨为人之常情，而设钓者于水滨，忘形块坐，哀乐不关其意。其他种种类此，唯览者得之"③，可谓得杜诗意在言外、深怀兴寄之精髓。

三是题山水画诗在唐宋题画诗中的主流位置。这在本书第一章第一节中已经论及，兹不重复。

明确了上述三个问题之后，我们再从思想内涵和艺术手法两方面来看以杜诗为代表的唐代题画诗与宋代题画诗之间的主要传承。④

一 思想内涵方面的传承

（一）在题画诗中表达富有社会意义的思想感情

唐代诗人在题咏画幅时，并不仅仅执著于画中景物，而往往借咏画抒情言志，或借助于画家生平遭际的描写抒发社会人生感慨。表现爱国情感的，如白居易《河阳石尚书破回鹘迎贵主过

---

① 现藏于上海博物馆。

② 《宣和画谱》卷十九，第243页。

③ 《宣和画谱》卷七，第74—75页。

④ 关于唐代题画诗的解读，主要参考孔寿山先生《唐朝题画诗注》及陶文鹏先生《唐诗与绘画》（漓江出版社1996年版）二书，谨致谢意。

上党射鹭鸶绘画为图猥蒙见示称叹不足以诗美之》、马戴《府试观开元皇帝东封图》；表现诗人为国建功立业的壮志和怀才不遇的激愤之作的，如窦群《观画鹤》、白居易《木莲树图》；揭露统治者的罪恶和社会黑暗、同情人民疾苦的，如韩愈《桃源图》、独孤及《和李尚书画射虎图歌》；抒写友情和乡情的，如白居易《画木莲花图寄元郎中》、杨汝士《题画山水》，等等。这在杜甫的题画诗中表现尤为突出。如杜甫在其早年创作的《画鹰》中，即以"何当击凡鸟，毛血洒平芜"的诗句，抒发渴望参加战斗、建功立业、搏击庸俗腐朽"凡鸟"的豪情，将其"乘风思奋之心，疾恶如仇之志，一齐揭出"①。又如其写于安史之乱后的《题壁上韦偃画马歌》，诗人渴望良马在"时危"之际能与人同生死，不仅表现了他自己将与友人同患难之情，而且借马寄托了他的忧国之思、报国之志、匡复之愿，孤心耿耿、壮心不灭之情溢于言表。其题咏曹霸画马的姐妹篇——《丹青引赠曹将军霸》和《韦讽录事宅观曹将军画马》，前者以感遇为主，写曹霸昔日之荣与今日之衰，饱含着对封建社会世态炎凉的愤慨与抨击；后者以感时为主，着意写时事之变迁，表达出诗人忧国感时的深哀巨痛，以及对昔盛今衰的无限感喟。

在题画诗中有所寄托，融入富于社会意义的思想内容，宋代承续了唐代题画诗的这一传统。如苏轼的《续丽人行》和《虢国夫人夜游图》。两诗都是题咏唐代著名画家周昉的仕女画的。诗人有意同杜甫的名篇《丽人行》联系起来，使两诗的思想内容与杜诗一脉相承，包含着讽谕时政的意义。《续丽人行》在生动地描绘画中宫女娇美情态之后，以汉代孟光同丈夫梁鸿互敬互爱的故事与之对比，揭示出封建时代妇女渴望自由的主题。《虢国夫人夜游图》则活现出杨贵妃姐妹的显赫权势，末尾云："人

---

① （清）浦起龙：《读杜心解》卷三之一，第337页。

间俯仰成今古，吴公台下雷塘路。当时亦笑张丽华，不知门外韩擒虎。"运用隋炀帝步陈后主后尘招致亡国的历史事实，讽刺统治者穷奢极欲，到头来总是重蹈覆辙，自取灭亡。这两首诗上承杜甫《丽人行》，但又在杜诗之后开拓出了新的意境。又如黄庭坚《题竹石牧牛》：

> 野次小峥嵘，幽篁相依绿。阿童三尺棰，御此老觳觫。
> 石吾甚爱之，勿遣牛砺角。牛砺角尤可，牛斗残我竹。①

竹、石为诗人所爱，牛斗的结果只能是竹石俱损。正是担忧竹石俱损，诗人以"牛砺角"和"牛斗"为诫，以和平安逸的田园风光相尚。联系当时党争的政治环境，我们不难发现诗人借戏咏牛斗寄寓了对现实政治的观感，表现出清醒的认识。

（二）在题画诗中评论绘画，阐发画理

唐代题画诗中，诗人们在写景抒情之余，有时还评画论画，表达自己对绘画创作的理论认识，其中有不少真知灼见，闪耀着艺术哲理的光辉。如"变化合群有，高深侔自然"（张九龄《题画山水障》），"山水契中情"（孙逖《奉和李右相中书壁画山水》）、"始知丹青笔，能夺造化功"（岑参《刘相公中书江山画障》），都是对山水画创作的经验之谈。又如，皇甫冉在《刘方平壁画山水》中说："墨妙无前，性生笔先"，强调画家在作画之前，必须先有"成竹在胸"；白居易在《画竹歌》中也说："不根而生随意生，不笋而成由笔成"；方干《观项信水墨》亦云："险峭虽从笔下成，精能皆自意中生"。晚唐的画论家张彦远正是在总结这些诗人、画家创作经验的基础上提出："意存笔先，画尽意在"，"意不在于画故得于画"，"笔不周而意周"等

---

① 《全宋诗》卷九八七，第 17 册，第 11381 页。

论点，进一步阐明了画家艺术创作构思的理论。此外，关于诗歌与绘画的同一性和差异性，在唐代题画诗中也多有论及。如：

> 留心于绘素，得意在烟波。属兴同吟咏，成功更琢磨。（郑谷《予尝有雪景一绝为人所讽吟段赞善小笔精微忽为图画以诗谢之》）
>
> 画人心到啼猿破，欲作三声出树难。（徐凝《观钓台画图》）
>
> 画石画松无两般，犹嫌瀑布画声难。（方干《项洙处士画水墨钓台》）
>
> 泪眼描将易，愁肠写出难。（薛媛《写真寄夫》）

诗人们认为：诗与画相同的是，都必须触景生情、因事寄兴，完成之后，仍需反复推敲琢磨；不同的是，绘画难于写心画声。在题画诗中评画论艺，杜甫更是得心应手、成果颇丰。陶文鹏先生在《李杜题画诗的杰出成就》一文中将杜甫在题画诗中阐述的丰富的画理艺论总结为"真"、"意"、"势"、"神"、"骨"五字，对之进行了具体精深的论析，并指出："在杜甫之前，唐代题画诗已偶尔出现评论绘画、阐发画理艺论之作，如李隆基的《题梅妃画真》和张九龄的《题画山水障》。但到了杜甫，才热情地大量地为画家立论，以诗笔评画论艺，把深邃的现实主义画论和诗传体的特写熔于一炉，从而使题画诗同他的论诗诗《戏为六绝句》一样，具有独特的美学意义，成为研究唐代美术史和中国绘画批评史的珍贵理论遗产。"①充分肯定了杜甫在题画诗中的评画论艺之举。

宋代诗人继承了唐代在题画诗中评画论艺的传统，有很多题

---

① 陶文鹏：《唐诗与绘画》，第 54 页。

画诗落脚在画艺，重在阐发画理，对绘画艺术的立意和创作技巧、绘画鉴赏中的想象与寄兴、诗书画的关系等一系列的问题发表了许多精辟的见解。特别值得一提的是，融合诗、画两者关系的美学特征来比较研究，成为宋代文论的一大惹人注目的文艺现象，而作为工具和载体之一，宋代题画诗功不可没。如欧阳修《盘车图》诗："古画画意不画形，梅诗咏物无隐情。忘形得意知者寡，不若见诗如见画。"① 强调诗画结合，形意并重。邵雍《诗画吟》说："画笔善状物，长于运丹青。丹青入巧思，万物无遁形。诗笔善状物，长于运丹诚。丹诚入秀句，万物无遁情。"② 指出诗和画在抒情和状物上各有所长。又如：

> 诗是无形画，画是有形诗。（张舜民《跋百之诗画》）
>
> 终朝诵公有声画，却来看此无声诗。（钱鍪《次袁尚书巫山诗》）
>
> 李侯有句不肯吐，淡墨写出无声诗。（黄庭坚《次韵子瞻子由题憩寂图》）
>
> 古人作诗咏不得，我寓无声缣楮间。（米友仁《自题山水》）
>
> 东坡戏作有声画，叹息何人为赏音。（周孚《题所画梅竹》）

可见，关于诗是无形画、有声画，画是有形诗、无声诗的论断，在宋代诗坛画苑几乎成了家常口语。而其中苏轼《书鄢陵王主簿所画折枝二首》（其一）更是堪称经典之论：

---

① 《全宋诗》卷二八七，第 6 册，第 3637 页。

② 《全宋诗》卷三七八，第 7 册，第 4653 页。

论画以形似，见与儿童邻。赋诗必此诗，定知非诗人。诗画本一律，天工与清新。边鸾雀写生，赵昌花传神。何如此两幅，疏淡含精匀。谁言一点红？解寄无边春。①

诗人反对画作创造艺术形象时片面追求形似；指出画家和诗人都必须共同遵循艺术规律来进行构思和创作，都要塑造出巧夺天工的艺术形象，使作品清新活泼，要为读者留下想象、联想和再创造的空间，从而产生以少胜多、小中见大的艺术效果。陈传席先生说："宋以后，没有任何一种绘画理论超过苏轼画论的影响，没有任何一种画论能像苏轼画论一样深为文人所知晓，没有一种画论具有苏轼画论那样的统治力。"② 而综观苏轼的绘画理论，其中大部分是在题画文字中表达的。关于苏轼题画诗中的画论，学者已有专文论析③，兹不赘述。

二 艺术表现方面的传承

（一）以真写画

晁补之说："画写物外形，要物形不改；诗传画外意，贵有画中态。"④ 题画诗要用文字生动地再现画面形象的精神意态，又要妙传出画外的余音、意蕴。绘画作为造型艺术，其艺术形象须力求形神兼备、气韵生动、逼肖自然。题画诗再现"画中态"，首先就应当把绘画形象的逼真感表现出来。唐代的题画诗人在创作实践中逐渐形成"以真写画"的艺术风气，将画景化为真景，以真景映衬、烘托画境，使读者"见诗如见画"（苏轼《韩干马》）。

---

① 《全宋诗》卷八一二，第 14 册，第 9395 页。

② 《中国山水画史》，第 142 页。

③ 如程伯安《苏轼题画诗跋所表现的绘画理论》，《咸宁师专学报》1984 年第 1 期。

④ 《和苏翰林题李甲画雁二首》，《全宋诗》卷一一二六，第 19 册，第 12787 页。

如初唐袁恕己《咏屏风》："绮阁云霞满，芳林草树新。鸟惊疑欲曙，花笑不关春。山对弹琴客，溪留垂钓人。请看车马客，行处有风尘。"① 全诗无一字明写画，却给人以真实的感觉，手法颇为高明。有时诗人会直接在题画诗中点明"真"字，如：

> 画松一似真松树，且待寻思记得无？（景云《画松》）
> 居然画中见真态，若务除恶不顾私。（独孤及《和李尚书画射虎图歌》）
> 沧洲误是真，萋萋忽盈视。（皎然《观王右丞维沧洲图歌》）
> 初写松梢风正生，此中势与真松争。（皎然《观裴秀才松石障歌》）

这种以真写画的手法，在大诗人杜甫的手中更是运用得炉火纯青。如"堂上不合生枫树，怪底江山起烟雾"（《奉先刘少府新画山水障歌》），"沱水流中座，岷山赴北堂。白波吹粉壁，青嶂插雕梁"（《奉观严郑公厅事岷山沱江画图十韵》），"高堂见生鹘，飒爽动秋骨"（《画鹘行》），都是以画为真，直以真景目画图，写得生气淋漓，神情栩栩，风骨凛然。直接以"真"赞画的手法，在杜甫题画诗中亦屡屡得见，如：

> 薛君十一鹤，皆写青田真。（《通泉县署壁后薛少保画鹤》）
> 此鹰写真在左锦，却嗟真骨遂虚传。（《姜楚公画角鹰歌》）
> 故独写真传世人，见之座右久更新。（《天育骠骑图歌》）
> 斯须九重真龙出，一洗万古凡马空。（《丹青引赠曹将军霸》）

可见，无论是品题山水还是描绘形物，杜甫都得心应手，游刃有

---

① 《全唐诗》卷九九，第 4 册，中华书局 1960 年版，第 1068 页。

余，达到了形神兼备的艺术高境。

以真写画的写法，在宋代题画诗中的情形又如何呢？我们先看王安石《次韵和吴仲庶池州齐山画图》，开篇即发出疑问："省中何忽有崔嵬，六幅生绡坐上开"，为什么崔嵬的山峰忽然跑到省中厅堂来了呢？突出地表现了画图的生动和画家技艺的高超，此即以真写画手法的运用。有时，面对画中的如真美景，诗人嗟叹之不足，便直接以"逼真"写出：

> 浊河清济坐中分，沙浪澄波两逼真。（刘敞《题戚化源画清济贯浊河图》）
>
> 墨妙逼真乃如此，毕竟非真惟近似。（王炎《题远山平林图》）
>
> 岂期今日见逼真，端与前辈同机杼。（袁燮《谢毗陵使君惠画》）
>
> 江山梅竹好精神，渔父畦丁也逼真。（史弥宁《观画》）
>
> 超然笔法无渗尘，正欹仰俯态逼真。（姚勉《题墨梅风烟雪月水石兰竹八轴》）

或者，直说自己在观画时，不觉中会发生幻觉，以画为真，而欲与画中人物对话，"唤舟"意象在宋代题画诗中的频频出现即是明证：

> 欲投晓渡唤舟子，急桨已入昏烟中。（林敏修《文湖州作山水横轴……同赋》）
>
> 欲唤扁舟渡云锦，平铺明镜是荷花。（李镈《跋四时景画·夏》）
>
> 忽对画图揩病眼，失声便欲唤归舟。（朱松《题范才元湘江唤舟图用李居仁韵》）
>
> 人在孤舟唤不应，儿言客写潇湘景。（薛季宣《远景图》）

分明知是丹青卷，仍欲沙头唤渡归。（楼钥《题惠崇着色四时景物》）

　　瘦筇便欲幽寻去，隔岸小舟呼不应。（释绍昙《元晖山水图》）

可见，唐人发明的以真写画的手法不仅在宋代题画诗中得到了继承，而且有了进一步的丰富和发展。

（二）借题发挥、托画寄意

唐代的一些题画诗，重点不在于画面的具体描绘，而在于借题发挥、托画寄意。如李白《初出金门寻王侍御不遇咏壁上鹦鹉》："落羽辞金殿，孤鸣托绣衣。能言终见弃，还向陇西飞。"[①]时诗人遭受谗毁而被赐金还山，诗人借鹦鹉能言以喻自己在朝廷上说话，得罪群臣而遭到贬斥，心中的愤慨不平可想而知，可见此诗重点不在壁上鹦鹉，而是作者借之抒写自己的失意之情。又如戴叔伦《画蝉》，寄寓高洁贤士恐难远祸、无处安身之意；郑谷《传经院壁画松》，表达对有才能而出身寒微的士子被压抑而屈居下位的社会现象的愤愤不平之情，都是托画言怀。杜甫题画诗在借题发挥手法的运用上更是堪称典范。清代诗歌评论家沈德潜论杜甫的题画诗说："其法全在不粘画上发论。如题画马画鹰，必说到真马真鹰，复从真马真鹰开出议论，后人可以为式。"[②] 如他的《姜楚公画角鹰歌》："梁间燕雀休惊怕，亦未抟空上九天。"[③] 说画鹰究竟是假的，不会腾空直上九天之上，梁间燕雀不必担心被搏击。言外之意，慨叹画鹰虽是神妙，而不能搏击，世人奈何爱画鹰而不爱真鹰呢？隐寓了怀才不遇、空老蜀中的愤慨之情。又如其在天宝末年创作的《天育骠骑图歌》，就有良马而无伯乐寄托

　　①　李白：《李白集校注》卷二十四，瞿蜕园、朱金城校注，上海古籍出版社1980年版，第1421页。

　　②　《说诗晬语》卷下第四八条，第551页。

　　③　《杜诗详注》卷十一，第924页。

感慨，看似为马鸣冤，其实联系诗人当时举进士不第、困居长安的辛酸境况，就十分明了：诗人因画生情，借物抒怀，由马及人，深寓怀才不遇之意，为自己也为天下奇士的坎坷蹭蹬鸣不平。特别是最后"如今岂无腰褭与骅骝，时无王良伯乐死即休"两句，对当时奸相李林甫等人弄权、打击迫害忠良贤才的行径，作了有力的抨击。题画与寄托彼此渗透，互相依存，这使得题画诗之意蕴更加含蓄丰厚，耐人寻味。

宋代发扬了唐代题画诗借题发挥、开出议论的手法。为了在题画诗中更鲜明、更直接地抒情言志，有些题画诗甚至不着意再现画中的景色、形象，而仅在于借题画发感慨。如苏轼作于元祐二、三年间的《戏书李伯时画御马好头赤》即是一例。诗一开篇撇开画中御马，写战马的雄健气势："山西战马饥无肉，夜嚼长秸如嚼竹。蹄间三丈是徐行，不信天山有坑谷。"接着，把御马作为对照："岂如厩马好头赤，立仗归来卧斜日。"饥瘦不堪的战马能翻山越岭，驰骋疆场，而饱食终日的御马却只是偶尔用来充当皇家的仪仗。"显然，诗人是以马的遭遇喻人，并以二马自喻，含蓄地抒写他在外任州官时虽辛苦奔波却能为国为民建功立业；如今虽为京官，身居高位，却无所作为"①，隐隐流露出对当时执政的司马光等守旧派的不满。又如苏辙《题王诜都尉设色山卷后》：

> 还君横卷空长叹，问我何年便退休。欲借岩阿着茅屋，还当溪口泊渔舟。经心蜀道云生足，上马胡天雪满裘。万里还朝径归去，江湖浩荡一轻鸥。②

---

① 陶文鹏：《苏轼诗词艺术论》，上海古籍出版社 2001 年版，第 82 页。
② 《全宋诗》卷八六四，第 15 册，第 10047 页。

愈演愈烈的党争使诗人无法安身，于是"退休"的愿望十分强烈。诗中"江湖浩荡一轻鸥"，正是诗人的自况与理想。可见，此诗虽名为题画，但诗人意不在画，而是借画表达自己对自由自在的隐逸生活的向往。

综上所述，唐代题画诗不仅从体例上确定了题画诗的样式，而且以其内容、写法上的成功开创，为后代题画诗树立了典范。宋代题画诗就是在对于唐代题画诗继承的基础上进一步发展繁荣起来的。同时，在传承的基础上，宋代题画诗又呈现出一些新变之势。本书上两章已从题山水画诗的内涵与艺术表现方面涉及，以下就宋代题画诗中的尚意诗观再作阐述。

第二节　尚意——宋代题山水画诗之新变①

从六朝时开始，哲学上的"言意之辨"逐渐由形上的思维进入实践与审美的范畴，文学创作上关于"物"（象）、"文"（言）、"意"关系的探讨，自此而兴。例如，陆机《文赋》说"恒患意不称物，文不逮意"；钟嵘《诗品·序》云"文已尽而意有余"；刘勰《文心雕龙·神思》："意翻空而易奇，言征实而难巧"；范晔认为文章应当"以意为主，以文传意"②。到了唐代，重"意"的思想勃兴。杜甫说"庾信文章老更成，凌云健

---

① "意"的概念十分复杂。本书不拟在概念上作过多纠缠。本书所提之"尚意"是由山水画及其题诗提出：唐代山水画多写实，宋代多写意；唐代题山水画诗多以写画，宋代题山水画诗多追索画中所蕴含的画家之意或画作之意、画外之意。因此，本书所谓"意"，既涵括山水画中表现的山水景物之精神、生意，也指画家在创作前的立意及通过山水画表达的个人情感意兴，以及观画者在品赏过程中"忘形得意"而于画作之外寻求的"景外意"与"意外妙"。

② 《狱中与诸甥侄书·序》，（南朝梁）沈约：《宋书》卷六九《范晔传》，中华书局1974年版，第1830页。

笔意纵横"①；皎然说："两重意已上，皆文外之旨"②；司空图提出"象外之象"、"景外之景"③，倡导"韵外之致"、"味外之旨"④。

宋代更是尚意之风极盛的时期。梅尧臣说："意新语工"，"状难写之景，如在目前，含不尽之意，见于言外"，"作者得于心，览者会以意，殆难指陈以言也"。⑤ 欧阳修云："心得意会"，"文简而意深"。⑥ 苏轼赞赏"出新意于法度之中，寄妙理于豪放之外"⑦，感慨"李、杜之后，诗人继作，虽间有远韵，而才不逮意"⑧。黄庭坚提出了"立意曲折"的法门，指出"诗词高胜，要从学问中来"，"每作一篇，先立大意；长篇须曲折三致意，乃可成章"。⑨ 张戒说："大抵句中若无意味，譬之山无烟云，春无草树，岂复可观。"⑩ 叶梦得云："意与言会，言随意遣，浑然天成。"⑪ 可见，在宋代，"意"不仅关涉创作，也用以评价，成为文学理论的核心。

"尚意"的美学思潮，促成了公认的宋诗特色，是宋代诗学的重要课题，更遍及于书法与绘画，可谓宋人艺术创作的圭臬。本节先就与论题密切相关的宋诗与宋画中的"尚意"略作说明，然后转入主题——宋代题山水画诗的尚意观。

---

① 《戏为六绝句》其一，《杜诗详注》卷十一，第898页。

② （唐）皎然：《诗式》之《重意诗例》，《历代诗话》本，第31页。

③ 《与极浦书》，《司马表圣文集》卷三。

④ 《与李生论诗书》，《司马表圣文集》卷二。

⑤ （宋）欧阳修：《六一诗话》引，《历代诗话》本，第267页。

⑥ 《论尹师鲁墓志》，《欧阳修全集》卷七二，第1046页。

⑦ 《书吴道子画后》，《苏轼文集》卷七十，第2210—2211页。

⑧ 《书黄子思诗集后》，《苏轼文集》卷六七，第2124页。

⑨ 《苕溪渔隐丛话》前集卷四十七，第319页。

⑩ 《岁寒堂诗话》卷上，第450页。

⑪ 《石林诗话》卷上，第406页。

一 尚意精神在宋代诗画中的表现

先说宋诗。为了突显宋诗尚意的特色，我们不妨将之与唐诗进行比较。由于宋人文化心理整体重智慧重人文特征，因而由唐入宋"诗歌之整体创作形态，由天分转向学力，由缘情转向尚意；诗艺之最高蕲向，由藻采之美，情韵之丰，转向'在古人不到处留意'、'不向如来行处行'；诗评之关注兴味，在津津于比较作品意趣之高下、含义之丰瘠、境界之新旧"①。关于唐宋诗的不同，古今学者多有论说。如：

> 唐人诗主情，去三百篇近；宋人诗主理，去三百篇却远矣。②
>
> 唐诗主情，故多蕴藉；宋诗主气，故多径露。③
>
> 唐诗以情韵气格胜，宋苏、黄皆以意胜。④
>
> 唐诗多以丰神情韵擅长，宋诗多以筋骨思理见胜。⑤
>
> 唐诗以韵胜，故浑雅，而贵酝藉空灵；宋诗以意胜，故精能，而贵深析透辟。⑥
>
> 如果说唐诗多以情景交融来创造意境的话，那么宋诗则是以意出景外来构造意境。一者主情，一者主意，主情者贵浑成，主意者贵空灵贵平淡。⑦

---

① 胡晓明：《尚意的诗学与宋代人文精神》。

② （明）杨慎：《升庵诗话》卷八之《唐诗主情》，《历代诗话续编》本，第799页。

③ （清）王士禛：《师友诗传续录》，《清诗话》本，第152页。

④ （清）刘熙载：《艺概》卷二《诗概》，上海古籍出版社1978年版，第68页。

⑤ 钱锺书：《谈艺录》，中华书局1984年版，第2页。

⑥ 缪钺：《论宋诗》，《诗词散论》，上海古籍出版社1982年版，第36页。

⑦ 张毅：《宋代文学思想史》，中华书局1995年版，第82页。

虽然，学者大多是在重复相似的话语，但从中可见：唐宋诗格调、面目迥然相异，唐诗主情、韵，宋诗主理、意，已经成为历代论家的普遍共识。此外，为说明唐宋诗的不同，学者多有形象的比喻，可资参看：

> 唐人诗如初发芙蓉，自然可爱。宋人诗如披沙拣金，力多功少。①
>
> 唐诗如芍药海棠，秾华繁采；宋诗如寒梅秋菊，幽韵冷香。唐诗如啖荔枝，一颗入口，则甘芳盈颊；宋诗如食橄榄，初觉生涩，而回味隽永。②
>
> 宋诗的平淡美体现在色彩的清淡、感情的平淡雅正等方面，与唐诗不同。如同醉酒：唐酣畅，宋矜持；写愁：唐浓，宋淡。③

在唐诗的主情、外放、激情冲动之后，宋诗形成了自己尚意、内敛自省、平淡冷静的独特风貌。

如果我们以具体诗歌来看，则更可清楚地看到唐宋诗的这种不同之处。如欧阳修《画眉鸟》："百啭千声随意移，山花红紫树高低。始知锁向金笼听，不及林间自在啼。"诗人由"山花红紫"中自在啼鸣的画眉联想到"锁向金笼"中的画眉，表现出对人生自由的哲学思考。而如杜甫《画鹰》诗，"何当击凡鸟，毛血洒平芜"，由画鹰联想到真鹰，通过写画鹰对搏击长空的向往，表达诗人对人生自由的追求。同样的愿望和追求，前者表现

---

① （明）胡应麟：《诗薮》，第 234 页。

② 缪钺：《论宋诗》，《诗词散论》，第 36 页。

③ 张文利：《理禅融会与宋诗研究》，中国社会科学出版社 2004 年版，第192—193 页。按：此段为引者概述。

为冷静的省思，后者则是激情的冲动，显示出完全不同的观察角度和思维方式。又如同写经过长江三峡时的飞舟直下，苏轼诗云：“船上看山如走马，倏忽过去数百群。前山槎枒如变态，后岭杂遝如惊奔。仰看微径斜缭绕，上有行人高缥缈。舟中举手欲与言，孤帆南去如飞鸟。”（《江上看山》）李白诗云：“朝辞白帝彩云间，千里江陵一日还。两岸猿声啼不住，轻舟已过万重山。”（《早发白帝城》）前者是冷静细致的多角度观察，感觉到“前山槎枒”、“后岭杂遝”，甚至“仰看微径”，注目于“上有行人”；后者则表现为激情奔放的意象凝定，船行千里，留给诗人的便只有“万重山”间的“猿声”了。

蒋士铨曾经感慨：“宋人生唐后，开辟真难为。”[1] 诚然。不过虽然难，但宋人毕竟是完成了这一伟大的开辟并取得了巨大成就。前人云：读宋诗“须另具心眼，得有玄解，乃知宋诗妙处。一以唐人格律绳之，却是不会读宋诗”[2]，诚为的论。

诗歌“尚意”，绘画亦然。北宋山水画家郭熙说：“春山艳冶而如笑，夏山苍翠而如滴，秋山明净而如妆，冬山惨淡而如睡。”[3] 即是要求画四时不同之山景要突显不同之“意”，要给人不同的感受。欧阳修云：

> 善言画者多云鬼神易为工，以谓画以形似为难，鬼神人不见也。然至其阴威惨淡，变化超腾，而穷奇极怪，使人见辄惊绝，及徐而定视，则千状万态，笔简而意足，是不亦为难哉！[4]

---

① （清）蒋士铨：《辨诗》，《忠雅堂诗集》卷十三，《忠雅堂集校笺》，邵海清校、李梦生笺，上海古籍出版社 1993 年版，第 986 页。

② （清）阙名：《静居绪言》，《清诗话续编》本，第 1646 页。

③ 《林泉高致·山水训》，第 67 页。

④ 《题薛公期画》，《欧阳修全集》卷七三，第 1058 页。

可见，欧公论作画不在"形似"，而在"意足"。此外，欧阳修又说："萧条淡泊，此难画之意，画者得之，览者未必识也。"①指出就欣赏者而言，观画的重点不在画之形迹，而在其"萧条淡泊"之意境。苏轼论画亦重"神"、"意"，而非重形似：他将"有意于笔墨之外"②视为画家之能事；树立了"论画以形似，见与儿童邻"③，以及"取其意气所到"的"士人画"④审美标准。

在这种观念指导下，宋代画坛常以画中有"意"与否来评判画家。如郭若虚称施璘"工画竹，有生意"，论崔悫"作隔芦睡雁，尤多意思"。⑤邓椿说赵士衍画"意韵诚可喜爱"，称李甲"作逸笔翎毛有意外趣"，说蒋长源作着色山水"大有生意"。⑥刘道醇称道徐熙"意出古人之外，自造于妙。尤能设色，绝有生意"。⑦即使以形似为尚、以院体为正的《宣和画谱》，也肯定了"词人墨卿"的有"生意"之作，如称萧悦画竹"深得竹之生意"，谓滕昌祐"随类赋色，宛有生意"。⑧米芾在《画史》中也以李成画"小木如柴，无生意"而"欲为无李论"，而以"岚色郁苍，枝干劲挺，咸有生意"称美董源画"格高无与比也"，又评其家所藏董源《雾景》图"山骨隐现，林梢出没，意趣高古"。⑨此类例子比比皆是，不胜枚举。这与唐代绘画多以

① 《鉴画》，《欧阳修全集》卷一三〇，第1976页。
② 《传神记》，《苏轼文集》卷十二，第401页。
③ 《书鄢陵王主簿所画折枝》，《全宋诗》卷八一二，第14册，第9395页。
④ 《又跋汉杰画山》，《苏轼文集》卷七十，第2216页。
⑤ 《图画见闻志》卷二，第32页；卷四，第60页。
⑥ 《画继》卷二，第8页；卷三，第20页；卷四，第24页。
⑦ 《圣朝名画评》卷三，第140页。
⑧ 《宣和画谱》卷十五，第167页；卷十六，第186页。
⑨ 《画史》，第14、15、22—23页。

逼真与否评判画作显然不同。

故邓乔彬先生在总结唐宋绘画不同的审美标准时说：

> 宋人的评画标准较唐代有显著变化。若谓唐画重形神，崇尚外美，宋画则追求意趣，崇尚内美，前者"动"，而后者"静"，如吴道子的以气势见长的画风渐失去令人企慕的地位。①
>
> 唐人倡导气势豪放之作，故吴道子观裴旻舞剑，受其触动，援毫图壁，飒然风起，"有若神助"，王洽常借醉而"以头髻取墨，抵于绢素"，成其"墨戏"。而宋代以后，则渐渐由动趋静，多从养兴中进入虚静的创作状态。②

赵晓涛也认为："宋代绘画艺术在很大程度上逐步淡化其物质性的一面，而向文学的品鉴方面靠拢，亦即抛却纯粹欣赏视觉美感，转向人文思致与画外意趣，接受文学在精神意趣上对它的引导和投影。"③ 可见，尚意也是宋代绘画的理论核心。

以上我们讨论了尚意是宋代诗歌和绘画的理论核心。题画诗作为诗人观照画图之后的创作，是诗画之间的桥梁，其尚意之精神尤为明显。前面我们说到，唐代绘画重在以逼真与否来评判画家画作，表现在题画诗，亦多采用以真写画的方法，或描摹画景，或赞画如真。"写真"之法，在宋固然有所承继和发展，但宋代诗人更多从尚意的精神出发来观照和评判眼前的画作，述写自己的观画感受。试比较苏轼《欧阳少师令赋所蓄石屏》与杜甫《戏为韦偃双松图歌》：

---

① 《有声画与无声诗》，第 101 页。
② 同上书，第 174—175 页。
③ 赵晓涛：《游于艺途——宋代诗与画之相关性研究》。

何人遗公石屏风，上有水墨希微踪。不画长林与巨植，独画峨嵋山西雪岭上万岁不老之孤松。崖崩涧绝可望不可到，孤烟落日相溟濛。含风偃蹇得真态，刻画始信天有工。我恐毕宏韦偃死葬虢山下，骨可朽烂心难穷。神机巧思无所发，化为烟霏沦石中。古来画师非俗士，摹写物像略与诗人同。愿公作诗慰不遇，无使二子含愤泣幽宫。(苏轼《欧阳少师令赋所蓄石屏》)①

天下几人画古松，毕宏已老韦偃少。绝笔长风起纤末，满堂动色嗟神妙。两株惨裂苔藓皮，屈铁交错回高枝。白摧朽骨龙虎死，黑入太阴雷雨垂。松跟胡僧憩寂寞，庞眉皓首无往著，偏袒右肩露双脚，叶里松子僧前落。韦侯韦侯数相见，我有一匹好东绢，重之不减锦绣段。已令拂拭光凌乱，请公放笔为直干。(杜甫《戏为韦偃双松图歌》)②

较之杜甫运奇诡之笔写画面双松之态的冥思玄构，苏轼更关心创作者自身的主体精神。杜甫重视画家的写真模拟工夫，尤其赞赏画家能夺造化之工、妙拟自然的技巧，因此他"题画马画鹰，必说到真马真鹰"③，此诗中"两株惨裂苔藓皮，屈铁交错回高枝"之句，即如实景。而苏轼则深入画家的艺术心灵，探索画家幽微的创作动机，他称"毕宏韦偃死葬虢山下，骨可朽烂心难穷。神机巧思无所发，化为烟霏沦石中"，其实虢山只是石材的产地，诗人将石面上松影似的纹路幻想成毕宏和韦偃的手笔，于是以为石材融凝了画家死后依旧勃发的神机巧思，也就是说，构成绘画的审美价值的要素是画家个人的思想、情感与精神。可

---

① 《全宋诗》卷七八九，第 14 册，第 9143 页。
② 《杜诗详注》卷九，第 757—758 页。
③ 《说诗晬语》卷下第四八条，第 551 页。

见除了描摹之外，苏轼更能透过画家的人格意志再造一个自然世界。再看同咏唐代姜皎画鹰的两首诗——杜甫《姜楚公画角鹰歌》和陆游《绵州录事参军厅观姜楚公画鹰少陵为作诗者》：

> 我来访古涪之滨，不辞百冈冀一真。走马朝寻海棕馆，斫脍夜醉鲂鱼津。越王高楼亦已换，俯仰今古堪悲辛。督邮官舍最卑陋，栋挠楹腐知几春？岿然此壁独亡恙，老槎劲翮完如新。向来劫火何自免，叱呵守护疑有神。妖狐九尾穴中国，共置不问如越秦。天时此物合致用，下鞲指呼端在人。会当原野洒毛血，坐令万里清烟尘。老眼还忧不及见，诗成肝胆空轮囷。（陆游《绵州录事参军厅观姜楚公画鹰少陵为作诗者》）①

> 楚公画鹰鹰戴角，杀气森森到幽朔。观者贪愁掣臂飞，画师不是无心学。此鹰写真在左绵，却嗟真骨遂虚传。梁间燕雀休惊怕，亦未持空上九天。（杜甫《姜楚公画角鹰歌》）②

同样，杜诗重在再现、突出画鹰之形，开篇四句即渲染出一片阴森肃杀之气，又借观者惊心动魄的神情意态烘托，便使画鹰跃然纸上；后又借真鹰陪衬画鹰，"此鹰写真在左绵，却嗟真骨遂虚传"，说这幅画鹰让人看后，反觉真鹰失色，徒有其名，极力突出画鹰逼真之态。故王嗣奭评此诗曰："形容佳画，止于夺真，而穷工极变，如'高堂见生鹘，飒爽动秋骨'，奇矣，'却疑真骨遂虚传'，愈出愈奇。"③ 而陆游则是从自己的主体精神出发，感慨山河沦丧、世事沧桑，而庆幸此画鹰之壁岿然独存；"会当原野洒毛

---

① 《全宋诗》卷二一五六，第 39 册，第 24317 页。
② 《杜诗详注》卷十一，第 924 页。
③ 《杜臆》，第 152 页。

血，坐令万里清烟尘"，借画鹰抒写自己要搏击长空的愿望，全诗重在描写观画鹰后的感慨，而对画面之鹰无一笔正面描摹。

在并置杜甫和苏轼、陆游的题画诗之后，我们可以知晓：宋人在观照画作时，比唐人更善于洞悉绘画的积极意义，他们直指画家的内心，找寻创作的根源，又力图"得之于象外"，从画上开出意外的联想，结合眼前的画面来阐释画家所欲表达的无穷之意，抒写自己的观画感慨，因此他们的题画作品往往不重在"叙述"画面的景物，而在于"诠解"画家的用心，所谓"知君有幽意，细细为寻看"①，"所以说诗者，要在以意逆"②，同时自己也以现身说法的方式说明绘画如何打动人心，令"不解语"的丹青产生更加动人的艺术魅力。

二 山水画及题山水画诗尚意观的形成

以上我们了解了诗画发展到宋代，尚意的观念十分突出。同时，我们也应看到，诗画由唐代的尚"真"到宋代的尚"意"，并非一个突变。其间的接承转合，自中唐开始，而在晚唐五代趋于完成。验之于山水画及其题诗，亦然。

山水画自晋宋兴起之后，到唐代发展成为绘画的重要门类。但在中唐以前山水画技法还不成熟的时期，山水画多以形似为能，如李思训的画风是"山水绝妙；鸟兽、草木，皆穷其态"③，陈昙"峰峦少奇，往往繁碎"④。我们从张彦远的《历代名画记》中用"细"一词来评论画家画作即可知道这种追求形似的传统：如顾景秀"笔精谨细"，谢赫"别体细微"，刘瑱"画体

---

① 苏轼：《宋复古画潇湘晚景图》，《全宋诗》卷八〇〇，第 14 册，第 9271 页。

② 刘宰：《观瀑布图》，《全宋诗》卷二八〇九，第 53 册，第 33414 页。

③ 《唐朝名画录·神品下》李思训条，第 78 页。

④ 《历代名画记》卷十，第 122 页。

简细"，杨庭光"下笔稍细"，戴重席"极精细"，鞠庭"格不甚高，但细巧耳"；此外，张彦远还在总结前人绘画的基础上，提出了"细画"的概念，如"夫大画与细画，用笔有殊，臻其妙者，乃有数体"，吴道子"其细画又甚稠密"，张藏"好细画"，卢棱伽"颇能细画，咫尺间山水寥阔，物像精备"。① 在这样一种求细求似的风气下，画家的目的是描摹真物，唯恐失真，因而很难将自己的心胸寄托于其中，正如米芾所说："山水古今相师，少有出尘格。"② 晚唐的张彦远也看到了这种谨细之"病"，把谨细之画作列入"中品之中"：

> 夫画物特忌形貌采章历历具足，甚谨甚细，而外露巧密，所以不患不了，而患于了，既知其了，亦何必了，此非不了也。若不识其了，是真不了也。夫失于自然而后神，失于神而后妙，失于妙而后精。精之为病也，而成谨细。自然者为上品之上，神者为上品之中，妙者为上品之下，精者为中品之上，谨而细者为中品之中。③

中唐以后，参与绘事的文人逐渐增多，关于绘画思想和绘画功能的观念逐渐改变，对绘画的艺术要求不再停留于"逼真"地"再现"物象，而是将绘画的注意力由画面转向画家本身，要求画家把自己的意气、情感、思想融入创作，强调在形似之外传达出对象的"气韵"。如张彦远《历代名画记》云："今之画，纵得形似而气韵不生，以气韵求其画，则形似在其间矣"，"若气韵不周，空陈形似，笔力未遒，空善赋彩，谓非妙也"，也就

---

① 《历代名画记》卷六，第82页；卷七，第86、87页；卷九，第109页；卷十，第123、124页；卷二，第27页；卷一，第16页；卷九，第109页。

② 《画史》，第39页。

③ 《历代名画记》卷二，第23页。

是说写实的目的是为了传达对象的气韵，他推崇张璪的"以掌摸色，中遗巧饰，外若混成"，徐表仁的"水石奔异，境与性会"，① 这种对画家创作原动力以及创作状态的关心，也就是把六朝人所重视的"笔"与"物"的关系延伸至用笔的"人"与所绘的"物"的关系。画家的文化质素与思想情感是决定"笔"的关键，这样，画家的"意气"、落笔前的"立意"如何左右"物象"的表达成为论者关注的重心。如皎然评张志和画洞庭三山"尺波澶漫意无涯，片岭峻嶒势将倒"（《奉应颜尚书真卿观玄真子置酒张乐舞破阵画洞庭三山歌》）；张祜题王维山水"料得昔人意，平生诗思残"（《题王右丞山水障二首》）；方干说项信水墨画"险峭虽从笔下成，精能皆自意中生"（《观项信水墨》），论陈式山水"立意雪髯出，支颐烟汗干"（《陈式水墨山水》）；荆浩论画："恣意纵横扫，峰峦次第成"（《画山水图答大愚》），都是对画家之"意"的关注。张彦远《历代名画记》叙述吴道子观裴旻舞剑而画益进，张旭看公孙大娘舞剑而为草书后道："是知书画之艺，皆须意气而成"②。所谓"意气"，包括先于创作而存在的画家的人格气质、情感思想，也包括贯穿于整个创作过程的意趣、灵感。张彦远评顾恺之画云："意存笔先，画尽意在，所以全神气也。"而要达到"意存笔先，画尽意在"，张彦远又以吴道子作画为例云要"守其神，专其一"。③ 因此，画家本人的"意气"是画作"立意"的根源，落笔之前先存有"画意"，虚静专一，然后才能得心应手，冥契造化。而观赏绘画则是由画面呈现的"画意"推想画家之"意"，亦即画家之心。杜甫"对此融心神，知君重毫素"（《奉先刘少府新画山水

---

① 《历代名画记》卷一，第 15、16、17 页。
② 《历代名画记》卷九，第 109 页。
③ 《历代名画记》卷二，第 22 页。

障歌》），徐凝"画人心到啼猿破，欲作三声出树难"（《观钓台画图》），张祜"精华在笔端，咫尺匠心难"（《题王右丞山水障二首》），韦庄"谁谓伤心画不成，画人心逐世人情"（《金陵图》），伍乔"别手应难及此精，须知攒簇自心灵"（《观华夷图》），都是肯定作品是画家用心蕴酿的结晶，也就是将以笔墨技巧为主要评判标准的绘画创作提高至精神心灵的层次。

在这样一种观念的影响和驱使下，自中唐以后，山水画逐渐向水墨写意发展。老子曰："大音希声，大象无形。""大色无色"的水墨，注重的正是画家和观画者内心的感知、想象和顿悟，它将大千世界的缤纷色彩浓缩为黑白二色，"草木敷荣，不待丹碌之采；云雪飘飏，不待铅粉而白。山不待空青而翠，凤不待五色而綷"①，追求"微茫惨淡"的妙境，更便于传达画家之意。张彦远认为："运墨而五色具，谓之得意。意在五色，则物象乖矣。"② 可见其对于水墨的推崇。王维之前，水墨山水一词尚不得见。张彦远在《历代名画记》卷十王维条说"余曾见破墨山水，笔迹劲爽"，这是现在能见到的"破墨山水"的最早记载。王维之后，张璪画"唯用秃毫，或以手摸绢素"③，"毫飞墨喷，捽掌如裂"④，倡导"外师造化，中得心源"，为水墨山水找到了理论的支撑；王洽创泼墨之法，"自然天成，倏若造化"，"时人皆号为王泼墨"，⑤ 又从技法上发展了王维的水墨山水。水墨山水逐渐为世所公认，出现了卢鸿、郑虔、项容、王默、朱审、王宰等以水墨山水见长的画家。诗歌中关于"水墨"的描

---

① 《历代名画记》卷二，第23页。

② 同上。

③ 《历代名画记》卷十，第121页。

④ （唐）符载：《江陵陆侍御宅宴集观张员外画松石序》，（宋）姚铉编：《唐文粹》卷九七，浙江人民出版社1986年版，第6页。

⑤ 《宣和画谱》卷十，第104页。

写逐渐增多即是明证。如杜甫"元气淋漓障犹湿"（《奉先刘少府新画山水障歌》），这自是水墨画的效果。刘商"水墨乍成岩下树，摧残半隐洞中云"（《与湛上人院画松》），这可能是"水墨"一词专指"水墨画"的最早例子。到了晚唐五代，"水墨"、"泼墨"之语更是屡见于诗人笔下。如许浑"云间二室劳君画，水墨苍苍半壁阴"（《赠李伊阙》），郑谷"孤峰未得深归去，名画偏求水墨山"（《朝直》），杜牧"雪耀冰霜冷，尘飞水墨昏"（《川守大夫刘公早岁寓居敦行里肆有题壁十韵……辄献此诗》），陆龟蒙"拄访谭玄客，持看泼墨图"（《奉和袭美赠魏处士五觊诗·华顶杖》），贯休"几多僧只因泉在，无限松如泼墨为"（《春游凉泉寺》）。又如方干有《陈式水墨山水》、《观项信水墨》、《项洙处士画水墨钓台》、《水墨松石》、《送水墨项容处士归天台》等诗。可见水墨画在当时已不少见了。故五代荆浩在《笔法记》中明确指出："随类赋彩，自古有能，如水晕墨章，兴吾唐代。"[①]

宋代以后文人山水画更是以水墨写意为理论核心。刘克庄云："古画皆著色，墨画盛于本朝。始惟文与可、李伯时，后陈坡、宝晋父子迭为之，廉宣仲、王清叔亦著名。"[②] 虽然其"古画皆著色"之说显然过于绝对，但水墨始盛于宋则也是不争的事实。

总的说来，我国的山水画，从王维的"破墨"，张璪的"以掌摸色"，王洽的"泼墨"，以至五代荆浩、关仝、董源、巨然，至北宋文人画派，均以水晕墨章、以墨见韵处于画坛主导。一方面山水画写意、求趣、默契神会、得意忘象的理论在发展；另一

---

① 《历代论画名著汇编》，第51页。

② （宋）刘克庄：《后村先生大全集》卷一〇五《小米画》，《四部丛刊初编》本。

方面，文人山水画从求"逸"和重"意"两端向前发展，而呈现出由实变虚的总貌，逐渐形成了舍华求朴、纯任天真、不假修饰的水墨写意风气。这样，画家"情生笔端"，将自己的感知、情志注入水墨，真正在绘画领域实践了适意于自然、钟情于山水的庄学、玄学精神，水墨山水本身又因其抽离了色彩而更具想象和发挥的空间。因而题山水画诗也逐渐摆脱了以真写画的传统，诗人在观赏画作时"缘象生情"、"象外求象"，希冀追求图像之外的意味和品鉴乐趣，并借此抒写个人情志，题山水画诗中尚意的观念由此形成。

三 尚意精神在宋代题山水画诗中的表现

品读宋代题山水画诗，我们发现诗人在观照山水画图时所关注的"意"可分为三个方面：一是审美原创者——画家的"意"；二是审美客体——画作的"意"；三是审美主体——观者的"意"。以下分别举例阐述。

（一）审美原创者——画家之"意"

此处所谓"意"，既指画家在创作前的"立意"、"用意"，也指其在画作中体现出的"意气"。

随着中唐以来整个文艺、美学思潮的变化，人们逐渐从对外在功业的追求，转变为对内在思绪的省察。表现在绘画方面，情性意兴成为画家侧重表现的要旨。人物画从吴道子的佛道人像，变为北宋李公麟的世俗人物，从重在表现所绘人物的神、气，转为重在通过所绘人物寄寓自己的感情。山水画亦从荆浩的重在绘画本身的"六要"①，变为郭熙的重在作画者的"快人意"、"获我心"：

① "六要"指气、韵、思、景、笔、墨，荆浩《笔法记》，《历代论画名著汇编》，第49页。

君子之所以爱夫山水者，其旨安在？丘园养素，所常处也；泉石啸傲，所常乐也；渔樵隐逸，所常适也；猿鹤飞鸣，所常观也；尘嚣缰锁，此人情所常厌也；烟霞仙圣，此人情所常愿而不得见也。直以太平盛日，君亲之心两隆，苟洁一身出处，节仪斯系，岂仁人高蹈远引，为离世绝俗之行，而必与箕颍埒素黄绮同芳哉！白驹之诗，紫芝之咏，皆不得已而长往者也。然则林泉之志，烟霞之侣，梦寐在焉，耳目断绝。今得妙手郁然出之，不下堂筵，坐穷泉壑，猿声鸟啼，依约在耳；山光水色，滉漾夺目，此岂不快人意，实获我心哉！此世之所以贵夫画山水之本意也。①

郭熙对于宋代文人画家钟情于山水画的这种原因总结，再经由苏轼、文同和米家父子的提倡和实践，山水画侧重主观"借物写心"的观念在宋代受到极大的发扬和普遍认可。像这样寄情意于笔墨山水，以画山水作为自己心灵自适和精神隐逸的妙径，在宋代画家中颇为流行。如：

　　孙可元：好画吴越间山水，笔力虽不至豪放，而气韵高古，喜图高士幽人，岩居渔隐之趣。尝作《春云出岫》，观其命意，则知其无心于物，聊游戏笔墨以玩世者，所以非陶潜、绮皓之流，不见诸笔下。
　　宋道：善画山水，闲淡简远，取重于时。但乘兴即寓意，非求售也。
　　李公年：善画山水，运笔立意，风格不下于前辈。……

---

①　《林泉高致·山水训》，第64—65页。

至于写朝暮景趣，作长江日出，疏林晚照，真若物象出没于空旷有无之间，正含骚人诗客之赋咏。

　　罗存：虽身在京国，而浩然有江湖之思致，不为朝市风埃之所汩没。落笔则有烟涛雪浪，扁舟翻舞，咫尺天际，坡岸高下，人骑出没，披图便如登高望远，悠然与鱼鸟相往还。①

又据《画史》记载，苏轼贬官黄州团练副使期间，一次米芾去看望他，酒酣之际，苏轼命以纸贴墙上，"即起作两株竹，一枯树，一怪石"，正如米芾之感叹"枝干虬屈无端，石皴硬亦怪怪奇奇无端，如其胸中盘郁也"②，苏轼以这幅萧疏、枯怪的竹石图寄托了自己因遭遇乌台诗案几经磨折后复杂、苦闷的心情。又如米芾，"作墨戏，不专用笔，或以纸筋，或以蔗滓，或以莲房，皆可为画；纸不用胶矾，不肯于绢上作一笔"③。米芾的这些"游戏翰墨"之作看似即兴的随意涂写，而寒林枯木、米点山水正是其内心情怀和意趣的表露和抒发。米友仁曾自题其《潇湘奇观图卷》云："大抵山水奇观，变态万层。多在晨晴晦雨间，世人鲜复知此。余生平熟悉潇湘奇观，每于登临佳处，辄复写其真趣。"④ 并声言此画是"成长卷以悦目"之"戏作"。可见，追求"真趣"以"悦目"，通过"墨戏"以"写心"，正是其时文人画家共同的审美观念。这正如郭若虚云："窃观自古奇迹，多是轩冕才贤，岩穴上士，依仁游艺，探迹钩深，高雅之情，一寄于画。"⑤ 又如沈括所言："此乃得心应手，意到便成，

---

① 《宣和画谱》卷十一，第124页；卷十二，第129、132、137页。
② 《画史》，第42、41页。
③ （宋）赵希鹄：《洞天清禄集》之《古画辩》，第26页。
④ 《中国画论类编》下卷，第684页。
⑤ 《图画见闻志》卷一《论气韵非师》，第9页。

故造理入神，迥得天意，此难可与俗人论也。"① 宋代题山水画诗中直接称画家为"意匠"，这正是基于诗人对画家之意在山水画中的表达的充分认识，如：

胸中有丘壑，故遣意匠写。（苏过《题刘均国所藏燕公山水图》）

众工画山水，意匠劳雕镌。（李纲《次韵和虞公明察院赋所藏李成山水》）

题舆意匠崇崖图，鲁侯为赋溪隐诗。（张嵲《崇山图七贤诗》）

天景须凭意匠营，山不在高仙则名。（楼钥《寄题台州倅厅云壑》）

想当意匠经营初，已尽东南烟雾迹。（戴表元《题岘山图》）

在这样一种创作背景下，如真与否不再是山水画的品鉴原则，诗人们往往透过山水画欣赏画家天生之意气，以及从其个人意气中流露出来的种种艺术特质。如黄庭坚《答王道济寺丞观许道宁山水图》："举杯意气欲翻盆，倒卧虚樽将八九。"曾丰《题萧叔原江山图画》："酒盏棋枰意气充，熏炉茗碗情性融。"可见，在诗人看来，眼前的画作分明就是画家自我意气的直接展现。又如苏轼《郭祥正家醉画竹石壁上郭作诗为谢且遗二古铜镜》：

空肠得酒芒角出，肝肺槎牙生竹石。森然欲作不可回，吐向君家雪色壁。……②

----

① （宋）沈括：《梦溪笔谈》卷十七《书画》，《丛书集成初编》本，第107页。

② 《全宋诗》卷八〇六，第14册，第9342页。

在此，苏轼形象地把作画过程说成是竹石生于胸中，不吐不快，可见绘画是其发泄心中块垒的方式，故黄庭坚亦有"东坡老人翰林公，醉时吐出胸中墨"（《题子瞻画竹石》）之评。

画家的意气是决定作品审美情趣的关键，同时画家在创作前的灵感构思也直接影响着作品的形式表现。张彦远在《历代名画记》中论"六法"时说："骨气形似，皆本于立意，而归于用笔。"[1] 宋韩拙《山水纯全集》也说："凡未操笔，当凝神著思，豫在目前，所以意在笔先，然后以格法推之，可谓得之于心应之于手也。"[2] 因而诗人在题咏画作时，往往透过画面的艺术特质去感悟画家的"立意"（或曰"命意"、"用意"、"寓意"）。如李之仪《题郭熙画扇》："六月尘埃汗如洗，始知立意不徒然"；陆游《夜梦与数客观画……明旦乃追补之亦仿佛梦中意也》："其间一图最杰作，命意落笔惊倒人"；赵蕃《题王叔毅画》："写真命意两俱盛，我今落笔胡能奇"，都从感慨画家创作构思时的命意不凡落笔，称美画家不同凡响的艺术创作。方回《五湖空蒙图》："寓意托兴有所主，人品高绝名芳馨"，直接点出画家的创作是其寓意托兴之举。连文凤《董源山水图为北客赋》："董生好手毕宏上，意在笔先方落笔"，则在题画诗中再次提出了"意在笔先"的命题。

画家之"意"的审美品格，在山水画中突出地表现为深意、新意、远意、清意等等，也是诗人在玩味画作时的兴趣所在。如：

> 乃知吴生有深意，一时心事能貌出。（朱翌《吴道子华清

① 《历代名画记》卷一《论画六法》，第15页。
② 《韩氏山水纯全集·论用笔墨格法气韵病》，《丛书集成初编》本，第8页。

宫图》）

　　李君此画何容易，画出渔樵有深意。（张舜民《京兆安汾叟赴辟……浮休居士为继其后》）

　　堆案烦文犹倦暑，满轩新意忽惊秋。（司马光《依韵和仲庶省壁画山水》）

　　修眉拂略远意开，碎点孤烟树如荠。（牟巘《山水图》）

　　余光耀衾帱，清意凝幔裯。（曾巩《山水屏》）

　　知君定有扁舟意，却为丹青肯少留。（王安石《次韵吴仲庶省中画壁》）

　　高山千古意，流水七弦情。（释元肇《琴川图》）

从以上诗句中我们可以看到诗人们在深入品赏画图时，对画家意气贯注于画图中的种种审美特质的感悟。

　　至于画家的意在创作中的表达方式，诗人们多以"随意"、"信意"出之，这应与文人山水画舍工求率、不假雕琢相关。如释德洪《仁老以墨梅远景见寄作此谢之二首》："道人三昧力，幻出随意现"①；释居简《云天瑞所藏李唐风雨图》："信意泼浓墨，了不见墨痕"②。当然，这种"随意"、"信意"并非毫无目的的信笔涂鸦，而是在胸有成竹基础上的任笔自适，以至得心应手，自然天成。

　　（二）审美客体——山水画中的"意"

　　此处所谓意，指山水画中所展现出的"意象"、"意思"、"意境"和"生意"。

　　如果说"神"、"气韵"是事物的本质特征和生生活力，那么山水画中的"意"则是由画家将客观事物的本质特征、生生

---

① 《全宋诗》卷一三二七，第 23 册，第 15061 页。
② 《全宋诗》卷二七九四，第 53 册，第 33146 页。

活力，化为主观的把握、理解，并形诸笔墨，而后体现于山水画中的物象的精神。具体说来，在山水画中，"意象"是指融入画家主观情感的画面物象，它由客观物象而来，但又超于客观物象之上。"意思"是指画面物象所表现出来的特征、情态。至于"意境"，宗白华先生在《中国艺术意境之诞生》中说："艺术家以心灵映射万象，代山川立言，他所表现的是主观的生命情调与客观的自然景象交融互渗，成就一个鸢飞鱼跃，活泼玲珑，渊然而深的灵境；这灵境就是构成艺术之所以为艺术的'意境'。"①堪称专对山水画意境的绝妙诠释。

山水画的意象、意思、意境是观者理解和把握画作以至借画咏怀的必要途径，也必然成为题画诗作者的关注重心。且不说题山水画诗中往往以画中雁意象表达思乡之情、以渔翁意象抒写归隐之念等诸多具体情形，题诗中屡屡直接言及意象、意思、意境即是明证。例如释道潜《观宗室曹夫人画》（其一）：

> 野水平林眇不穷，雪翻鸥鹭点晴空。洞房岂识江湖趣，
> 意象冥将造化同。②

在此，道潜感叹宗室曹夫人虽然身为闺中女子，未尝涉足江湖，但其笔下野水平林、飞雪鸥鹭等意象无不妙合造化。诗人在欣赏山水画图时，画中物象（包括画中人物）幽微的特征、情态都在其探究和揣度之中。这从"意思"一词的出现即可略窥一二：

> 堂上列画三重铺，此幅巧甚意思殊。（王安石《江邻几邀

① 蒋孔阳编：《中国古代美学艺术论文集》，上海古籍出版社1981年版，第10页。
② 《全宋诗》卷九二〇，第16册，第10794页。

观三馆书画》)

> 坐中识别有公子，意思往往疑魏贤。（梅尧臣《观杨之美盘车图》）

> 空玄影外渺孤舟，不与渔翁意思侔。（郑思肖《柳子厚赋寒江钓雪图》）

又如对画面"意境"的关注和发掘，黄庭坚"意境可千里，摇落江上林"（《子瞻题狄引进雪林石屏要同作》），王安中"平生经行意境足，朽木不运笔已操"（《次韵题李公休辋川图》）即是显例。

此外，尤为值得一提的是，在观照画图这一审美客体时，宋人非常善于发现其中物象的生意，并提出了观其"生意"的绘画鉴赏主张。宋代画学专著就常以是否有"生意"作为评判画作的标准。如郭若虚《图画见闻志》称施璘"工画竹，有生意"，说赵昌"工画花果，其名最著。然则生意未许"。① 邓椿《画继》说：章友直"善画龟蛇，以篆笔画，颇有生意"；刘常"所作花，气格清秀有生意"；路皋"每醉则画驼不过数笔，捽攃而成，颇全生意"；周照"画院人，专画狗。作竹石兽子，殊有生意"；老侯"兼长花果，颇有生意"；又载文潜谓其甥杨吉老画竹"生意超然"。② 刘道醇《圣朝名画评》称道徐熙"意出古人之外，自造于妙。尤能设色，绝有生意"③。《宣和画谱》称萧悦"画竹深得竹之生意"，谓滕昌祐"随类赋色，宛有生意"。④ 元庄肃《画继补遗》也以"生意"评宋代画家："补之画梅，须于枝杪作回笔，似有含苞气象，季衡欠此生意耳"；陈

---

① 《图画见闻志》卷二，第32页；卷四，第58页。
② 《画继》卷四，第28页；卷六，第51页；卷七，第56页；卷四，第29页。
③ 《圣朝名画评》卷三，第140页。
④ 《宣和画谱》卷十五，第167页；卷十六，第186页。

珩"善画龙水，时亦作水墨蟹、鹊，极有生意，仕至朝郎，颇得时名"；鲁宗贵"绍兴画院祗候。专写花竹、飞禽、驰兽，特于鸡雏鸭黄，最有生意"；李迪"孝、光、宁画院祗候，画杂画。然写飞走花竹，颇有生意"；毕生"工画牡丹，甚有生意"。① 综上可见，论者或以"有生意"赞扬画家画作，或以"无生意"贬之，无论是画院画家还是文人画家，也无论是画山水、花鸟还是人物，表现客观物象的"生意"已然成为宋代画坛共同的审美追求。

在这样一种以"生意"为山水画要旨的时代风气下，题山水画诗也每每以"生意"为鉴赏之角度。而对于山水画而言，其勃勃"生意"更突出地在画图中的林木中表现出来。如：

叶斜枝亚寒声尽，节老根犷生意足。（梅尧臣《和和之南斋画壁歌》）

许翁写生意，独得毫墨外。（韩维《奉同原甫度支厅壁许道宁画松》）

生意虽休根柢在，崛强权牙倚天黑。（毕仲游《观文与可学士画枯木》）

孤峰上排霄，群木尽生意。（李彭《戏书山水枕屏四段》）

长松落落有生意，连臂下饮惟玄猿。（李纲《题成士毅所藏辋川雪图》）

然则，米芾以李成画"小木如柴，无生意"而"欲为无李论"，以"岚色郁苍，枝干劲挺，咸有生意"称美董源画"格高无与比也"，② 虽是其性格好乖好与时俗异而促成的标新立异之举，

① 《画继补遗》卷上，第2、7页；卷下，第11、12、17页。
② 《画史》，第14、15页。

但我们亦可从时代风气的角度找到他的这种观点的文化归因。在创作上，更有似蒋长源者，"作著色山水……叶取真松为之，如灵鼠尾，大有生意"①，为表现画图生意而直接以真松入画，堪称创奇之举。《林泉高致》则谓"笔迹不混成谓之疏，疏则无真意；墨色不滋润谓之枯，枯则无生意"②，从理论上论及在运笔墨时如何使画作有生意，那就是要做到墨色滋润。

"生意"一词在宋代如此被反复使用，日渐成为绘画审美的术语，其涵义到底为何？宋人董逌说：

> 世之评画者曰："妙于生意，能不失真如此矣。是为能尽其技。"尝问："如何是当处生意？"曰："殆谓自然。"③

可见，就审美而言，彰显万物天机活泼的"生意"，在董氏看来，即为"自然"之意。关于"自然"之品格，在晚唐即已成为绘画审美的极致，如张彦远《历代名画记》云："失于自然而后神，失于神而后妙，失于妙而后精。精之为病也，而成谨细，自然者为上品之上。"④ 对"自然"推崇备至，甚至超越了"神"。《益州名画录》也把合乎"自然"之画谓之逸格，而置于"神"、"妙"、"能"格之首："画之逸格，最难其俦，拙规矩于方圆，鄙精研于彩绘，笔简形具，得之自然，莫可楷模，出于意表。"⑤ 可知"自然"之画作不违"应物象形"而又须"得意忘象"，⑥ 超出形式规矩而又妙合自然。

---

① 《画继》卷四，第 24 页。
② 《林泉高致·山水训》，第 69 页。
③ 《广川画跋》卷三之《书徐熙画牡丹图》，第 270—271 页。
④ 《历代名画记》卷二《论画体工用拓写》，第 23 页。
⑤ 《益州名画录》之《品目》，第 3 页。
⑥ 《益州名画录·序》，第 2 页。

为了表现客观物象的"生意"，画家往往亲身经历，长久体察。只有这样，才能在画作中出之以"写生"。如：

> （范宽）卜居于终南太华岩隈林麓之间，而览其云烟惨淡，风月阴霁难状之景，默与神遇。[1]
>
> （李成）于山林泉石，岩栖而谷隐。层峦叠嶂，嵌欹崒崔，盖其生而好也。积好在心，久则化之，凝念不释，殆与物忘。则磊落奇特，蟠于胸中，不得遁而藏也。[2]
>
> （易元吉）游于荆湖间，搜奇访古，名山大川，每遇胜丽佳处，辄留其意，几与猿、狖鹿豕同游，故心传目击之妙，一写于毫端间，则是世俗之所不得窥其藩也。[3]

此外，宋代画论中亦多强调"饱游饫看"、"遍历广观"。如郭熙《林泉高致》云："欲夺其造化，则莫神于好，莫精于勤，莫大于饱游饫看，历历罗列于胸中。"[4] 李澄叟《画山水诀》云："画山水者，须要遍历广观，然后方知著笔去处。"[5]

正如《书画鉴影》记祝允明所言："绘事不难于写形而难于得意，得其意而点出之，则万物之理，挽于尺素间矣，不甚难哉！或曰：'草木无情，岂有意耶？'不知天地间，物物有一种生意，造化之妙，勃如荡如，不可形容也。"[6] 万物有"生意"，画家"得其意而点出之"，就像诗人"了然于心"，又"了然于口与手"，当然会臻于绝胜之境。山水画以突显"生意"为要

① 《宣和画谱》卷十一，第117页。
② 《广川画跋》卷六之《书李成画后》，第306页。
③ 《宣和画谱》卷十八，第221页。
④ 《林泉高致·山水训》，第68页。
⑤ 《中国画论类编》上卷，第623页。
⑥ 《中国画论类编》下卷，第1072页。

旨，必然使观画者在观赏画作中容易与画中"生意"遇合，因而体现在题画诗中，就多见关于"生意"的描述了。

（三）审美主体——观者的"意"

从以上论述我们已经知晓，宋人题画重"画意"，好品味画家"意气"在画作中的表达及画作的"意思"、"生意"。除此以外，宋代题画诗作者还好从画家、画作而反诸自身，认识到绘画欣赏的过程实际上也是审美主体——观画者的再创造过程，因而崇尚在品赏过程中的"忘形得意"，提出观赏山水画要寻求画作的"景外意"与"意外妙"。

忘形得意的画学思想在北宋最先由欧阳修提出。欧阳修关于绘画并没有很多意见，今存其题画诗也仅有一首，但作为一代文坛领袖，其论点颇有影响。今录其提出忘形得意说的《盘车图》诗如下：

> 浅山嶙嶙，乱石矗矗，山石硗礴车碌碌。山势盘斜随涧谷，侧辙倾辕如欲覆。出乎两崖之隘口，忽见百里之平陆。坡长坂峻牛力疲，天寒日暮人心速。杨褒忍饥官太学，得钱买此才盈幅。爱其树老石硬，山回路转，高下曲直，横斜隐见，妍媸向背各有态，远近分毫皆可辨。自言昔有数家笔，画古传多名姓失。后来见者知谓谁，乞诗梅老聊称述。古画画意不画形，梅诗咏物无隐情。忘形得意知者寡，不若见诗如见画。乃知杨生真好奇，此画此诗兼有之。乐能自足乃为富，岂必金玉名高赀。朝看画，暮读诗，杨生得此可不饥。[①]

此诗题写的是杨褒（字之美）所收藏的《盘车图》。据欧诗诗意

---

① 《全宋诗》卷二八七，第 6 册，第 3637 页。

可知，杨褒在购得古画《盘车图》后，先是乞诗于梅尧臣，欧阳修欣赏画作和梅诗后而作此诗。梅尧臣《观杨之美盘车图》诗以文字再现了画面的景象，从"谷口长松"、"涧畔古树"的苍凉到"土山惨憺"、"坡路曲折"，从"二车"、"三车"到"一乘"的样态，从"黄衫乌巾"（赶车者）到"毂轮"、"蹄角"的情形，用精细的笔触描摹画面之景，具体而微，正可见出"梅诗咏物无隐情"，使读者读诗即如见《盘车图》画。与梅诗客观地叙述画面形貌相比，欧诗则重视渲染画作的氛围。"嶙嶙"、"蠢蠢"、"碌碌"等叠音词表现出一种车行的节奏感，又以"山势盘斜随涧谷，侧辙倾辕如欲覆"，突出行路的艰险。尤其是"坡长坂峻牛力疲，天寒日暮人心速"二句最值得玩味：如果说画中"牛力疲"还可以通过画家笔触加以表现的话（这实在很难），那么"人心速"则是画面无法表现的，完全是诗人的设想。这种由画作的生动意象，追溯画家的创作用心，乃至于以己意揣度画面，设想画中情境，正是"忘形得意"之精魂所在。

欧阳修"忘形得意"的画学思想，遥接玄学的"得意忘象"和佛学的"形恃神立"，启发了其后的不少论家。沈括《梦溪笔谈》即对欧阳修论画极为推崇，他不仅感慨"欧文忠《盘车图》诗云：'古画画意不画形，梅诗咏物无隐情。忘形得意知者寡，不若见诗如见画。'此真为识画也"，并在欧阳修"忘形得意"说的基础上提出了"书画之妙，当以神会，难可以形器求"① 的见解。苏轼的看法，则更为系统深入，他在《净因院画记》道出了自然景物"虽无常形而有常理"的特点；《书鄢陵王主簿所画折枝》更有"论画以形似，见与儿童邻"的惊世之见；《又跋汉杰画山》树立了"取其意气所到"的"士人画"审美标准。

---

① 《梦溪笔谈》卷十七《书画》，第 107、108 页。

总之，苏轼论画重在"意"、"神"，而非重形似。黄庭坚《题摹燕郭尚父图》也提出了"凡书画，当观韵"① 的原则，这"韵"的主要意义就是"神"。晁补之《跋李遵易画鱼图》则云："遗物以观物"，"大小惟意，而不在形。巧拙系神，而不以手"，② 所论更全面、周密。

正因为有识于观画者融个人情思于审美客体的创造性，认识到欣赏画图的过程实际上是观者与画家画作的双边交流，强调忘形得意，因而宋代论画者亦多从观画者读画之角度阐述他们的画学思想。如郭熙《林泉高致》：

> 看山水亦有体，以林泉之心临之则价高，以骄侈之目临之则价低。
> 山水大物也，人之看者，须远而观之，方见得一障山川之形势气象。若士女人物，小人之笔，即掌中几上，一展便见，一览便尽。此看画之法也。③

韩拙《山水纯全集》：

> 凡阅诸画，先看风势气韵，次究格法高低者，为前贤家法规矩用度也。
> 观画之理，非融心神，善缣素，精通博览者，不能达是理也。④

以上郭熙、韩拙谈的是山水画欣赏的普遍之理。而沈括《梦溪

---

① 《豫章黄先生文集》卷二七。
② 参见邓乔彬《有声画与无声诗》，第130—131页。
③ 《林泉高致·山水训》，第65页。
④ 《韩氏山水纯全集·论观画别识》，第10页。

笔谈》则从个案欣赏的角度为后人开出了山水画图欣赏的范例：

> 大体源及巨然画笔，皆宜远观。其用笔甚草草，近视之
> 几不类物象；远观则景物粲然，幽情远思，如睹异境。如源
> 画《落照图》，近视无功；远观村落杳然深远，悉是晚景；
> 远峰之顶，宛有反照之色。此妙处也。①

又如刘宰《观瀑布图》：

> 仰观山模糊，俯视山历历。见卑不见高，此恨通今昔。观者
> 笑且言，画手非用力。安知画工心独苦，世上悠悠几人识。……
> 知画岂予能，因画重凄恻。圣贤言外意，未可纸上得。所以说诗
> 者，要在以意逆。安得画外观山人，共向书中探端的。②

可见，作品的艺术价值仰赖积极的审美活动才能得以实现。无
疑，由于观画者主观情感的投入及由之而来的对画图意涵的再创
造，画图之内容更加深广了。

那么，宋人所谓忘形得意，究竟是指得何"意"？在观赏过
程中又如何"得意"？

宋代题山水画诗中常说"得意"，如"凝神净虑偶得意，一
洒混沌开玄黄"（黄希旦《观申公山水》），"戏拈秃笔扫成图，
浓淡遭回真得意"（孔平仲《题清溪图》），"蚤师李成最得意，
什袭自藏人已知"（黄庭坚《答王道济寺丞观许道宁山水图》），
"张颠草书要剑舞，得意可无山水助"（晁补之《酬李唐臣赠山
水短轴》）。试分析之，其中的"得意"，往往是从画家一方着

---

① 《梦溪笔谈》卷十七《书画》，第 112 页。
② 《全宋诗》卷二八〇九，第 53 册，第 33414 页。

眼，指画家得物象之"意"与创作之"意"。然则，宋人所谓"忘形得意"，首先就是要得画家画作之意。

至于如何才能得画家画作之"意"，宋人于题画诗中强调观画者以"意"会画，如：

> 高低数寸折万丈，势以意会无差铢。（郭祥正《魏中舍家藏王摩诘海风图》）
>
> 晨光与意会，起行适沧湾。（释宝昙《谢陈思远画山水》）
>
> 画家杂云烟，惝恍徒意会。（楼钥《题范宽秋山小景》）

正因为如此，宋人往往能通过小小的画图而领略到其中蕴含的无穷之意：

> 浮天沃日无穷意，到我春窗病酒时。（陈造《题潮出海门图二首》）
>
> 高山流水意无穷，三尺云弦膝上桐。（宋高宗《题马远画册五首》）
>
> 一纸画图都掌大，谁言遮壁意无穷。（薛季宣《州图次元修韵三首》）

并为其中完美充足的画意而悠悠陶醉：

> 叶斜枝亚寒声尽，节老根狞生意足。（梅尧臣《和和之南斋画壁歌》）
>
> 三十六峰幽意足，何必鉴湖分一曲。（李彭《题卢鸿草堂图》）
>
> 郊原膴膴春意足，细草凄迷芳树绿。（楼钥《题申之寄示春郊画轴》）

"忘形得意"，不仅是要得画家画作之意，宋人还要求观画者意外生意，觅求画之"景外意"与"意外妙"。何谓得"景外意"与"意外妙"？我们看《林泉高致》所论：

> 春山烟云连绵人欣欣，夏山嘉木繁阴人坦坦，秋山明净摇落人肃肃，冬山昏霾翳塞人寂寂，看此画生此意，如真在此山中，此画之景外意也。见青烟白道而思行，见平川落照而思望，见幽人山客而思居，见岩扃泉石而思游，看此画令人起此心，如将真即其处，此画之意外妙也。①

见"春山"而"欣欣"，见"夏山"而"坦坦"，此谓得画之"景外意"；见画中山水而"思行"、"思望"、"思居"、"思游"，此谓得画之"意外妙"。若从绘画来说，早在南朝谢赫的《古画品录》里便有"若拘以体物，则未见精粹；若取之象外，方厌高腴。可谓微妙也"②的说法。《唐朝名画录》说王宰"画山水树石出于象外，故杜员外赠歌云：'十日画一松，五日画一石，能事不受相促迫，王宰始肯留真迹'"③；苏轼《王维吴道子画》揄扬"摩诘得之于象外，有如仙翮谢笼樊"；郭祥正《李公择学士出示胡九龄归牧图》赞美胡画"而况画手妙，意思能余闲。远出物象外，不在粉墨间"，都把"象外之意"作为绘画追求的一个理想目标。也就是说，绘画所要展现的不仅仅是视觉所见的表象——笔墨、线条、色彩，或者只让观赏者明白画家意欲表达的主题而已，人们期望绘画在表象和内涵之间留有可以容纳多种"诠释"的"空间"，使象外有象，象外象又

---

① 《林泉高致·山水训》，第68页。
② 《古画品录》第一品张墨荀勖条，第3—4页。
③ 《唐朝名画录·妙品上》王宰条，第81页。

能开展出层层的新意。

那么，图像之外究竟还蕴藏着怎样的深意？观画者怎样在画图的表象之外获得观赏的乐趣？作为题画文学的作者，文化上知识分子的道德教养与文学上的比兴感物传统很容易结合起来，于是在赏画题写中有意在图像的形貌之外，去追寻更多的义涵，题画诗中此类说法就很多，如：

> 时时出木石，荒怪轶象外。（苏轼《题文与可墨竹并叙》）
>
> 向来般礴非画工，象外析理翁则同。（陈造《墨梅鱼扇寄孙成甫》）
>
> 时将素毫写胸臆，宁复意外分精粗。（冯山《求刘忱明复龙图为画山水》）
>
> 远出物象外，不在粉墨间。（郭祥正《李公择学士出示胡九龄归牧图》）
>
> 安得画外观山人，共向书中探端的。（刘宰《观瀑布图》）

米芾评李甲画亦云："作逸笔翎毛，有意外趣。"[1] 当然，题画诗作者依画而生的情与意未必即为画家的初衷。《西清诗话》云：

> 丹青吟咏，妙处相资。昔人谓"诗中有画，画中有诗"者，盖画手能状，而诗人能言之。唐人有《盘车图》，画重岗复岭，一夫驱车山谷间。欧阳修赋诗："坡长阪峻牛力疲，天寒日暮人心速。"……且画工意初未必然，而诗人广大之。乃知作诗者徒言其景不若尽其情，此题品之津梁也。[2]

---

① 《画史》，第 69 页。
② 《西清诗话》卷上，第 190 页。

"画工意初未必然，而诗人广大之"，也就是说画工初未必然，而诗人不必不然。欧阳修云："画之为物，尤难识其精粗真伪，非一言可达。得者各以其意，披图所赏，未必是秉笔之意也。"[①] 对于同一幅画作，读者自不妨各以己意读之。

晁补之说："画写物外形，要物形不改。诗传画外意，贵有画中态。"[②] 也就是说，题画诗作者不仅要用文字生动地再现画中形象的神情意态，同时要妙传出画外的余音、意蕴。苏轼《惠崇春江晚景二首》其一：

> 竹外桃花三两枝，春江水暖鸭先知。蒌蒿满地芦芽短，正是河豚欲上时。[③]

既点明画面，再现了画面内容（竹外桃花初放，春江溶漾，鸭戏水上，蒌蒿满地，芦芽刚刚露头），使人读诗如见画；又能跳出画面，不局限于目之所见，通过想象和联想以"暖"这种触觉体验来写鸭对早春的感知，以"欲上"来写经验和判断中的河豚活动，这样就传达出了画外之意，点活了画面，使画中景物变得生机勃发，情趣盎然，扩展和深化了画境。又如苏轼等人题写李公麟《阳关图》的一组诗：

> 不见何戡唱渭城，旧人空数米嘉荣。龙眠独识殷勤处，画出阳关意外声。

> 两本新图宝墨香，樽前独唱小秦王。为君翻作归来引，

---

① 《唐薛稷书》，《欧阳修全集》卷一三八，第2196页。
② 《和苏翰林题李甲画雁二首》，《全宋诗》卷一一二六，第19册，第2787页。
③ 《全宋诗》卷八〇九，第14册，第9374页。

不学阳关空断肠。（苏轼《书林次中所得李伯时归去来阳关二图后》）①

　　百年摩诘阳关语，三迭嘉荣意外声。谁遣伯时开缣素，萧条边思坐中生。

　　西出阳关万里行，弯弓走马自忘生。不堪未别一杯酒，长听佳人泣渭城。（苏辙《李公麟阳关图二绝》）②

　　断肠声里无形影，画出无声亦断肠。想得阳关更西路，北风低草见牛羊。

　　人事好乖当语离，龙眠貌出断肠诗。渭城柳色关何事，自是离人作许悲。（黄庭坚《题阳关图二首》）③

李公麟《阳关图》绘的是王维《送元二使安西》诗意，关于画面的具体情形，据《宣和画谱》记载："公麟作《阳关图》，以离别惨恨为人之常情，而设钓者于水滨，忘形块坐，哀乐不关其意。"④ 王诗中并无水滨钓客，李公麟却突发奇思，以"忘形块坐，哀乐不关其意"的钓者对比图中送行者的离别悲伤，显示对离别的淡然，显然已经超于王维诗意之外。而东坡和子由的题诗则又超出一层，由《阳关图》回到其文学文本——王维诗，又由画的节奏、乐感以及王维诗联想到"意外声"（画境以外的乐声乐意）——唐代善歌者米嘉荣的"阳关三叠"的歌唱，可谓几经"意外"的追寻。山谷诗亦由画图入，而写画外意。其一开篇"断肠"两见，极写离别之悲，直接表现；三四句承

　　① 《全宋诗》卷八一三，第 14 册，第 9409 页。
　　② 《全宋诗》卷八六四，第 15 册，第 10053 页。
　　③ 《全宋诗》卷一〇一三，第 17 册，第 11571 页。
　　④ 《宣和画谱》卷七，第 75 页。

"无形影"，展开想象，送者的心追随行人一道渐行渐远，一直到那穷荒绝域的"阳关更西路"，这两句虽不直接言悲，但那离别之悲情似乎渗出诗外，吟之味之，让人怆然。其二由画意而究离别之情、关情之物，深化了画意。首句语出陶渊明："人事好乖，便当语离"，诗人探究离情自何而来：人事多有不顺之处，而不顺之中，又以离别为最，故离情当自"人事好乖"而来。而人自离别，关柳何事？"自是离人作许悲"，原来是离人们自己作出那如许悲意。物固无情，而人自有意，有意的离人将情加于物上，因而那原不关情的柳也便成为有情的了。诗人按图索"骥"，穷究离别之情与关情之意，使诗歌在吟出诗（王诗）情画（李画）意之外，而又充满理趣。可见，在不同的诗人眼里，一幅《阳关图》的意外之声可以呈现出多种不同的情味，宋人赏画题诗的意外之趣于兹昭然。

附 录 一

现存宋人题款山水画图录

"画寿不及诗寿",尽管如此,仍有一些古画历经沧桑,传至今世。尤其是那些兼具题款之作,更耐人寻味,也更逗人思古之幽情。时值暮春,遂以红花、绿叶为喻,得七绝一首,以为题记。诗曰:

> 红花绿叶两相宜,叶在花飞百鸟啼。
> 若得红花绿叶护,欣欣美景世人迷。

图一 米友仁《云山图》,美国克利夫兰艺术馆藏。上有画家自题 "好山无数接天涯,烟霭阴晴日夕佳。要识先生曾到此,故留 戏笔在君家",并"元晖"款识。

图二　玉涧若芬《山市晴峦图》，日本东京出光美术馆藏。上有画家
　　　自题"雨拖云脚敛长沙，隐隐残虹带晚霞。最好市桥官柳外，
　　　酒旗摇曳客思家"，并"山市晴峦"款识。

图三　马远《踏歌图》，北京
　　　故宫博物院藏。画上有
　　　宋宁宗书："宿雨清畿
　　　甸，朝阳丽帝城。丰年
　　　人乐业，垄上踏歌行"
　　　及"赐王都提举"款
　　　识。

图四　马远《华灯侍宴图》，台北故宫博物院藏。画上宁宗杨皇后题诗：
"朝回中使传宣命，父子同班侍宴荣。酒捧倪觞祈景福，乐闻汉
殿动骊声。宝瓶梅蕊千枝绽，玉栅华灯万盏明。人道催诗须待
雨，片云阁雨果诗成。"一说宁宗御题诗。

图五　佚名《丝纶图》，北京故宫博物院藏。画上题诗："素丝头绪长，羡居好安排。青鞋不动尘，缓步交去来。脉脉意欲乱，眷眷首重回。王言正如丝，亦付经纶才。"

图六　马麟《夕阳秋色图》，日本根津美术馆藏。画上宋理宗书
"山含秋色近，燕渡夕阳迟。赐公主"。

图七　马远《山径春行图》，台北故宫博物院藏。上有宋宁宗
　　　书："触袖野花多自舞，避人幽鸟不成啼。"

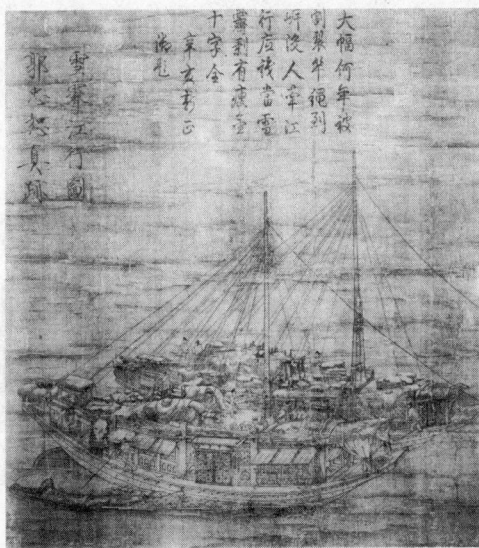

图八　郭忠恕《雪霁江行图》，台北故宫博物院藏。画上
　　　有宋徽宗题"雪霁江行图郭忠恕真迹"十字。

图九　李成《寒林平野图》，台北故宫博物院藏。
右上角有宋徽宗题"李成寒林平野"六字。

图一〇 夏圭《山水十二景图》，美国纳尔逊·艾京斯美术馆藏。残
　　　 存四景中的一部分，从画面右起"渔笛清幽"、"烟堤晚泊"
　　　 二题。（此图为局部）

图一一 梁师闵《芦汀密雪图》，北京故宫博物院藏。卷首有宋徽宗书
　　　 "梁师闵芦汀密雪"七字题签，卷尾有作者自署"芦汀密雪，
　　　 臣梁师闵画"款一行。（此图为局部）

图一二　李唐《长夏江寺图》，北京故宫博物院藏。卷首有高宗所题"长夏江寺"四字，卷尾有其"李唐可比唐李思训"题签。（此图为局部）

图一三　巨然《溪山兰若图》，美国克利夫兰博物馆藏。画幅右上有"巨五"编号。

图一四　马远《水图》，共十二段，此为其中两段，北京故宫博物院藏。四字标题多是宋宁宗皇后杨氏所书。

1. 缺半幅，且无图名　2."洞庭风细"　3."层波叠浪"
4."寒塘清浅"　　　5."长江万顷"　6."黄河逆流"
7."秋水回波"　　　8."云山沧海"　9."湖光潋滟"
10."云舒浪卷"　　11."晓日烘山"　12."细浪漂漂"

图一五　李成《读碑窠石图》，日本大阪市
　　　　立美术馆藏。画面碑侧有款题
　　　　"王晓人物李成树石"。

图一六　李成《小寒林图》，辽宁省博物馆藏。前隔水
　　　　有行书"李成小寒林图"题识。

图一七　许道宁《关山密雪图》，台北故宫博物院藏。画左有小字款书"许道宁写李咸熙关山密雪图"。

图一八　燕文贵《溪山楼观图》，台北故宫博物院藏。
此图左边石上有"翰林待诏燕文贵笔"。

图一九　翟院深《雪山归猎图》，安徽省歙县博物馆藏。
画左下楷书署款"营丘翟院深画"。

图二〇　王诜（传）《瀛山图》，台北故宫博物院藏。上题："内府所藏
　　　　王诜四卷中此为第一"（传为宋徽宗赵佶题）；卷末山石上有
　　　　小楷题识："保宁赐第王晋卿瀛山既觉，因图梦中所见，甲辰
　　　　春正月梦游者。"

图二一　郭熙《关山春雪图》，台北故
　　　　宫博物院藏。画幅左下方山
　　　　石上有"熙宁壬子二月奉王
　　　　旨画关山春雪之图，臣熙进"
　　　　款识。

图二二　郭熙《溪山访友图》，云南省博物馆
　　　　藏。画幅右上方有作者楷书"臣郭
　　　　熙"三字款识。

图二三　李唐《万壑松风图》，台北故宫博物院藏。此画有款在远峰上："皇宋宣和申辰春，河阳李唐笔。"

图二四 赵佶《雪江归棹图》，北京故宫博物院藏。画幅右上角有赵
佶瘦金书自题"雪江归棹图"，右下角有"宣和殿制"款
识。

图二五 马远《梅石溪凫图》，北京故宫博物院藏。有款
"马远"二小字。

图二六　佚名《玉楼春思图》，辽宁省博物馆藏。图上小楷书
　　　　"鱼游春水"。

附 录 二

1980 年以来国内宋代题画诗研究论著目录

编辑说明

本目录搜集自 1980 年以来的宋代题画诗研究之专论，分专著及论文两部分。论文包括学位论文和单篇论文，依其内容大体分为综合研究和诗人专题研究两类。综合研究属宏观概论性质，诗人专题研究则只录对某一诗人诗作的研究专文。凡涉及诗人诗作之间的比较、诗人群体之作，由于超出个别诗人之范围，均归入综合研究一类。综合研究部分，以论文发表的时间先后为序。诗人专题研究部分，则以研究论文的多少为序排列，同一诗人名下，以论文之刊发先后为序。

本目录意在呈现学术界对宋代题画诗之研究成果，不录诗画关系专论，不录诗歌赏析文章。

本目录断自 1980 年始（此前未见宋代题画诗研究专论），至 2007 年止。

本目录编辑曾参考衣若芬《题画文学论著知见录（1911—2003）》（收入作者《观看 叙述 审美——唐宋题画文学论集》，台湾"中央研究院"中国文哲研究所，2004 年 6 月版）。

由于编者才识及所见有限，遗珠之憾在所难免，日后当不断修正补充，亦诚望识者指教。

一 专著

1. 李栖：《两宋题画诗论》，台北学生书局 1994 年版。

2. 衣若芬：《苏轼题画文学研究》，台湾文津出版社 1999 年版。

二 论文

（一）综合研究

1. 黄仁生：《唐宋题画诗简论》（一），《常德师专学报》1982 年第 1 期。

2. 祝振玉：《略论宋代题画诗兴盛的几个原因》，《文学遗产》1988 年第 2 期。

3. 李栖：《宋题画诗研究》，台湾东吴大学中文研究所 1990 年博士论文，导师：郑骞。

4. 李更：《君看脉脉无言处，中有杜陵饥客诗——浅谈宋代题画诗与宋代文化》，《国际宋代文化研讨会论文集》，四川大学出版社 1991 年版。

5. 李更：《宋代题画诗初探》，北京大学中文系 1992 年硕士论文，导师：倪其心。

6. 李更：《宋代题画诗初探》，《古典文学研究论丛》，北京大学出版社 1995 年版。

7. 衣若芬：《也谈宋代题画诗兴盛的几个原因》，台湾《宋代文学研究丛刊》第 2 期，1996 年 9 月。

8. 林翠华：《形神论对北宋题画诗的影响》，台湾《宋代文学研究丛刊》第 2 期，1996 年 9 月。

9. 林翠华：《形神理论与北宋题画诗》，台湾成功大学中国文学系 1996 年硕士论文，导师：张高评。

10. 邝文：《性情率真　物我交融：读苏轼、黄庭坚的两首题画诗》，《语文月刊》1997 年第 5 期。

11. 衣若芬：《宋代题画诗的创作现象与书写特质——以苏辙〈韩干三马〉及东坡等人之次韵诗为例》，第九届全国苏轼学术研讨会，1997 年 9 月。

12. 衣若芬：《苏辙〈韩干三马〉及其次韵诗》，台湾《宋代文学研究丛刊》第 3 期，1997 年 9 月。

13. 衣若芬：《北宋题人像画诗析论》，台湾《中国文哲研究集刊》第 13 期，1998 年 9 月。

14. 衣若芬：《宋代题"诗意图"诗析论——以题"归去来图"、"憩寂图"、"阳关图"为例》，台湾《中国文哲研究集刊》第 16 期，2000 年 3 月。

15. 衣若芬：《写真到写意：从唐至北宋题画诗的发展论宋人审美意识的形成》，台湾《中国文哲研究集刊》第 18 期，2001 年 3 月。

16. 郦波：《从二苏题画诗看元祐文人心态》，《苏州铁道师范学院学报（社会科学版）》2002 年第 1 期。

17. 衣若芬：《宋代题"潇湘"山水画诗的地理概念、空间表述与心理意识》，收入李丰楙、刘苑如主编《空间、地理与文化——中国文化空间的书写与阐释》，台湾"中央研究院"中国文哲研究所 2002 年版。

18. 衣若芬：《漂流与回归——宋代题"潇湘"山水画诗之抒情底蕴》，台湾《中国文哲研究集刊》第 21 期，2002 年 9 月。

19. 薛颖：《元祐文人集团汴京题画诗唱和》，《阴山学刊》2003 年第 4 期。

20. 衣若芬：《"江山如画"与"画里江山"——宋元题"潇湘"山水画诗之比较》，台湾《中国文哲研究集刊》第 23 期，2003 年 9 月。

21. 衣若芬：《北宋题仕女画诗析论》，收入作者《观看　叙述　审美——唐宋题画文学论集》，台湾"中央研究院"中国文哲研究所 2004 年版。

22. 田春：《宋代诗歌题画方式之沿革述论》，《艺术探索》2005 年第 1 期。

23. 杨志翠：《宋代文人集团及其题画诗对山水画审美发展的影响》，《乐山师范学院学报》2005 年第 8 期。

24. 钟巧灵：《诗画相逢两相应——论宋代题山水画诗与山水画的和谐》，《学术论坛》2006 年第 5 期。

25. 钟巧灵：《图绘中的雁意象与诗人对画图的解读——以宋代题画诗为例》，《文史博览》2006 年第 10 期。

26. 钟巧灵：《"明皇幸蜀"在唐宋时期的图像表现及诗人对画图的解读》，《社会科学论坛》（学术研究卷）2007 年第 10 期。

27. 钟巧灵：《论宋代题山水画诗中所蕴含的林泉之思》，《求索》2007 年第 12 期。

（二）诗人专题研究

苏轼

1. 洪毅然：《苏东坡论画诗》，《活页文史丛刊》1981 年第 1 期。

2. 项郁才：《诗如见画　画外生发——谈苏轼题画诗〈惠崇春江晓景〉》，《黄石师范学院学报》（哲社版）1981 年第 4 期。

3. 徐中玉：《关于苏轼的一首论诗论画诗》，收入《论苏轼的创作经验》，华东师范大学出版社 1981 年版。

4. 刘逸生：《画意诗心两相映（苏轼〈书李世南所画秋景〉）》，《光明日报》1981 年 10 月 25 日。

5. 洪毅然：《替苏东坡论画诗翻案（〈书鄢陵王主簿所画折枝二首〉）》，《活页文史丛刊》第 139 期，1982 年 5 月。

6. 项郁才：《论苏轼咏画诗》，《黄石师范学院学报》1982年第 4 期。

7. 周义敢：《苏轼的题画诗》，《东坡诗论丛》（《苏轼研究论文集》第二辑），四川人民出版社 1983 年版。

8. 程伯安：《苏轼题画诗跋所表现的绘画理论》，《咸宁师专学报》1984 年第 1 期。

9. 吴枝培：《读苏轼的题画诗》，《古代文学理论研究》第 9 辑，1984 年 4 月。

10. 张忠全：《苏轼的题画诗》，《四川师范学院学报》（社科版）1984 年第 4 期。

11. 史建桥：《刻貌取神　情见其中——说苏轼诗〈书王定国所藏烟江叠嶂图〉》，《咸宁学院学报》1985 年第 1 期。

12. 林从龙、范炯：《略论苏轼题画诗》，《江海学刊》（文史哲版）1985 年第 1 期。

13. 林从龙、范炯：《诗传画外意　贵有画中态》，《东坡研究论丛》（《苏轼研究论文集》第三辑），四川文艺出版社 1986年版。

14. 汤炳能：《论苏轼题画诗的丰富想象》，《学术论坛》（文史哲版）1987 年第 2 期。

15. 张家英：《苏轼题画诗与诗画艺术》，《黑龙江教育学院学报》1990 年第 2 期。

16. 梁大和：《苏轼题画诗初探》，《惠阳师专学报》1991 年第 2 期。

17. 张子良：《试论东坡题画诗的艺术成就》，台北市立美术馆主办"东方美学与现代学术"研讨会论文，1992 年 4 月。

18. 戴伶娟：《苏轼题画诗艺术技巧研究》，台湾成功大学历史语言研究所，1993 年硕士论文，导师：张高评。

19. 叶成青：《从〈惠崇春江晚景〉看苏轼题画诗的特点》，

《语文教学与研究》1994 年第 3 期。

20. 谢惠芳：《苏轼题画文学之研究》，台湾师范大学中国文学研究所 1994 年硕士论文，导师：王熙元。

21. 衣若芬：《苏轼题画文学研究》，台湾大学中文研究所 1995 年博士论文，导师：曾永义、石守谦。

22. 王玉梅：《得意忘象　形神兼备——浅谈苏轼题画诗的审美超越》，《辽宁教育行政学院学报》1996 年第 4 期。

23. 张宝石：《论苏轼的题画诗》，《北京教育学院学报》1999 年第 4 期。

24. 陶文鹏：《论苏轼的题画诗》，《苏轼诗词艺术论》，上海古籍出版社 2001 年版。

25. 陈永绍：《论苏轼〈书鄢陵王主簿所画折枝二首之一〉诗画关系》，《艺术论衡》2001 年 12 月。

26. 陈春艳：《试论苏轼题画诗的写意性》，《广东广播电视大学学报》2002 年第 3 期。

27. 黄海：《人言一点红　解寄无边春——苏轼题画诗解读》，《五邑大学学报》（社会科学版）2003 年第 1 期。

28. 程碧珠：《苏东坡题画诗之隐喻学》，台湾玄奘大学中国语文学系 2004 年硕士论文，导师：李霖生。

29. 陈才智：《苏轼题画诗述论》，《乐山师范学院学报》2004 年第 6 期。

30. 张宝石：《东坡题画诗的文化解读》，《广西社会科学》2005 年第 10 期。

31. 彭敏：《论苏轼题画诗的寓意》，《乐山师范学院学报》2006 年第 2 期。

32. 刘小宁：《苏轼题画诗研究》，天津师范大学 2006 年硕士论文，导师：阮堂明。

33. 黄桂凤：《苏轼对杜甫题画诗的接受与发展》，《经济与社会发展》2007 年第 12 期。

黄庭坚

34. 傅秋爽：《试论黄庭坚题画诗的艺术特色》，《河北学刊》1986 年第 3 期。

35. 凌左义：《风斜兼雨重　意出笔墨外——论黄庭坚的题画诗》，《九江师专学报》（哲社版）1986 年第 4 期。

36. 祝振玉：《发明妙慧　笔补造化：黄庭坚题画诗略论》，《上海师范大学学报》（哲社版）1988 年第 1 期。

37. 李宪法：《黄庭坚赠答、送别、题画诗品鉴》，《语文函授》（曲阜师范大学学报）1990 年第 3 期。

38. 钟圣生：《黄山谷与他的题画诗》，《江西师范大学学报》（哲学社会科学版）1994 年第 1 期。

39. 白化文：《一首讽喻性的题画诗——说黄庭坚〈题伯时画揩痒虎〉》，《紫禁城》1998 年第 2 期。

40. 李嘉瑜：《黄庭坚题竹画诗之审美意识》，《中山人文学报》第 7 期，1998 年 8 月。

41. 翁晓瑜：《黄庭坚题画诗研究》，四川大学 2003 年硕士论文，导师：黄宗贤。

42. 吴畏：《漫谈黄庭坚题画诗的文艺评论特点》，《贵州工业大学学报》（社会科学版）2004 年第 1 期。

43. 袁锋：《黄庭坚题画诗风貌初探》，《内江师范学院学报》2006 第 S1 期。

44. 胡迎建：《论黄庭坚的题画诗》，《九江学院学报》（社会科学版）2007 年第 1 期。

王安石

45. 王晋光：《略论王安石写景之作和题画诗》，收入《王安石论稿》，台北大安出版社 1993 年版。

46. 李燕新：《王安石题画诗析论》，《大同商专学报》1998

年 8 月。

苏辙

47. 李栖：《论苏辙的题画诗》，《题画诗散论》，台湾华正书局有限公司 1993 年版。

48. 林秀珍：《苏辙题画诗研究》，《中国古典文学研究》第 7 期，2002 年 6 月。

文同

49. 赖丽娟：《文同咏画题画诗研究》，《国际宋代文化研讨会论文集》，四川大学出版社 1991 年版。

梅尧臣

50. 李栖：《梅尧臣的题画诗》，《中国学术年刊》第 13 期，1992 年 4 月。

杨妹子

51. 雷景春：《杨妹子题画诗选注》，《十堰职业技术学院学报》1993 年第 1 期。

赵佶

52. 吴企明：《论赵佶题画诗的美学价值和艺术渊源》，《苏州大学学报》（哲学社会科学版）1995 年第 2 期。

朱熹

53. 王利民：《朱熹题画诗论析》，《孔孟学报》第 80 期，2002 年 9 月。

刘克庄

54. 王述尧：《刘后村题画诗论略》，《盐城师范学院学报》（人文社会科学版）2004 年第 2 期。

蔡京

55. 衣若芬：《"昏君"与"奸臣"的对话——谈宋徽宗〈文会图〉题诗》，第四届宋代文学学术研讨会，2005 年 9 月。

主要参考及征引文献

一 专著

（南朝·梁）沈约：《宋书》，中华书局 1974 年版。

（宋）李焘：《续资治通鉴长编》，中华书局 1979—1993 年版。

（宋）马端临：《文献通考》，中华书局 1986 年影印本。

（宋）李心传：《建炎以来系年要录》，中华书局 1988 年版。

（元）脱脱等：《宋史》，中华书局 1985 年版。

（清）徐松辑：《宋会要辑稿》，中华书局 1957 年影印本。

（南朝·宋）刘义庆：《世说新语汇校集注》，梁刘孝标注，朱铸禹汇注，上海古籍出版社 2002 年版。

（北齐）颜之推：《颜氏家训集解》，王利器集解，中华书局 1993 年版。

（宋）宋祁：《宋景文公笔记》，《丛书集成初编》本。

（宋）宋敏求：《春明退朝录》，《丛书集成初编》本。

（宋）王辟之：《渑水燕谈录》，吕友仁点校，中华书局 1981 年版。

（宋）沈括：《梦溪笔谈》，《丛书集成初编》本。

（宋）赵令畤、彭□：《侯鲭录　墨客挥犀　续墨客挥犀》，孔凡礼点校，中华书局 2002 年版。

（宋）叶梦得：《避暑录话》，《丛书集成初编》本。

（宋）邵博：《邵氏闻见后录》，刘德权、李剑雄点校，中华书局 1983 年版。

（宋）江少虞：《宋朝事实类苑》，上海古籍出版社 1981 年版。

（宋）蔡絛：《铁围山丛谈》，冯惠民、沈锡麟点校，中华书局 1983 年版。

（宋）张邦基：《墨庄漫录》，孔凡礼点校，中华书局 2002 年版。

（宋）洪迈：《容斋随笔》，孔凡礼点校，中华书局 2005 年版。

（宋）陆游：《老学庵笔记》，李剑雄、刘德权点校，中华书局 1979 年版。

（宋）陈骙、佚名：《南宋馆阁录　续录》，张富祥点校，中华书局 1998 年版。

（宋）陈善：《扪虱新话》，《四库全书存目丛书》本。

（宋）赵希鹄：《洞天清禄集》，《丛书集成初编》本。

（宋）俞成：《萤雪丛说》，《丛书集成初编》本。

（宋）张端义：《贵耳集》，《丛书集成初编》本。

（宋）陈郁：《藏一话腴》，影印文渊阁《四库全书》本。

（宋）高承：《事物纪原》，《丛书集成初编》本。

（宋）俞文豹：《吹剑录》，《丛书集成初编》本。

（宋）周密：《齐东野语》，张茂鹏点校，中华书局 1983 年版。

（元）王恽：《玉堂嘉话》，《丛书集成初编》本。

（明）田汝成：《西湖游览志余》，浙江人民出版社 1980

年版。

丁传靖编：《宋人轶事汇编》，中华书局2003年版。

《宋元笔记小说大观》，上海古籍出版社2001年版。

（晋）陶潜：《陶渊明集校笺》，龚斌校笺，上海古籍出版社1996年版。

（唐）李白：《李白集校注》，瞿蜕园、朱金城校注，上海古籍出版社1980年版。

（唐）杜甫：《杜诗详注》，仇兆鳌注，中华书局1979年版。

（唐）司空图：《司马表圣文集》，《四部丛刊初编》本。

（宋）杨亿：《武夷新集》，影印文渊阁《四库全书》本。

（宋）张先：《张先集编年校注》，吴熊和、沈松勤校注，浙江古籍出版社1996年版。

（宋）欧阳修：《欧阳修全集》，李逸安点校，中华书局2001年版。

（宋）释契嵩：《镡津集》，《四部丛刊三编》本。

（宋）文同：《文同集编年校注》，胡问涛、罗琴校注，巴蜀书社1999年版。

（宋）曾巩：《曾巩集》，陈杏珍、晁继周点校，中华书局1984年版。

（宋）王安石：《临川先生文集》，中华书局上海编辑所1959年版。

（宋）沈辽：《沈氏三先生文集·云巢集》，《四部丛刊三编》本。

（宋）郭祥正：《郭祥正集》，孔凡礼点校，黄山书社1995年版。

（宋）苏轼：《苏轼诗集》，孔凡礼点校，中华书局1982年版。

（宋）苏轼：《苏轼文集》，孔凡礼点校，中华书局 1986 年版。

（宋）苏辙：《苏辙集》，陈宏天、高秀芳点校，中华书局 1990 年版。

（宋）黄庭坚：《黄庭坚诗集注》，任渊等注，刘尚荣点校，中华书局 2003 年版。

（宋）黄庭坚：《豫章黄先生文集》，《四部丛刊初编》本。

（宋）黄庭坚：《山谷题跋》，屠友祥校注，上海远东出版社 1999 年版。

（宋）秦观：《淮海集笺注》，徐培均笺注，上海古籍出版社 1994 年版。

（宋）米芾：《宝晋英光集》，《丛书集成初编》本。

（宋）陈师道：《后山诗注补笺》，任渊注、冒广生补笺，中华书局 1995 年版。

（宋）晁补之：《济北晁先生鸡肋集》，《四部丛刊初编》本。

（宋）张耒：《张耒集》，李逸安等点校，中华书局 1990 年版。

（宋）吴则礼：《北湖集》，《丛书集成续编》本。

（宋）周紫芝：《太仓稊米集》，影印文渊阁《四库全书》本。

（宋）张纲：《华阳集》，《四部丛刊三编》本。

（宋）吕本中：《东莱诗词集》，沈晖点校，黄山书社 1991 年版。

（宋）刘才邵：《杉溪居士集》，影印文渊阁《四库全书》本。

（宋）陈与义：《陈与义集》，吴书荫、金德厚点校，中华书局 1982 年版。

（宋）张元干：《芦川归来集》，上海古籍出版社1978年版。

（宋）王十朋：《王十朋全集》，上海古籍出版社1998年版。

（宋）陆游：《剑南诗稿校注》，钱仲联校注，上海古籍出版社1985年版。

（宋）陆游：《陆游集》，中华书局1976年版。

（宋）范成大：《石湖居士诗集》，上海古籍出版社1981年版。

（宋）范成大：《吴船录》，《丛书集成初编》本。

（宋）杨万里：《诚斋集》，《四部丛刊初编》本。

（宋）朱熹：《朱子全书》，上海古籍出版社、安徽教育出版社2002年版。

（宋）张孝祥：《张孝祥诗文集》，彭国忠点校，黄山书社2001年版。

《永嘉四灵诗集》，陈增杰点校，浙江古籍出版社1985年版。

（宋）刘克庄：《后村先生大全集》，《四部丛刊初编》本。

（宋）方岳：《秋崖诗词校注》，秦效成校注，黄山书社1998年版。

（宋）郑思肖：《郑思肖集》，陈福康校点，上海古籍出版社1991年版。

（金）王若虚：《滹南集》，《丛书集成初编》本。

（金）元好问编：《翰苑英华中州集》，《四部丛刊初编》本。

（元）陈基：《夷白斋稿》，《四部丛刊三编》本。

（清）蒋士铨：《忠雅堂集校笺》，邵海清校，李梦生笺，上海古籍出版社1993年版。

（宋）姚铉编：《唐文粹》，浙江人民出版社1986年版。

北京大学古文献研究所编：《全宋诗》，北京大学出版社

1991—1998 年版。

吴之振等选：《宋诗钞》，中华书局 1986 年版。

陈衍评选：《宋诗精华录》，曹旭校点，江西人民出版社 1984 年版。

钱锺书选注：《宋诗选注》，三联书店 2002 年版。

高步瀛选注：《唐宋诗举要》，上海古籍出版社 1978 年版。

（清）何文焕辑：《历代诗话》，中华书局 1981 年版。

丁福保辑：《历代诗话续编》，中华书局 1983 年版。

张伯伟编校：《稀见本宋人诗话四种》，江苏古籍出版社 2002 年版。

丁福保辑：《清诗话》，上海古籍出版社 1999 年版。

郭绍虞辑：《清诗话续编》，上海古籍出版社 1983 年版。

（唐）皎然：《诗式》，《历代诗话》本。

（宋）欧阳修：《六一诗话》，《历代诗话》本。

（宋）释惠洪：《冷斋夜话》，《稀见本宋人诗话四种》本。

（宋）叶梦得：《石林诗话》，《历代诗话》本。

（宋）许顗：《彦周诗话》，《历代诗话》本。

（宋）蔡絛：《西清诗话》，《稀见本宋人诗话四种》本。

（宋）葛立方：《韵语阳秋》，《历代诗话》本。

（宋）胡仔：《苕溪渔隐丛话前后集》，《丛书集成初编》本。

（宋）张戒：《岁寒堂诗话》，《历代诗话续编》本。

（宋）杨万里：《诚斋诗话》，《历代诗话续编》本。

（宋）魏庆之编：《诗人玉屑》，王仲闻校，古典文学出版社 1958 年版。

吴文治主编：《宋诗话全编》，江苏古籍出版社 1998 年版。

（元）韦居安：《梅磵诗话》，《历代诗话续编》本。

（明）杨慎：《升庵诗话》，《历代诗话续编》本。

（明）胡应麟：《诗薮》，上海古籍出版社 1979 年版。

（清）王夫之：《姜斋诗话》，《清诗话》本。

（清）王士禛：《师友诗传续录》，《清诗话》本。

（清）沈德潜：《说诗晬语》，《清诗话》本。

（清）浦起龙：《读杜心解》，中华书局 1961 年版。

（清）乔亿：《剑溪说诗》，《清诗话续编》本。

（清）阙名：《静居绪言》，《清诗话续编》本。

（清）王文诰：《苏文忠公诗编注集成总案》，巴蜀书社 1985 年版。

（清）刘熙载：《艺概》，上海古籍出版社 1978 年版。

（宋）孙绍远编：《声画集》，影印文渊阁《四库全书》本。

（清）陈邦彦编：《御定历代题画诗类》，北京古籍出版社 1996 年版。

吴企明：《历代名画诗画对读集》，苏州大学出版社 2005 年版。

洪丕谟选注：《历代题画诗选注》，上海书画出版社 1983 年版。

丁炳启选注：《古今题画诗赏析》，天津人民美术出版社 1991 年版。

洪丕谟选注：《题画诗一百首》，上海书店出版社 1999 年版。

周积寅、史金城选注：《中国历代题画诗选注》，西泠印社 1985 年版。

任世杰编：《题画诗类编》，安徽美术出版社 1996 年版。

张晨编：《中国题画诗分类鉴赏辞典》，辽宁美术出版社 1992 年版。

于风编:《古代题画诗分类选编》,岭南美术出版社1991年版。

孔寿山注:《唐朝题画诗注》,四川美术出版社1988年版。

陈才智编:《苏轼题画诗汇编》,http://www.literature.org.cn。

于安澜编:《画史丛书》,上海人民美术出版社1963年版。

于安澜编:《画品丛书》,上海人民美术出版社1982年版。

沈子丞编:《历代论画名著汇编》,文物出版社1982年版。

俞剑华编:《中国画论类编》,人民美术出版社1986年版。

(南朝·齐)谢赫:《古画品录》,《丛书集成初编》本。

(南朝·陈)姚最:《续画品》,《丛书集成初编》本。

(唐)张彦远:《历代名画记》,《画史丛书》本。

(唐)朱景玄:《唐朝名画录》,《画品丛书》本。

(宋)黄休复:《益州名画录》,《画史丛书》本。

(宋)刘道醇:《圣朝名画评》,《画品丛书》本。

(宋)郭熙:《林泉高致》,《历代论画名著汇编》本。

(宋)郭若虚:《图画见闻志》,《画史丛书》本。

(宋)米芾:《画史》,《丛书集成初编》本。

(宋)李廌:《德隅斋画品》,《画品丛书》本。

(宋)不著撰人:《宣和画谱》,《画史丛书》本。

(宋)韩拙:《韩氏山水纯全集》,《丛书集成初编》本。

(宋)董逌:《广川画跋》,《画品丛书》本。

(宋)邓椿:《画继》,《画史丛书》本。

(元)庄肃:《画继补遗》,《画继 画继补遗》本,人民美术出版社1963年版。

(元)夏文彦:《图绘宝鉴》,《画史丛书》本。

(明)陶宗仪:《书史会要》,上海书店出版社1984年版。

(明)董其昌:《画禅室随笔》,屠友祥校注,上海远东出版社 1999 年版。

（清）孙岳颁等：《御定佩文斋书画谱》，影印文渊阁《四库全书》本。

（清）厉鹗：《南宋院画录》，《画史丛书》本。

（清）方薰：《山静居画论》，《丛书集成初编》本。

《石渠宝笈》，《故宫珍本丛刊》本，海南出版社 2001 年版。

刘永凌编：《中国传世山水名画》，济南出版社 2003 年版。

杨飞、姚小华主编：《中国山水名画全集》，光明日报出版社 2003 年版。

韩清华、邱科平编：《中国名画全集》，光明日报出版社 2002 年版。

邓乔彬：《有声画与无声诗》，上海社会科学院出版社 1993 年版。

陶文鹏：《唐诗与绘画》，漓江出版社 1996 年版。

周桂峰：《题画诗说》，漓江出版社 1993 年版。

王伯敏：《李白杜甫论画诗散记》，西泠印社 1983 年版。

衣若芬：《苏轼题画文学研究》，台湾文津出版社 1999 年版。

衣若芬：《赤壁漫游与西园雅集——苏轼研究论集》，北京线装书局 2001 年版。

衣若芬：《观看　叙述　审美——唐宋题画文学论集》，台湾中央研究院中国文哲研究所 2004 年版。

曾景初：《中国诗画》，国际文化出版公司 1989 年版。

王伯敏：《唐画诗中看》，东大图书公司 1993 年版。

戴丽珠：《诗与画之研究》，台湾学海出版社 1993 年版。

李栖：《两宋题画诗论》，台湾学生书局 1994 年版。

李栖：《题画诗散论》，台湾华正书局有限公司 1993 年版。

陈传席：《中国山水画史》，天津人民美术出版社 2001 年版。

郑午昌：《中国画学全史》，上海书画出版社 1985 年版。

周林生主编：《宋元绘画》，河北教育出版社 2004 年版。

陈传席：《中国绘画美学史》，人民美术出版社 1998 年版。

蔡罕：《北宋翰林图画院及其院画研究》，浙江人民出版社 2002 年版。

徐英槐：《中国山水画史略》，浙江大学出版社 2003 年版。

吕澎：《溪山清远——两宋时期山水画的历史与趣味转型》，中国人民大学出版社 2004 年版。

王克文：《山水画谈》，上海人民美术出版社 1993 年版。

陈传席、刘庆华：《精神的折射——中国山水画与隐逸文化》，山东美术出版社 1998 年版。

彭修银：《中国绘画艺术论》，山西教育出版社 2001 年版。

陶文鹏、韦凤娟主编：《中国山水诗史》，凤凰出版社 2004 年版。

葛晓音：《山水田园诗派研究》，辽宁大学出版社 1993 年版。

章尚正：《中国山水文学研究》，学林出版社 1997 年版。

李文初等：《中国山水文化》，广东人民出版社 1996 年版。

胡晓明：《万川之月——中国山水诗的心灵境界》，三联书店 1992 年版。

伍蠡甫主编：《山水与美学》，上海文艺出版社 1985 年版。

谢凝高：《山水审美——人与自然的交响曲》，北京大学出版社 1991 年版。

曾明：《古代五大山水诗人论》，四川文艺出版社 1998

年版。

朱晓江：《山水清音》，浙江古籍出版社 2004 年版。

王玫：《六朝山水诗史》，天津人民出版社 1996 年版。

陈植锷：《北宋文化史述论》，中国社会科学出版社 1992 年版。

刘方：《宋型文化与宋代美学精神》，巴蜀书社 2004 年版。

刘文刚：《宋代的隐士与文学》，四川大学出版社 1992 年版。

沈松勤：《北宋文人与党争》，人民文学出版社 2000 年版。

诸葛忆兵：《宋代文史考论》，中华书局 2002 年版。

萧庆伟：《北宋新旧党争与文学》，人民文学出版社 2001 年版。

张海鸥：《宋代文化与文学研究》，中国社会科学出版社 2002 年版。

王水照主编：《宋代文学通论》，高雄复文出版社 2000 年版。

张毅：《宋代文学思想史》，中华书局 1995 年版。

程千帆、吴新雷：《两宋文学史》，上海古籍出版社 1991 年版。

孙望、常国武主编：《宋代文学史》，人民文学出版社 1996 年版。

张高评主编：《宋代文学研究丛刊》（第 2 期），台湾高雄丽文文化事业公司 1996 年版。

李春青：《宋学与宋代文学观念》，北京师范大学出版社 2001 年版。

周裕锴：《宋代诗学通论》，巴蜀书社 1997 年版。

张思齐：《宋代诗学》，湖南人民出版社 2000 年版。

张宏生：《宋诗：融通与开拓》，上海古籍出版社 2001
年版。

莫砺锋：《推陈出新的宋诗》，辽宁古籍出版社 1995 年版。

许总：《宋诗史》，重庆出版社 1997 年版。

张高评：《宋诗特色研究》，长春出版社 2002 年版。

吕肖奂：《宋诗体派论》，四川民族出版社 2002 年版。

陶文鹏：《唐宋诗美学与艺术论》，南开大学出版社 2003
年版。

张文利：《理禅融会与宋诗研究》，中国社会科学出版社
2004 年版。

汪俊：《两宋之交诗歌研究》，旅游教育出版社 2001 年版。

欧阳光：《宋元诗社研究丛稿》，广东高等教育出版社 1996
年版。

孔凡礼编撰：《苏轼年谱》，中华书局 1998 年版。

陶文鹏：《苏轼诗词艺术论》，上海古籍出版社 2001 年版。

张立伟：《归去来兮：隐逸的文化透视》，三联书店 1995 年版。

张伯伟：《中国古代文学批评方法研究》，中华书局 2002 年版。

李昌集：《中国古代曲学史》，华东师范大学出版社 1997 年版。

王运熙、顾易生：《中国文学批评史》，复旦大学出版社 2001
年版。

缪钺：《诗词散论》，上海古籍出版社 1982 年版。

叶维廉：《中国诗学》，三联书店 1992 年版。

王国维：《王国维遗书》，上海古籍书店 1983 年版。

钱锺书：《谈艺录》，中华书局 1984 年版。

钱锺书：《七缀集》，上海古籍出版社 1994 年版。

陈寅恪：《金明馆丛稿初编》，三联书店 2001 年版。

陈寅恪：《金明馆丛稿二编》，三联书店 2001 年版。

宗白华：《美学散步》，上海人民出版社 1981 年版。

徐复观：《中国艺术精神》，华东师范大学出版社 2001
年版。

蒋孔阳编：《中国古代美学艺术论文集》，上海古籍出版社
1981 年版。

二　论文

黄仁生：《唐宋题画诗简论（一）》，《常德师专学报》1982
年第 1 期。

祝振玉：《略论宋代题画诗兴盛的几个原因》，《文学遗产》
1988 年第 2 期。

胡晓明：《尚意的诗学与宋代人文精神》，《文学遗产》1991
年第 2 期。

韩经太：《论宋人诗画参融的艺术观》，《天津社会科学》
1993 年第 4 期。

钟圣生：《黄山谷与他的题画诗》，《江西师范大学学报》
（哲学社会科学版）1994 年第 1 期。

吴企明：《论赵佶题画诗的美学价值和艺术渊源》，《苏州大
学学报》（哲学社会科学版）1995 年第 2 期。

衣若芬：《也谈宋代题画诗兴盛的几个原因》，《宋代文学研
究丛刊》第 2 期，1996 年 9 月。

林翠华：《形神论对北宋题画诗的影响》，《宋代文学研究丛
刊》第 2 期，1996 年 9 月。

蔡罕：《北宋"翰林图画院"职官制度初探》，《浙江大学学
报》（人文社会科学版）1999 年第 3 期。

薛和：《诗化的山水精神——兼谈山水题画诗的审美特征》，
《青海师范大学学报》（哲学社会科学版）2000 年第 4 期。

杨朝云：《淡泊与宁静：宋初隐逸文化的特质》，《北京大学

学报》2000 年国内访问学者、进修教师专刊。

衣若芬：《阅读风景：苏轼与"潇湘八景图"的兴起》，王静芝、王初庆等著：《千古风流：东坡逝世九百年纪念学术研讨会》，台湾洪叶文化事业公司 2001 年版。

杨学是：《李白题画诗管窥——兼与杜甫题山水画诗之比较》，《绵阳师范高等专科学校学报》2002 年第 4 期。

成杰：《古代山水画及其题画诗的美学审视》，《菏泽师范专科学校学报》2002 年第 3 期。

顾平：《中国古代山水画的诗画合璧》，《南通师范学院学报》（哲学社会科学版）2002 年第 3 期。

郦波：《从二苏题画诗看元祐文人心态》，《苏州铁道师范学院学报》（社会科学版）2002 年第 1 期。

衣若芬：《"潇湘"山水画之文学意象情境探微》，《中国文哲研究集刊》第 20 期，2002 年 3 月。

衣若芬：《漂流与回归——宋代题"潇湘"山水画诗之抒情底蕴》，《中国文哲研究集刊》第 21 期，2002 年 9 月。

衣若芬：《宋代题"潇湘"山水画诗的地理概念、空间表述与心理意识》，李丰楙、刘苑如主编：《空间、地理与文化——中国文化空间的书写与阐释》，台湾"中央研究院"中国文哲研究所 2002 年版。

赵晓涛：《游于艺途——宋代诗与画之相关性研究》，复旦大学 2003 年博士论文，导师：王水照。

薛颖：《元祐文人集团汴京题画诗唱和》，《阴山学刊》2003 年第 4 期。

余永健：《简论小景与宋汀渚水鸟画的意境关系》，《艺术探索》2003 年第 4 期。

衣若芬：《"江山如画"与"画里江山"——宋元题"潇湘"山水画诗之比较》，《中国文哲研究集刊》第 23 期，2003

年9月。

蒋寅:《古典诗歌中的"吏隐"》,《苏州大学学报》2004年第2期。

陈才智:《苏轼题画诗述论》,《乐山师范学院学报》2004年第6期。

张玉璞:《"吏隐"与宋代士大夫文人的隐逸文化精神》,《文史哲》2005年第3期。

后　记

本书是我的博士学位论文。转眼毕业已近两年。三年读书生活的艰苦和甘甜，点点滴滴，犹在心头：瘦西湖畔的孜孜研读，到南大求书途中的风雪交加，写作过程中的冥思苦想，论文提交"盲审"后的惴惴不安，通过答辩时的轻松喜悦……这一切都恍在昨日！两年前，论文得以顺利通过评审和答辩，现在又即将付梓，回顾五年来走过的路，我的心头充满了感激。

我深深地感谢我的导师李昌集教授、汪俊教授和董国炎教授。论文从选题、搜集材料到写作、修改的各个环节，都离不开先生们的悉心指导。尤其是在论文进展不顺时，是导师的殷殷鼓励才让我有继续捉笔的信心。导师们不仅教给我知识，还从治学方法、态度和为人处世等方面给了我许多启示，这些都将让我终身难忘并永远受益。

我深深地感谢中国社会科学院的陶文鹏先生。陶老师对诗画关系及题画诗夙有精深研究，本文许多地方即直接得益于先生的指点与启发。尤其是先生宽容后学的长者风范、提掖后进的先知精神铭记我心。

我深深地感谢扬州大学文学院的田汉云老师、姚文放老师、钱宗武老师、许建中老师、佴荣本老师、黄强老师、王永平老师、陈文和老师。课堂上的授业解惑，开题报告会上的精心指点，学习、生活中的教导、关怀，都将成为我记忆中的珍藏。

314

　　我深深地感谢我在复旦访学期间的导师杨明教授和黄仁生教授。在我进修期间，两位先生谆谆教诲，为我的学术研究奠定了基础，指明了方向；在我攻读学位期间亦十分关心我的学业，写信督促我、鼓励我。

　　我深深地感谢答辩委员会张伯伟先生、巩本栋先生、钱宗武先生、田汉云先生、许建中先生、黄强先生、王永平先生对论文的高度赞誉和匡正指点，感谢论文评阅专家巩本栋先生、赵山林先生、陈引驰先生的宝贵意见。

　　我深深地感谢我就职的湖南人文科技学院领导以及人事处、科技处、中文系的领导和同事们对我的关心和帮助，感谢我曾经就职的株洲师专人事处、科研处、中文系等单位给我的支持和照顾。

　　我深深地感谢我的家人尤其是我的父母。他们的理解、关怀和牵挂让我的生活充满温馨。

　　这次，承蒙责任编辑罗莉老师推荐，《中国社会科学博士论文文库》评委会审查通过，将本文列入该文库出版，在此，也请让我向罗莉老师、评委会专家以及责任校对的老师致以最诚挚的谢意。

　　此外，我想说的是，本书只是在参考前修时贤成果的基础上，对宋代题山水画诗历史存在状态所作的一些初步探讨和研究。如果再回头审视宋代题山水画诗的创作情形，我们还会发现许多新的问题。诸如从实际的书写内容来看，很多题山水画诗等同于山水诗，且"会心山水真如画，巧手丹青画似真"（明人杨慎语）的命题着实耐人寻味！山水诗与题山水画诗同以山水为表现对象，关联之处在在有之。如无论是面对自然山水，还是画中山水，也无论是投身其间，还是卧而神游，相同的文化环境所导致的相同的思维模式，都会使诗人们认为渔樵隐逸于山水林泉是一件难得的人生美事而心慕往之。但题山水画诗表现的是画中山水，通过图像形式展演出来的视觉效果毕竟不同于现实中的切身感受，绘画的虚拟性以及观者与画作之间的现实距离，常会使观画者作冷眼旁观之想，不仅是审美地而且是充满智性地去体悟画中的山水。因而题山水画诗与以自然山水为描写对象的山水诗虽有关联，但又必各具其独特的文类性质。这是一个值得继续探讨的问题。又如作为诗人和画家之间的诗画往来之作，有些题画诗明显地体现出应酬化的倾向，写作形式上的程式化、内容上的溢美之辞成为弊病，虽然我们无意对此现象进行批评，但也不能对这一历史的现实视而不见。此外，由于两宋时风与画风的不同，题山水画诗亦表现出一定的南北之异，如大体上篇幅方面北宋多长篇而南宋多短制，内容方面北宋诗审美意味更浓而南宋诗与时局关联更紧；有些诗人诸如苏轼、黄庭坚、陆游、杨万里、朱熹等题山水画诗创作十分丰富，值得专题研究。因时间仓促，这些问题本文都还未及展开，日后当继续努力完成。

答辩通过后，按照评阅老师和答辩委员会专家的评点意见，近两年来，我做了一些力所能及的修改，但因时间和学力所限，有些问题还未及修正。文中一定还有一些疏漏和不足之处，敬请学界前辈和同仁批评指正。

钟巧灵

2008 年 1 月

Contents